ELLIS PETERS

DER ROSENMORD

Ein mittelalterlicher Kriminalroman

Deutsche Erstausgabe

WILHELM HEYNE VERLAG
MÜNCHEN

HEYNE ALLGEMEINE REIHE
Nr. 01/8188

Titel der Originalausgabe
THE ROSE RENT
Aus dem Englischen übersetzt
von Jürgen Langowski

11. Auflage

Printed in Germany 1996
Umschlagillustration: Andreas Reiner, Fischbachau
Umschlaggestaltung: Atelier Ingrid Schütz, München
Gesamtherstellung: Ebner Ulm

ISBN 3-453-04591-2

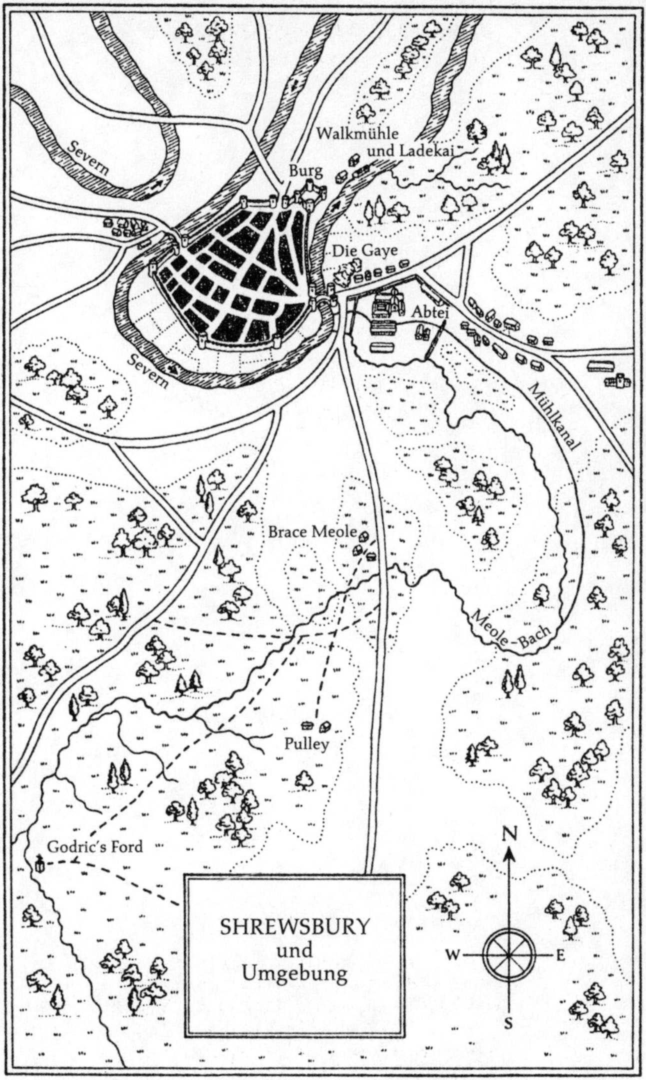
Severn
Walkmühle
und Ladekai
Burg
Die Gaye
Abtei
Severn
Mühlkanal
Brace Meole
Meole-Bach
Pulley
Godric's Ford
SHREWSBURY
und
Umgebung
N
W
E
S

1

Da sich die Kälte bis weit in den April hinein hielt und selbst Anfang Mai kaum nachlassen wollte, begann der Frühling des Jahres 1142 nur zögernd und widerstrebend zu erwachen. Die Vögel drückten sich dicht unter die Dächer und suchten sich warme Nistplätze. Die Bienen blieben im Stock, plünderten ihre Vorräte und mußten zugefüttert werden. Es gab keine frühen Blüten, an denen sie sich gütlich tun konnten. In den Gärten die Saat auszubringen, war zwecklos. Sie wäre in der viel zu kalten, lebensfeindlichen Erde doch nur verfault.

Erstarrt in dieser Kälte schienen auch die Menschen im Winterschlaf zu liegen, und die Parteien hielten den Atem an. Frohen Mutes war König Stephen nach der Befreiung aus dem Gefängnis zu Ostern nach Norden gezogen, um sich seiner alten Gebiete neu zu versichern. Doch kaum in den Süden zurückgekehrt, war er so schwer erkrankt, daß sich Gerüchte über seinen Tod rasch in ganz England ausbreiteten. Seine Cousine und Rivalin, die Kaiserin Maud, hatte ihr Hauptquartier unterdessen vorsichtshalber nach Oxford verlegt und wartete in aller Ruhe ab, ob die Gerüchte sich bewahrheiteten und der König sterben würde. Doch Stephen erholte sich wieder. Er hatte mit der Kaiserin noch eine offene Rechnung zu begleichen und war stark genug, um des heftigen Fiebers Herr zu werden. Ende Mai näherte er sich mit großen Schritten dem Wege der Besserung.

In den ersten Junitagen war dann endlich die ungewöhnlich lange Frostperiode zu Ende. Der schneidend kalte Wind verwandelte sich in ein laues Lüftchen, die Sonne berührte die Erde wie eine warme, liebkosende

Hand. Die Samen regten sich im Boden und entwickelten grüne Triebe, und ein Meer von Blumen, um so lebhafter nach der langen Zurückhaltung, floß golden, purpurn und weiß über Gärten und Wiesen. In freudiger Eile begannen die Menschen mit der verspäteten Aussaat.

Gleich einem Riesen von einem Zauberbann befreit, trat König Stephen nach seiner Genesung tatkräftig auf den Plan, griff den Hafen von Wareham an, den östlichsten, über den seine Feindin verfügte, und nahm Stadt und Burg ein, ohne auch nur einen Kratzer abzubekommen.

»Und nun zieht er wieder nach Norden gen Cirencester«, berichtete der sichtlich begeisterte Hugh Beringar, »um nacheinander die Vorposten der Kaiserin zu erobern. Wenn sich diese Tatkraft doch nur eine Weile halten würde.« Als Feldherr hatte der König nur eine einzige, allerdings verhängnisvolle Schwäche. Er konnte nicht bei der Sache bleiben, wenn er nicht auf der Stelle Erfolg hatte. Nach drei Tagen schon gab er eine Belagerung auf, um woanders eine neue zu beginnen, und die Mühe, die er auf beide verwendet hatte, war vergeudet. »Vielleicht nimmt es doch noch ein rasches Ende!«

Mit seinen viel kleineren Sorgen beschäftigt, musterte Bruder Cadfeal das Gemüsebeet vor der Mauer seines Kräutergartens und steckte prüfend eine Zehe in die nach einem morgendlichen Schauer dunkle, feuchte Krume. »Von Rechts wegen«, grübelte er, »hätten die Möhren schon vor mehr als einem Monat gesetzt werden sollen, und die ersten Radieschen werden faserig und verschrumpelt sein wie altes Leder. Aber was wir von jetzt an ernten, dürfte etwas saftiger sein. Glücklicherweise blieb die Obstblüte aus, bis die Bienen erwacht waren. Trotzdem werden wir heuer eine schlechte Ernte haben. Alles ist vier Wochen hinter der Zeit, aber manchmal gelingt es den Jahreszeiten irgendwie, die verlorene Zeit wettzumachen. Wareham, sagtet Ihr? Was ist mit Wareham?«

»Nun, Stephen hat es eingenommen, Stadt und Burg und Hafen. Damit hat er Robert von Gloucester, der kaum zehn Tage zuvor die Stadt verließ, die Türe vor der Nase zugeschlagen. Habe ich es Euch etwa noch nicht erzählt? Wir erhielten die Nachricht vor drei Tagen. Anscheinend traf die Kaiserin im April in Devizes mit ihrem Bruder zusammen und kam mit ihm überein, daß es an der Zeit sei, ihren Gatten zu verlassen, ein wenig Mühe auf ihre Angelegenheiten zu verwenden. Er sollte höchstpersönlich herüberkommen, um ihr zu helfen, sich Stephens Krone aufzusetzen. Sie schickten Boten zu Geoffrey in die Normandie. Er ließ jedoch antworten, daß er zwar geneigt sei, der Bitte zu entsprechen, aber leider seien ihm die Gesandten dem Namen und Leumund nach unbekannt, und er sei nicht bereit, mit irgend jemand anders als dem Grafen von Gloucester selbst zu verhandeln. Wenn Robert nicht kommt, ließ Geoffrey der Kaiserin ausrichten, dann braucht überhaupt keiner zu kommen.«

Für einen Moment vergaß Cadfael seine saumseligen Pflanzen. »Und Robert ließ sich tatsächlich überreden?« wunderte er sich.

»Nur widerstrebend. Er wollte seiner Schwester zur Seite stehen, denn nach dem Scharmützel in Westminster waren viele nur allzugern bereit, sie im Stich zu lassen. Außerdem hat er wohl ohnehin kaum erwartet, beim Grafen von Anjou viel zu erreichen. Allein, er ließ sich überzeugen. Von Wareham aus ist er in See gestochen, doch da der König jetzt den Hafen besetzt hält, wird er bei der Rückkehr einige Schwierigkeiten bekommen. Ein guter, schneller Schachzug war diese Eroberung. Wenn der König jetzt nur seine Stellung hielte!«

»Wir haben zum Dank für seine Genesung eine Messe gelesen«, erwiderte Cadfael abwesend, während er eine hochaufgeschossene Saudistel aus einer Minze zupfte. »Wie kommt es nur, daß Unkraut dreimal so schnell wächst wie die Pflanzen, die wir so gewissenhaft pflegen? Vor drei Tagen war von der Distel noch nichts zu sehen. Wenn der Grünkohl genauso schießen würde, dann könnte ich morgen schon ernten.«

»Zweifellos werden Eure Gebete Stephens Entschlossenheit stärken«, entgegnete Hugh, wenn auch nicht völlig überzeugt. »Habt Ihr denn immer noch keine Hilfe für den Garten bekommen? Es wird höchste Zeit. Im Frühjahr gibt es hier mehr Arbeit, als einer allein schaffen kann.«

»Heute morgen im Kapitel habe ich dringend darum gebeten. Wen sie mir geben werden, weiß ich aber nicht. Prior Robert hat ein oder zwei junge Brüder, die er mit Freuden an mich abtreten würde. Erfreulicherweise sind gerade jene, die er am wenigsten schätzt, meist gewitzter und klüger als die anderen. Vielleicht habe ich Glück mit meinem Lehrling.«

Er richtete sich auf und blickte über die frisch umgegrabenen Beete und die Erbsenfelder, die zum Meole-Bach hin abfielen. Vor seinem inneren Auge erschienen die letzten Helfer, die ihm im Herbarium zu Hand gegangen waren. Da war der große, übermütige und hübsche Bruder John, der durch ein Versehen ins Kloster gekommen war und es wieder verlassen hatte. Einige Freunde in Wales hatten ihm heimlich geholfen, die Rolle des Klosterbruders mit der des Ehemannes und Vaters zu vertauschen. Dann Bruder Mark, der als schmächtiger, mißhandelter Sechzehnjähriger schüchtern und still gekommen, zu einem klaren, heiteren Mann herangereift und schließlich zum Priester geweiht worden war. Cadfael vermißte Bruder Mark. Er war inzwischen zum Diakon befördert worden und diente in der Kapelle des Bischofs von Lichfield. Nach Mark war Bruder Oswin gekommen, ein fröhlicher, selbstbewußter und linkischer Geselle, der jetzt seinen einjährigen Dienst im Hospital von St. Giles am Stadtrand versah. Wie mochte der nächste sein? grübelte

Cadfael. Man konnte ein Dutzend junger Männer in die gleiche schwarze Kutte stecken, ihnen die Köpfe scheren und sie Tag um Tag und Jahr um Jahr den gleichen eintönigen Stundenplan durchlaufen lassen, und doch würden sie verschieden bleiben, jeder für sich einzigartig. Gott sei Dank!

»Wen immer man Euch schickt«, sagte Hugh, während die beiden auf dem breiten grünen Weg die Fischteiche umrundeten, »wenn er Euch verläßt, wird er verwandelt sein. Warum sollten sie einen einfachen, schlichten Heiligen wie Rhun auf Euch verschwenden? Er ist vollendet, er kam schon fertig auf die Welt. Nein, Ihr bekommt die Ungeschickten, Verstockten und Wankelmütigen, um sie in die richtige Form zu schmieden. Nicht, daß dabei je die gewünschte Form herauskäme«, fügte er mit breitem Grinsen hinzu. Er warf seinem Freund einen verschlagenen Blick zu.

»Rhun hat es auf sich genommen, den Altar von St. Winifred zu hüten«, sagte Cadfael. »Schließlich hat er ein starkes persönliches Interesse an der kleinen Heiligen. Die Kerzen für den Altar stellt er selbst her, das Duftwasser für das Wachs borgt er sich von mir. Nein, Rhun sucht sich seine Aufgaben selbst, und niemand steht ihm dabei imWeg. Dafür werden die Heilige und er schon sorgen.«

Sie nahmen die kleine Fußbrücke über den Graben, der die Fischteiche und die Mühle speiste, und betraten den Rosengarten. Die gestutzten Büsche zeigten noch kein starkes Wachstum, aber immerhin begannen sich die ersten Knospen zu öffnen, und zwischen den grünen Deckblättern waren rote und weiße Streifen zu sehen. »Sie werden sich jetzt rasch öffnen«, erklärte Cadfael zufrieden. »Nur die Wärme hat ihnen noch gefehlt. Ich hatte mir schon Sorgen gemacht, ob die Witwe Perle dieses Jahr pünktlich ihren Pachtzins bekommen kann, aber wenn die Sträucher hier die verlorene Zeit wettmachen, dann werden es auch ihre weißen Rosen tun. Ein trauriges Jahr wäre es, wenn es bis zum zweiundzwanzigsten Juni keine Rosen gäbe!«

»Die Witwe Perle? O ja, die junge Vestier!« gab Hugh zurück. »Jetzt fällt es mir wieder ein! Die Pacht ist am Tage von St. Winifreds Grablegung fällig, oder? Wie viele Jahre sind jetzt seit der Schenkung vergangen?«

»Dies ist das vierte Mal, daß wir ihr die Pacht für ein Jahr zahlen. Eine weiße Rose vom Busch in ihrem alten Garten, zu übergeben am Tage der Grablegung von St. Winifred –«

»Am Tage der angeblichen Grablegung«, widersprach Hugh grinsend. »Eigentlich müßtet Ihr jedesmal vor Scham erröten, wenn Ihr dieses Ereignis erwähnt.«

»Das tue ich auch, nur fällt es dank meiner Hautfarbe kaum auf.« Nachdem er jahrelang im Osten wie im Westen im Freien gelebt hatte, war seine Hautfarbe in der Tat tiefbraun. Der Winter konnte diese Farbe kaum bleichen, und jeder Sommer erneuerte die Bräune.

»Eine sehr bescheidene Gegenleistung«, bemerkte Hugh nachdenklich, während sie auf einer zweiten Holzbrücke den Seitenkanal überquerten, der das Gästehaus versorgte. »Die meisten unserer geschäftstüchtigen Händler in der Stadt schätzen Landbesitz viel höher als Rosen.«

»Sie hatte verloren, was ihr am teuersten war«, erwiderte Cadfael. »Mann und Kind binnen zwanzig Tagen. Kurz nach seinem Tod hatte sie eine Fehlgeburt. Sie konnte es nicht ertragen, allein in dem Haus weiterzuleben, in dem sie so glücklich gewesen war. Und weil ihr das Haus so teuer war, wollte sie es lieber Gott stiften, als es zusammen mit dem Rest des Besitzes zu behalten, der ohnehin groß genug war, um sie selbst, ihre Verwandte und Diener gut zu versorgen. Die Miete, die wir für das Haus bekommen, reicht aus, um das ganze Jahr über Kerzen und Schmuck für den Marienaltar zu kaufen. So hat sie sich entschieden, doch eine Verbindung mußte bestehen bleiben – eine Rose im Jahr wollte sie bekommen. Edred Perle war ein stattlicher Mann«, erklärte Cadfael, während er über die Vergänglichkeit der Schönheit leicht den Kopf schüttelte. »Ich sah ihn von einem heftigen Fieber bis auf die Knochen ausgezehrt, und all meine Kunst konnte ihm nicht helfen. So etwas vergißt man nicht.«

»Ihr habt hier und vor langer Zeit auf den Schlachtfeldern in Syrien sicher viele solcher armen Seelen gesehen«, versuchte Hugh ihn abzulenken.

»In der Tat! In der Tat! Und habt Ihr mich je sagen hören, daß ich auch nur eine vergessen hätte? Aber ein junger, hübscher Mann, dahingerafft noch vor der Blüte seines Lebens, eine Frau zurücklassend, die dann auch noch des Kindes beraubt wurde, das sie an ihn hätte erinnern können . . . ein trauriges Schicksal, wenn Ihr erlaubt.«

»Sie ist noch jung«, erwiderte Hugh abwesend, da er mit anderen Dingen beschäftigt war. »Sie sollte wieder heiraten.«

»Das denken auch viele Händler in der Stadt«, stimmte Cadfael mit einem schiefen Lächeln zu. »Als Erbin und Herrin des Vestierschen Tuchmachergeschäfts ist sie vermögend. Aber nach diesem Verlust wird sie einen alten Knauser wie Godfrey Fuller wohl kaum in Betracht ziehen. Zwei Frauen hat er schon begraben und aus beiden Ehen einen Profit geschlagen, und nun wirft er ein Auge auf eine dritte gute Partie. Auch die hübschen jungen Burschen, die sich ins gemachte Bett legen wollen, dürften sie nicht interessieren.«

»Wer wäre das zum Beispiel?« erkundigte Hugh sich amüsiert.

»Zwei oder drei könnte ich nennen. Da wäre etwa William Hyndes Jüngster, wenn an den Gerüchten etwas dran ist. Dann der Aufseher ihrer Weber, ein gutaussehender junger Mann, der sich bei ihr wohl einige Chancen ausrechnet. Wie ich hörte, sucht auch ihr Nachbar, der Sattler, eine Frau und hält Judith anscheinend für geeignet.«

Hugh begann aus vollem Halse zu lachen und klopfte Cadfael überschwenglich auf die Schulter, während sie den großen Hof betraten, wo jetzt, vor der Messe, die übliche zielstrebige, stille Geschäftigkeit herrschte. »Wie viele Augen und Ohren habt Ihr nur in den Straßen Shrewsburys? Ich wünschte, meine eigenen Spione könnten mir nur halb soviel zutragen. Schade, daß Euer Einfluß nicht bis in die Normandie reicht. Ich wüßte zu gern, was Robert und Geoffrey dort aushecken. Allerdings vermute ich«, sagte er, wieder ernster werdend und sich seinen eigenen Sorgen zuwendend, »daß Geoffrey weit eher darauf aus ist, die Normandie zu erobern, als seine Zeit in England zu vergeuden. Wie ich hörte, ist er eifrig mit Eroberungen beschäftigt und wahrscheinlich nicht bereit, davon abzulassen. Statt seine Hilfe anzubieten, wird er Robert wohl eher verleiten, ihm in der Normandie zu helfen.«

»Jedenfalls zeigt er wenig Interesse an seiner Frau oder deren Plänen«, pflichtete Cadfael trocken bei. »Nun, wir werden ja sehen, ob Robert ihn umstimmen kann. – Kommt Ihr heute morgen zur Messe?«

»Nein, ich muß morgen für ein oder zwei Wochen nach Maesbury. Die Schafschur sollte eigentlich schon erledigt sein, aber sie wurde wegen der Kälte verschoben. Die Leute dort haben jetzt alle Hände voll zu tun. Aline und Giles werden den Sommer dort verbringen. Ich selbst werde, je nach Bedarf, teils dort und teils hier sein.«

»Ein Sommer ohne Aline und meinen Patensohn«, entgegnete Cadfael vorwurfsvoll, »das ist keine Eröffnung, die Ihr mir ohne Vorbereitung machen dürft. Schämt Ihr Euch denn gar nicht?«

»Nicht im geringsten! Denn unter anderem bin ich gekommen, um Euch für heute abend zum Essen einzuladen, bevor wir morgen früh aufbrechen. Abt Radulfus hat seine Erlaubnis und seinen Segen gegeben. Und nun geht und betet um gutes Wetter und einen leichten Ritt für uns.« Damit drängte Hugh seinen Freund mit einem herzhaften Stoß zur Ecke des Kreuzganges und zur Südtür der Kirche.

Es mochte Zufall gewesen sein, vielleicht aber auch jene eigenartige Folgerichtigkeit, die unmittelbar nach der Erinnerung das Erinnerte auf den Plan ruft. Jedenfalls befand sich an diesem Tag auch die Witwe Perle in der kleinen Schar der Gläubigen, die im Gemeindeteil der Kirche an der Messe teilnahmen. Vor dem Gemeindealtar waren immer ein paar Laien auf den Knien. Einige hatten aus verschiedenen Gründen die Gemeindemesse versäumt, einige andere waren alt und einsam und wollten ihre langen Stunden mit der Teilnahme an möglichst vielen Gottesdiensten füllen, und schließlich gab es noch einige, die ganz besondere Anliegen hatten und eine zusätzliche Gelegenheit suchten, ihre Bitten vorzubringen. Manche, die geschäftlich in die Vorstadt kamen, zu diesen zählte auch die Witwe Perle, nutzten die Gelegenheit, sich etwas Zeit zum Nachdenken und für die innere Einkehr zu nehmen.

Von seinem Platz im Chorgestühl aus konnte Bruder Cadfael hinter dem großen Gemeindealtar gerade noch ihren schön geformten Kopf, ihre Schultern und einen Arm sehen. Eigenartig, daß eine so stille und bescheidene Frau dennoch auf den ersten Blick sofort zu erkennen war. Vielleicht war es die aufrechte Haltung ihrer schmalen Schultern, vielleicht auch ihr volles braunes Haar, das schwer vom andächtig geneigten Kopf herabfiel. Höchstens fünfundzwanzig Jahre war sie alt und hatte ihre glückliche Ehe nur drei Jahre auskosten dürfen, doch sie trug den Verlust und ihr einsames Leben ohne Murren und Klagen, ging gewissenhaft ihren Geschäften nach, die ihr keine persönliche Freude schenkten, und stellte sich gefaßt und mit überraschender Tatkraft der Aussicht, den Rest ihres Lebens allein zu verbringen. Im Glück wie im Unglück ist das Leben eine Aufgabe, die gewissenhaft erfüllt werden muß.

Ein Segen, dachte Cadfael, daß sie nicht ganz allein ist. Sie hat ja noch die Schwester ihrer Mutter, die ihr in der Wohnung über dem Laden den Haushalt führt, und ihr Vetter ist ein gewissenhafter Aufseher und Vorarbeiter, der die Last des Geschäfts von ihren Schultern nehmen kann.

Als Entgelt für das Haus in der Vorstadt, wo ihr Mann gestorben war, sollte sie jedes Jahr eine Rose bekommen. Nur in der Bitte um dieses Erinnerungsstück kamen ihr Kummer und ihr Leid zum Ausdruck, nachdem sie sich freiwillig von ihrem kostbarsten Besitz getrennt hatte.

Judith Perle, geborene Judith Vestier und Alleinerbin des größten Tuchmachergeschäftes der Stadt, war keine schöne Frau. Doch sie besaß eine natürliche Würde, die auch in einer Menschenmenge die Blicke anzog. Sie war ungewöhnlich groß für eine Frau, schlank und aufrecht, und bewegte sich mit großer Anmut. Der Kranz ihres glänzenden braunen Haars, von einer Farbe wie verwitterte Eiche, saß über einem bleichen, schmalen Gesicht mit hoher Stirn und spitzem Kinn. Kräftige Wangenknochen hatte sie und einen sensiblen Mund, elegant geschwungen, aber zu breit, um schön zu sein. Ihre klaren, offenen Augen waren dunkelgrau und schienen nichts zu verbergen oder zurückzuhalten. Cadfael hatte ihr vor vier Jahren am Sterbebett ihres Mannes Auge in Auge gegenübergestanden. Sie hatte keineswegs den Blick abgewendet, sondern unverwandt zugesehen, wie das Glück ihres Lebens durch ihre Finger glitt. Zwei Wochen später hatte sie eine Fehlgeburt gehabt und auch noch ihr Kind verloren. Edred hatte ihr nichts hinterlassen.

Hugh hat recht, dachte Cadfael, indem er sich wieder auf die Liturgie konzentrierte. Sie ist noch jung, sie sollte wieder heiraten.

Es war fast Mittag, und das strahlende Licht des Junitages fiel in langen goldenen Balken auf die Reihen der Brüder und Diener auf der anderen Seite der Kirche. Hier und dort vergoldete es die Hälfte eines Gesichts und ließ die andere Hälfte in tiefem Schatten. Geblendete Augen in bleichen Gesichtern wehrten sich blinzelnd gegen die Helligkeit. Das Gewölbe droben war vom Widerschein in ein weiches, gedämpftes Licht getaucht und ließ die geschwungenen Blätter in der Deckenbemalung wie Reliefs hervortreten. Dort oben im höchsten Punkt der Kirche schienen Musik und Licht eine innige Verbindung einzugehen. Endlich, nach viel zu langem Winterschlaf, hielt der Sommer zögernd seinen Einzug.

Anscheinend war Bruder Cadfael nicht der einzige, der dem Gottesdienst nicht die nötige Aufmerksamkeit schenkte. Bruder Anselm, der Vorsänger, hatte, in seinen Gesang vertieft, verzückt und mit geschlossenen Augen das Gesicht ins Sonnenlicht gehoben. Er wußte natürlich jede Note auswendig. Bruder Eluric aber, der Küster des Marienaltars in der Nebenkapelle, schien neben Anselm etwas abwesend. Er hatte den Kopf zur Seite gedreht und blickte zum Gemeindealtar, wo die Gläubigen ihre leise gemurmelten Antworten gaben.

Bruder Eluric war ein Kind des Klosters. Erst vor kurzem hatte er seine Tonsur bekommen, und man hatte ihm diese besondere Aufgabe übertragen, weil er die Ehre zweifellos verdiente. Manch einer hatte zwar Bedenken, Oblaten mit wichtigen Ämtern zu betreuen, ehe sie ein gewisses Alter erreicht hatten. Ein unvernünftiger Vorbehalt, hatte Cadfael stets gedacht, betrachtete man doch die

Oblaten als vollkommen unschuldige Geschöpfe, den Engeln gleich, während die *conversi*, die später ins Kloster eintraten, als kämpfende Heilige galten, die ihre Unvollkommenheiten kennen und beherrschen gelernt hatten. So hatte der heilige Anselm die beiden Gruppen unterschieden und ihnen befohlen, sich nie zu gegenseitigen Vorwürfen und Neidgefühlen hinreißen zu lassen. Dennoch wurden bei wichtigen Ämtern im allgemeinen die *conversi* bevorzugt; vielleicht, weil sie mit den Täuschungen, Schwierigkeiten und Versuchungen der Außenwelt bereits ihre Erfahrungen gemacht hatten. Die Obhut über einen Altar jedoch, über die Lichter und den Schmuck, durfte zusammen mit den entsprechenden Gebeten sehr wohl den Händen eines Unschuldigen überlassen werden.

Bruder Eluric, inzwischen über zwanzig Jahre alt, ein großer, stattlicher junger Mann mit schwarzem Haar und schwarzen Augen, war der belesenste und ergebenste seiner Altersgenossen. Mit drei Jahren war er ins Kloster gekommen und wußte nichts über die Außenwelt. Unvertraut mit der Sünde, war er durch sie um so stärker gefährdet, denn für ihn war sie ein unbekanntes Ungeheuer. Er nahm es mit der Beichte sehr genau, zerpflückte seine geringfügigen Verfehlungen und erlegte sich Bußen auf, die für Todsünden angemessen gewesen wären. Seltsam, daß ein so gewissenhafter Junge nicht auf den heiligen Gottesdienst achtgab. Sein Kinn lag auf der Schulter, seine Lippen blieben stumm. Er hatte die Worte des Psalmes vergessen und starrte genau in die Richtung, in die auch Cadfael vor einigen Momenten geblickt hatte. Doch Eluric konnte von seinem Standort aus die Frau besser sehen, grübelte Cadfael – das abgewandte Gesicht, die gefalteten Hände, die Falten des Tuchs über ihrem Busen.

Anscheinend schenkte ihm der Gottesdienst keine Freude. Er schien zu zittern wie ein gespannter Bogen.

Als er sich wieder faßte und den Blick abwandte, geschah es mit einem Ruck, der vom Kopf bis zu den Füßen durch seinen ganzen Körper lief.

So, so! dachte Cadfael, dem endlich ein Licht aufging. In acht Tagen muß er ihr die Rose bringen. Diese Aufgabe hätten sie besser einem gestandenen alten Sünder wie mir übertragen, der sehen und genießen kann, ohne in Versuchung zu geraten. Nicht aber diesem verletzlichen Jungen, der gewiß noch nie mit einer Frau allein in einem Zimmer war, seit seine Mutter ihn aus den Armen gab. Eine Schande, daß es überhaupt dazu kam!

Er soll dieses arme Mädchen aufsuchen, den Inbegriff dessen, was ihn am meisten quälen muß – ernst, traurig, mit einer bejammernswerten Vergangenheit und doch gefaßt und ruhig wie die heilige Jungfrau selbst. Mit einer weißen Rose wird er zu ihr kommen, vielleicht berühren sich sogar ihre Hände, wenn er sie übergibt. Ach, und da fällt mir ein, daß Bruder Anselm erwähnte, der Junge sei ein halber Dichter. Welche Torheiten begehen wir nur ohne die geringste böse Absicht!

Inzwischen war es viel zu spät, um noch die Gedanken auf Gebet und Andacht zu richten. Er gab sich mit der Hoffnung zufrieden, daß die Frau nach dem Gottesdienst die Kirche verlassen würde, bevor die Brüder aus ihrem Chorgestühl kamen.

Und die Gnade Gottes wollte es, daß sie tatsächlich fort war.

Anscheinend war sie aber auch nicht weiter gegangen als bis zu Cadfaels Hütte im Kräutergarten. Sie wartete geduldig vor der offenen Tür, bis er kam, um die Lotion umzufüllen, die er vor der Messe zum Abkühlen beiseite gestellt hatte. Ihre Stirn war glatt und ihre Stimme sanft, ihre Absichten ganz praktisch und vernünftig. Das Feuer, das Eluric verzehrte, war ihr unbekannt. Auf Cadfaels

Einladung folgte sie ihm in die Hütte unter die sachte schaukelnden Kräuterbündel, die droben an den Deckenbalken raschelten.

»Bruder Cadfael, vielleicht erinnert Ihr Euch noch daran, daß Ihr mir einmal eine Salbe für einen Ausschlag an den Händen gemacht habt. Eine meiner Spinnerinnen bekommt beim Kämmen der frischen Wolle manchmal kleine Pusteln. Es ist seltsam, es geschieht nicht jedes Jahr. In diesem Jahr hat sie wieder Kummer damit.«

»Ich erinnere mich«, erklärte Cadfael. »Das war vor drei Jahren. Ja, ich weiß, welche Salbe es war. Ich kann sie Euch in wenigen Minuten zubereiten, wenn Ihr warten wollt.«

Anscheinend hatte sie Zeit, denn sie setzte sich auf die Holzbank an der Rückwand der Hütte und zog die dunklen Kleider eng um ihre Beine. Sie saß aufrecht und ruhig in der Ecke, während Cadfael Mörser, Stößel und die kleine Waage mit den Messinggewichten holte.

»Wie geht es Euch?« erkundigte er sich, als er mit Schweinefett und Pflanzenöl beschäftigt war. »Ihr lebt ja jetzt schon eine Weile oben in der Stadt.«

»Recht gut«, erwiderte sie gefaßt. »Ich habe im Geschäft mehr als genug zu tun, und der Ertrag an Wolle war besser, als ich zu hoffen wagte. Ich kann nicht klagen. Ist es nicht eigenartig«, fuhr sie etwas lebhafter fort, »daß Branwen von der Wolle einen Ausschlag bekommt, während Ihr das Fett aus der Wolle oft benutzt, um bei anderen Leuten Hautkrankheiten zu heilen?«

»Solche Widersprüche gibt es«, erklärte er. »Es gibt bestimmte Pflanzen, die manche Menschen nicht berühren können, ohne Schaden zu nehmen. Niemand weiß den Grund. Wir lernen durch Beobachtung. Wie ich mich erinnere, hat die Salbe damals geholfen.«

»O ja, ihre Hände sind rasch verheilt. Aber ich glaube, ich sollte sie nicht mehr Wolle kämmen lassen, sondern sie das Weben lehren. Wenn die Wolle gewaschen, getrocknet und gesponnen ist, kann sie sie vielleicht berühren. Sie ist ein gutes Mädchen, sie wird es rasch lernen.«

Während er, den Rücken zu ihr gekehrt, arbeitete, schien es Cadfael, als redete sie nur, um das Schweigen auszufüllen und insgeheim für sich über ganz andere Dinge nachzudenken, die nichts mit ihren Worten zu tun hatten. So überraschte es ihn nicht, als sie plötzlich und mit ganz anderem Tonfall entschlossen sagte: »Bruder Cadfael, ich trage mich mit dem Gedanken, ins Kloster zu gehen. Ich denke ernsthaft darüber nach. Die Welt scheint mir nicht begehrenswert, ich würde hier nichts vermissen. Und meine ganzen Lebensumstände stimmen mich nicht so zuversichtlich, daß ich es wagen könnte, auf bessere Zeiten zu hoffen. Im Geschäft werde ich nicht unbedingt gebraucht. Vetter Miles kann es auch ohne mich führen, und ihm liegt mehr daran als mir. Natürlich tue ich meine Pflicht, wie man es mich gelehrt hat, aber er käme genausogut ohne mich zurecht. Warum sollte ich zögern?«

Cadfael drehte sich, den Stößel in der Hand haltend, zu ihr herum. »Habt Ihr schon mit Eurer Tante und Eurem Vetter darüber gesprochen?«

»Ich habe es erwähnt.«

»Und was hatten sie dazu zu sagen?«

»Nichts. Es ist meine Entscheidung. Miles will mir weder abraten noch zuraten, er weicht diesem Thema aus. Ich glaube, er nimmt mich nicht für voll. Meine Tante – kennt Ihr sie? Sie ist wie ich verwitwet und jammert heute noch, obwohl schon viele Jahre vergangen sind. Sie redet vom Frieden des Klosters, von der Befreiung von den Sorgen der Welt. Aber sie redet nur, dabei weiß ich genau, daß sie mit ihrem bequemen Leben im Grunde ganz zufrieden ist. Ich aber, Bruder Cadfael, ich lebe und gehe meiner Arbeit nach, aber ich bin nicht zufrieden. Ein Leben im Kloster würde mir Ruhe und Frieden schenken.«

»Aber es wäre falsch«, erwiderte Cadfael fest. »Zumindest für Euch wäre es ein Fehler.«

»Warum sollte es ein Fehler sein?« widersprach sie. Die Haube war von ihrem Kopf zurückgeglitten, und ihr hellbrauner Haarschopf schimmerte im gedämpften Licht wie gemaserte Eiche.

»Das Klosterleben sollte man nicht als die zweitbeste Möglichkeit wählen. Genau das würdet Ihr aber tun. Man muß sich diesem Leben aus einem echten Bedürfnis heraus zuwenden oder gar nicht. Der Wunsch, vor der Außenwelt zu fliehen, ist nicht genug. Ihr müßt von einer Sehnsucht zur Welt dort drinnen erfüllt sein.«

»Wie war es denn bei Euch?« fragte sie lächelnd, und plötzlich war ihr strenges Gesicht strahlend und warm.

Er dachte eine Weile nach und wählte seine Worte mit Bedacht. »Ich kam erst spät ins Kloster. Schon möglich, daß mein Feuer nicht eben lebhaft brannte«, erwiderte er schließlich aufrichtig. »Aber es spendete genug Licht, um mir den Weg zu beleuchten, den ich gehen wollte. Ich bin zu etwas hingelaufen, nicht vor etwas fort.«

Sie erwiderte unbeeindruckt und offen seinen Blick. »Bruder Cadfael, seid Ihr noch nie auf die Idee gekommen, daß eine Frau viel bessere Gründe zum Fortlaufen haben könnte, als Ihr sie je hattet? Viel mehr Böses, vor dem es fortzulaufen gilt, und weniger Ziele, zu denen die Flucht führen könnte?«

»Das ist wahr«, gab Cadfael zu, während er heftig rührte. »Aber wie ich weiß, seid Ihr weit besser gestellt als viele andere. Außerdem habt Ihr mehr Mut als viele Männer. Ihr seid Eure eigene Herrin, Eure Verwandten hängen von Euch ab und nicht Ihr von ihnen. Es gibt keinen Oberherrn, der über Eure Zukunft bestimmen könnte, und niemand vermag Euch zu einer zweiten Ehe zu zwingen – ja, ich habe gehört, daß manch einer nur zu froh wäre, wenn er es könnte. Aber niemand hat Macht über

Euch. Es gibt keinen lebenden Vater und keinen älteren Verwandten mehr, der Euch beeinflussen könnte. Ganz egal, wie viele Männer Euch belästigen oder Euch mit ihren Werbungen ermüden, Ihr wißt, daß Ihr ihnen mehr als ebenbürtig seid. Und Euer Verlust«, fuhr er fort, nachdem er einen Augenblick überlegt hatte, ob er ihr nicht zu nahe trat, »ist ein Verlust, wie er in dieser Welt eben geschehen kann. Glaubt mir, in der Einsamkeit und Stille eines Klosters kann das Warten viel schwerer sein als in der Welt mit ihren Widrigkeiten und Ablenkungen. Ich habe erlebt, wie Männer aus sehr vernünftigen Gründen eben diesen Fehler begingen und unter der doppelten Beraubung um so schwerer litten. Geht dieses Risiko nicht ein. Nicht, wenn Ihr nicht ganz genau wißt, was Ihr wollt, nicht, solange Ihr es nicht aus ganzem Herzen und aus tiefster Seele wollt.«

Mehr wagte er nicht zu sagen; und vielleicht war es schon mehr gewesen, als ihm überhaupt zustand. Sie hörte ihn an, ohne den Blick abzuwenden. Er spürte ihren klaren Blick auf sich ruhen, während er die Salbe für sie in ein Töpfchen füllte und den Deckel festband, damit sie es heimtragen konnte.

»Schwester Magdalena aus der Benediktinerklause in Godric's Ford wird in zwei Tagen nach Shrewsbury kommen, um Bruder Edmunds Nichte zu holen, die sich den Schwestern anschließen will. Über ihre Motive weiß ich nichts, aber wenn Schwester Magdalena sie als Novizin annimmt, dann muß das Mädchen wirklich überzeugt sein. Man wird sie genau beobachten und erst dann die Gelübde ablegen lassen, wenn Schwester Magdalena sich über ihre Berufung im klaren ist. Vielleicht wollt Ihr mit Schwester Magdalena darüber sprechen? Soweit ich weiß, kennt Ihr Euch ja bereits.«

»Ja, ich kenne sie.« Judith sprach leise, und doch war in ihrer Stimme eine Spur von stiller Belustigung zu hören.

»Ich glaube, Schwester Magdalenas Motive hätten, als sie in Godric's Ford aufgenommen wurde, wohl kaum den Ansprüchen genügt, die Ihr soeben vorgetragen habt.«

Das konnte er kaum abstreiten. Schwester Magdalena war viele Jahre lang die Geliebte eines Edelmannes gewesen. Nach dessen Tod hatte sie sich mit einzigartiger Entschlossenheit nach einem neuen Feld umgesehen, auf dem sie ihre unbestrittenen Fähigkeiten einsetzen konnte. Zweifellos hatte sie die Entscheidung fürs Klosterleben kühl und aus praktischen Erwägungen getroffen. Doch wurde dies wettgemacht durch die Kraft und die Ergebenheit, mit der sie seit dem Tage ihres Eintritts diente. Fraglos würde dies bis zu ihrem Tod so bleiben.

»Meines Wissens«, räumte Cadfael ein, »ist Schwester Magdalena wirklich einzigartig. Ihr habt recht, ihr Eintritt in die Klause geschah nicht aufgrund einer Berufung. Sie sieht ihr Wirken eher als Beruf denn als Berufung an, und sie macht sich gut. Mutter Mariana ist alt und bettlägerig. Schwester Magdalena trägt die Verantwortung für die ganze Klause, und ich wüßte keine Schultern, die diese Verantwortung besser zu tragen imstande wären. Im Gegensatz zu mir wird sie kaum behaupten, es gebe nur einen einzigen wirklichen Grund, den Schleier anzulegen, nämlich eine tiefe Sehnsucht nach einem Leben im Geiste. Gerade deshalb aber solltet Ihr hören, welchen Rat sie Euch geben kann, bevor Ihr einen so ernsten Schritt tut. Vergeßt nicht, daß Ihr jung seid, während sie die Blüte ihres Lebens schon hinter sich hat.«

»Und ich habe die meine zu Grabe getragen«, entgegnete Judith sehr ernst. Sie stellte eine Wahrheit fest, kein Selbstmitleid war herauszuhören.

»Nun, und wenn es um das Zweitbeste geht«, fuhr Cadfael fort, »so läßt sich dies sowohl außerhalb des Klosters als auch in seinem Innern finden. Das Geschäft zu führen, das Eure Vorfahren aufgebaut haben, vielen Leuten

Arbeit und Brot zu geben, auch das wäre schon ein erfüllender Lebenszweck, wenn sich denn kein besserer finden ließe.«

»Nur stellt mich dieses Leben vor keine große Prüfungen«, erwiderte sie gleichmütig. »Überhaupt erklärte ich nur, daß ich daran denke, ins Kloster zu gehen. Bisher ist noch nichts entschieden. Und ob ich gehe oder nicht, ich werde gern mit Schwester Magdalena reden, deren Klugheit ich schätze. Ich werde mich hüten, einfach abzutun, was sie mir zu sagen hat. Gebt mir Bescheid, wenn sie kommt, dann will ich einen Diener schicken und sie in mein Haus bitten oder sie in ihrem Quartier aufsuchen.«

Sie stand auf und nahm das Töpfchen mit der Salbe entgegen. Im Stehen war sie zwei Fingerbreit größer als er, doch schmal und sehr schlank.

»Eure Rosen knospen gut«, sagte sie, während sie über den Kiesweg durch den Garten gingen. »Wie spät sie auch kommen, am Ende blühen sie doch immer gleich.«

Es hätte eine Metapher für das Leben selbst sein können, ein Nachgedanke zu ihrem Gespräch, grübelte er. Doch er behielt seine Gedanken für sich. Es war besser, wenn er sie der gewitzten, durchdringenden Klugheit von Schwester Magdalena überließ.

»Und Eure?« fragte er. »Wir werden eine reiche Auswahl an Blüten haben, wenn St. Winifreds Feiertag kommt. Ihr sollt als Pacht die beste und frischeste Rose bekommen.«

Sie lächelte einen Moment, dann wurde sie wieder ernst und blickte auf den Weg. »Ja«, erwiderte sie und schwieg dann. Cadfael hatte den Eindruck, daß sie etwas zurückhielt. Ob sie Elurics Unruhe bemerkt hatte und von den gleichen Qual heimgesucht wurde wie der junge Bruder? Dreimal hatte er ihr die Rose gebracht und war in ihrer Nähe gewesen. Wie lange genau? Zwei Minuten im Jahr? Vielleicht drei? Doch nicht der Schatten eines Mannes verdunkelte Judith Perles Augen; jedenfalls nicht der Schatten eines lebenden Mannes. Allerdings mochte sie reagiert haben, dachte Cadfael – nicht auf den Besuch eines jungen Mannes in ihrem Haus, sondern auf die Nähe des Schmerzes.

»Ich will übrigens gerade zum Haus«, erklärte sie, sich aus ihren Gedanken reißend. »Ich habe eine Gürtelschnalle verloren und will mir eine neue machen lassen, die zu den Rosetten auf dem Leder und dem Verschluß am Ende paßt. Es ist eine Einlegearbeit aus Email auf Bronze. Ein Geschenk von Edred. Niall, der Bronzeschmied, wird sicher eine Kopie herstellen können. Er ist ein guter Handwerker. Ich bin froh, daß die Abtei einen so guten Mieter für das Haus gefunden hat.«

»Ein anständiger, ruhiger Mann«, stimmte Cadfael zu. »Er hält den Garten gut in Schuß. Ihr werdet sehen, daß Euer Rosenbusch bestens gepflegt ist.«

Darauf gab sie keine Antwort. Sie dankte ihm nur für seinen Dienst, als sie zusammen den großen Hof betraten. Dort trennten sie sich. Sie ging durch die Vorstadt weiter zum großen Haus jenseits der Abteischmiede, wo sie die wenigen Jahre ihres Ehelebens verbracht hatte, er wandte sich zum Waschraum, um vor dem Mittagessen seine Hände zu säubern. An der Ecke des Kreuzgangs blieb er stehen und sah ihr nach. Er beobachtete sie, bis sie durch den Bogen des Torhauses verschwand. Sie hatte einen Gang, der zu einer Äbtissin gepaßt hätte, doch für Cadfael schien er ebensogut zur Erbin des wichtigsten Tuchmachergeschäfts in der Stadt zu passen.

Überzeugt, mit seinem Versuch, sie vom Klosterleben abzubringen, das Richtige getan zu haben, ging er ins Refektorium. Mochte sie das Klosterleben im Augenblick auch als Zuflucht sehen, der Tag konnte kommen, an dem sie es als Gefängnis empfinden würde, das sie um so stärker einschränkte, da sie es aus freien Stücken betreten hatte.

2

Das Haus in der Vorstadt stand in der Nähe des Pferdemarktes, eines grasbewachsenen Dreiecks, wo die Hauptstraße um die Abteimauer bog. Eine niedrige Mauer auf der anderen Straßenseite umfriedete den Hof, in dem Niall, der Bronzeschmied, sein Geschäft und seine Werkstatt betrieb. Dahinter lag das schöne Wohnhaus mit seinem großen Garten und einem kleinen Stück Grasland dahinter. Niall betrieb einen schwunghaften Handel mit Broschen und Knöpfen, kleinen Gewichten und Anstecknadeln, metallenen Kochtöpfen, Wasserkannen und Tellern. Er bezahlte der Abtei eine angemessene Pacht für Haus und Land. Hin und wieder bekam er auch den Auftrag, eine Glocke zu gießen, doch dies geschah recht selten; dazu mußte er in dem betreffenden Gebäude selbst arbeiten, denn nach dem Guß konnten die schweren Glocken nicht mehr weit transportiert werden.

Der Schmied arbeitete in einer Ecke seines Ladens, als Judith vor die Theke trat. Mit Körner und Schlegel hämmerte er einen Schmuckrand aus Blättern um einen dünnen Metallteller. Aus dem offenen Fenster über dem Arbeitstisch fiel weiches Licht schräg auf ihr Gesicht, und nachdem Niall sich umgedreht hatte, um zu sehen, wer eingetreten war, hielt er einen Moment inne, bevor er die Werkzeuge ablegte, und kam, um sie zu bedienen.

»Zu Diensten, Madam! Was kann ich für Euch tun?«

Sie kannten sich kaum, sie waren Geschäftsinhaber und Kundin, doch da er in dem Haus arbeitete, das sie der Abtei überlassen hatte, musterten sie einander mit besonderer Aufmerksamkeit. In den Jahren, die er jetzt hier lebte, hatte sie sein Geschäft vielleicht fünfmal betreten.

Er hatte ihr Anstecknadeln, Stäbe für Mieder, kleine Küchenutensilien und den Stempel für das Siegel der Vestiers verkauft. Anläßlich der Schenkung des Hauses hatte er ihre Geschichte erfahren; sie aber wußte wenig über ihn, außer der Tatsache, daß er als Pächter der Abtei ihren ehemaligen Besitz übernommen hatte und daß der Mann in Stadt wie in Vorstadt als guter Handwerker galt.

Judith legte ihren beschädigten Gürtel auf die lange Theke. Es war ein Streifen aus gutem, weichem Leder. Die Gürtellöcher waren mit kleinen Bronzerosetten verstärkt, und das Ende des Gürtels wurde durch einen Bronzebeschlag geschützt. Die hellen Emaileinlagen in den Verzierungen waren sauber und blank, doch am anderen Ende war eine Naht ausgefranst, und die Schnalle fehlte.

»Ich habe sie irgendwo in der Stadt verloren«, erklärte sie. »Es war eines Abends nach Einbruch der Dunkelheit, und unter meinem Mantel bemerkte ich gar nicht, daß der Gürtel sich gelöst hatte und verschwunden war. Als ich zurückging und ihn suchte, fand ich nur den Gürtel, die Schnalle war fort. Die Straße war schlammig, in der Gosse lief das Tauwasser. Es war meine eigene Schuld. Ich wußte ja, daß er ausgefranst war. Ich hätte ihn vorher festnähen müssen.«

»Eine schöne Arbeit«, erwiderte der Schmied, während er interessiert das unbeschädigte Ende des Gürtels befingerte. »Ihr habt ihn sicher nicht hier gekauft?«

»Doch, aber auf dem Jahrmarkt der Abtei von einem flämischen Händler. Früher habe ich ihn oft getragen«, erklärte sie. »Aber seit dem Winter, als ich die Schnalle verlor, hat er nur herumgelegen. Könnt Ihr mir eine neue Schnalle machen, die in Farbe und Aussehen zum Gürtel paßt? Sie war lang und schmal – etwa so!« Sie zeichnete den Umriß mit der Fingerspitze auf der Theke nach. »Aber sie muß nicht ganz genauso aussehen. Ihr könnt sie auch oval machen oder ihr die Form geben, die Ihr für die beste haltet.«

Dicht an dicht waren ihre Köpfe über die Theke geneigt. Sie blickte, ob der Nähe etwas erschrocken, in sein Gesicht. Er war auf die Bronzearbeit und die Einlagen konzentiert und bemerkte ihren Blick nicht. Einen anständigen, stillen Mann, so hatte Cadfael ihn genannt, und aus seinem Munde hatte es nicht im geringsten herabsetzend geklungen. Anständige, stille Männer waren das Rückgrat jeder Gemeinde. Man mußte sie mehr achten und höher schätzen als jene, die Unruhe stifteten und Lärm machten. Niall, der Bronzeschmied, war ein Sinnbild für all diese Männer. Er war mittelgroß und in mittlerem Alter, und sogar seine Hautfarbe war mittelbraun. Seine Stimme war angenehm tief und voll. Er mochte, dachte sie, etwa vierzig Jahre alt sein. Als er sich wieder aufrichtete, standen sie einander fast Auge in Auge gegenüber.

Alles an ihm entsprach dem Bild eines gewöhnlichen, ehrenwerten Mannes, der von seinen Nachbarn kaum zu unterscheiden war. Und doch machte die Summe dieser Teile ganz einfach und eindeutig nur ihn und keinen anderen Mann aus. Er hatte dichte braune Augenbrauen in einem breiten Gesicht, weit auseinanderstehende, strahlend braune Augen. In seinem dichten Haar waren ein paar graue Strähnen, und sein rasiertes Kinn war kantig, ohne dabei angriffslustig zu wirken.

»Habt Ihr es eilig?« erkundigte er sich. »Ich würde mir gern Mühe damit geben, wenn ich mir zwei oder drei Tage Zeit nehmen darf.«

»Es hat keine Eile«, erklärte sie sofort. »Ich habe den Gürtel schon so lange herumliegen lassen, da kommt es auf eine weitere Woche auch nicht mehr an.«

»Soll ich Euch den Gürtel dann in die Stadt hinaufbringen? Ich weiß, wo Ihr wohnt, und könnte Euch den Weg ersparen.« Er machte sein Angebot höflich, aber zögernd, als könnte sie die höfliche Geste als Annäherungsversuch mißverstehen.

Sie sah sich mit einem raschen Blick im Laden um und bemerkte sofort, daß er viel Arbeit hatte; mehr als genug für einen arbeitsreichen Tag. »Ich glaube, Ihr seid sehr beschäftigt. Wenn ihr einen Laufburschen habt, könnt Ihr ihn schicken. Ich kann den Gürtel aber auch selbst abholen.«

»Ich arbeite allein«, erklärte Niall. »Aber ich werde ihn Euch gern am Abend in die Stadt bringen, wenn es zum Arbeiten zu dunkel ist. Ich habe um diese Zeit keine anderen Geschäfte.«

»Lebt Ihr allein hier?« fragte sie, da sie ihre Vermutungen über ihn bestätigt sah. »Habt Ihr keine Frau? Keine Familie?«

»Meine Frau habe ich vor fünf Jahren verloren. Ich bin an das Alleinsein gewöhnt, es ist nicht schwer, mir meine wenigen Bedürfnisse zu erfüllen. Aber ich habe ein kleines Mädchen. Ihre Mutter starb bei der Geburt.« Er sah, wie sich ihr Gesicht plötzlich spannte, er bemerkte den kleinen Funken in ihren Augen, als sie den Kopf hob und sich umsah und halb zu erwarten schien, gleich ein Kind zu sehen. »O nein, sie ist nicht hier! Für ein so kleines Kind hätte ich denn doch nicht sorgen können. Ich habe eine Schwester draußen in Pulley, nicht weit entfernt, die mit Mortimers Aufseher verheiratet ist. Sie hat selbst zwei Jungen und ein Mädchen, das nicht viel älter ist als meines. Meine Kleine ist dort draußen, wo sie in der Obhut einer Frau mit anderen Kindern spielen kann. Ich besuche sie jeden Sonntag und manchmal auch abends unter der Woche. Bei Cecily und John und den anderen Kindern ist sie besser aufgehoben als hier mit mir allein, solange sie noch so klein ist.«

Judith tat einen langen, tiefen Atemzug. Witwer

mochte er sein und sein Verlust so bitter wie der ihre, doch ihm war ein unbezahlbares Unterpfand geblieben, ein Kind, das sie nicht hatte. »Ihr wißt gar nicht«, sagte sie plötzlich, »wie ich Euch beneide. Ich habe mein Kind verloren.« Sie hatte nicht so weit gehen wollen, doch es platzte auf einmal aus ihr heraus. Er nahm es gleichmütig auf.

»Ich hörte von Eurem Kummer. Es tat mir schrecklich leid, denn ich hatte vor nicht allzu langer Zeit dasselbe erlebt. Mir ist wenigstens das Mädchen geblieben, und dafür danke ich Gott. Wenn man einen solchen Schmerz erleidet, denn weiß man erst eine solche Gnade zu schätzen.«

»Ja«, sagte sie und wandte sich rasch ab. »Nun ... ich hoffe, Eure Tochter wird gut heranwachsen und Euch immer eine Freude sein.« Sie faßte sich allmählich wieder. »Wenn Euch die Zeit ausreicht, will ich den Gürtel in drei Tagen abholen. Ihr braucht ihn mir nicht zu bringen.«

Sie war schon an der Türe, ehe er widersprechen konnte, und dann schien es zu spät, noch etwas zu sagen. Er sah ihr lange nach, wie sie über den Hof ging und auf die Hauptstraße abbog. Erst als er sie nicht mehr sehen konnte, machte er sich wieder an die Arbeit.

Es war am Spätnachmittag, etwa eine Stunde vor der Vesper, als Bruder Eluric, der Hüter des Marienaltars, sich fast verstohlen von seiner Arbeit im Skriptorium entfernte, den großen Hof überquerte, durch den kleinen eingezäunten Garten zu den Gemächern des Abtes ging und um Audienz bat. Er stand sichtlich unter Spannung und gab sich so einsilbig, daß Bruder Vitalis, der Kaplan und Sekretär von Abt Radulfus, mißtrauisch die Augenbrauen hob und einen Moment zögerte, bevor er ihn anmeldete. Doch Radulfus hatte angeordnet, daß jeder Sohn des Hauses, der Sorgen hatte oder Rat brauchte, jederzeit Zugang zu ihm haben müsse. Vitalis zuckte die Achseln und ging zum Abt hinein, um die Erlaubnis zu erbitten, die sofort gegeben wurde.

Das helle Sonnenlicht war im holzvertäfelten Sprechzimmer zu einem sanften Schimmer gedämpft. Eluric blieb direkt hinter der Türe stehen, die in seinem Rücken leise wieder geschlossen wurde. Radulfus saß am offenen Fenster an seinem Schreibtisch. Er hatte einen Federkiel in der Hand und war in eine Schreibarbeit vertieft. Sein Adlergesicht war von der Seite gesehen dunkel und ruhig, das Sonnenlicht im Fenster umrahmte die hohe Stirn und das lange schmale Gesicht. Eluric näherte sich ihm voller Ehrfurcht, dankbar für des Abtes Fassung und Gelassenheit, die so sehr außerhalb seiner eigenen Möglichkeiten lag.

Radulfus schloß seinen wohlformulierten Satz mit einem Punkt ab und legte den Federkiel in die Bronzeschale auf dem Tisch. »Ja, mein Sohn? Ich bin bereit, Euch anzuhören.« Er blickte auf. »Sagt es nur, wenn Ihr einen Wunsch habt.«

»Ehrwürdiger Vater«, begann Eluric mit enger, trockener Kehle und leiser Stimme, die quer durch den Raum kaum zu verstehen war. »Ich habe große Sorgen. Ich weiß kaum, wie ich beginnen soll, noch inwieweit ich als Schuldiger und Sünder zu gelten habe. Gott weiß, ich habe gerungen und immer wieder um Kraft gebeten, mich vom Bösen fernzuhalten. Ich komme als Bittsteller und als Büßer, aber gesündigt habe ich noch nicht, und mit Eurer Gnade und Eurem Verständnis mag mir die Sünde erspart bleiben.«

Radulfus faßte ihn genau ins Auge und sah die Spannung im Körper des jungen Mannes, der bebte wie eine gespannte Bogensehne. Ein leidenschaftlicher Junge, gequält von Gewissensbissen wegen Verfehlungen, die mitunter nur eingebildet oder aber so läßlich waren, daß es schon wieder eine sündhafte Übertreibung gewesen wäre, sie als echtes Vergehen zu betrachten.

»Mein Kind«, sagte der Abt mitfühlend, »nach allem, was ich über dich weiß, neigst du manchmal dazu, dir wegen kleiner Dinge, die ein kluger Mann nicht für erwähnenswert halten würde, große Vorwürfe zu machen. Hüte dich auch vor dem Gegenteil des Stolzes! Zurückhaltung in allen Dingen ist nicht der auffälligste Weg zur Vollkommenheit, aber der sicherste und bescheidenste. Und jetzt heraus damit, laß uns sehen, was wir tun können, um deinen Sorgen ein Ende zu bereiten.« Und rasch fügte er hinzu: »Und komm näher heran! Ich will dich sehen und deutlich hören, was du zu sagen hast.«

Nervös und so heftig die Hände ringend, daß die Knöchel weiß anliefen, schlich Eluric näher. Er leckte sich die trockenen Lippen. »Ehrwürdiger Vater, in acht Tagen wird St. Winifreds Grablegung stattfinden und als Pachtzins für das Haus in der Vorstadt muß die Rose übergeben werden . . . an Frau Perle, die der Abtei das Haus unter dieser Bedingung überließ . . .«

»Ja«, erwiderte Radulfus. »Ich weiß. Und weiter?«

»Vater, ich will Euch bitten, mich von dieser Pflicht zu entbinden. In Erfüllung des Vertrages brachte ich ihr dreimal die Rose, aber jedes Jahr fällt es mir schwerer. Schickt mich nicht noch einmal zu ihr! Nehmt diese Bürde von mir, bevor ich schwanke! Es ist mehr, als ich ertragen kann.« Jetzt zitterte er heftig und konnte kaum weitersprechen. Seine Worte kamen in schmerzlichen Eruptionen wie Blutstöße aus einer großen Wunde. »Vater, ihr Anblick und der Klang ihrer Stimme sind eine Folter für mich. Ich leide Todesqualen, wenn ich in ihrer Nähe bin. Ich habe gebeten, ich habe Nachtwachen gehalten, ich habe Gott und die Heiligen angefleht, mich nicht mit der Sünde zu schlagen, aber all meine Gebete und meine Kasteiungen vermögen mir diese ungehörige Liebe nicht auszutreiben.«

Nachdem das letzte Wort heraus war, schwieg Radulfus eine Weile. Sein Gesichtsausdruck hatte sich nicht verändert, doch er hatte aufgemerkt, und in seinen tiefliegenden Augen glomm ein Funke.

»Die Liebe an sich«, erklärte er schließlich, seine Worte genau wählend, »ist keine Sünde. Sie kann keine Sünde sein, wenn sie auch zur Sünde führen kann. Ist zwischen dir und der Frau je ein Wort über diese unkeusche Zuneigung gefallen, gab es eine Geste oder einen Blick, irgend etwas, das deine Gelübde oder ihre Ehrbarkeit gefährden könnte?«

»Nein! Nein, Vater, nie! Kein Wort außer einem höflichen Willkommen, einem Abschiedsgruß und einem Segensspruch, wie er bei einer solchen Wohltäterin angebracht ist. Nichts Falsches wurde getan oder gesagt, das Vergehen liegt in meinem Herzen. Sie weiß nichts von meiner Qual, sie sieht in mir nichts anderes als den Boten unseres Hauses. Gott verhüte, daß sie es je erfährt, denn sie ist makellos. Zu ihrem wie meinem Seelenheil bitte ich darum, sie nie wieder sehen zu müssen, denn auch ohne zu wissen, was in mir vorgeht, könnte mein Schmerz sie sehr wohl beunruhigen und bekümmern. Und das letzte, was ich will, ist, daß sie darunter leidet.«

Radulfus erhob sich abrupt, während Eluric, erschöpft nach der qualvollen Beichte und von seiner Schuld überzeugt, auf die Knie sank, den Kopf neigte und die Hände vor das Gesicht legte, um seine Verurteilung hinzunehmen. Doch der Abt wandte sich nur zum Fenster um und blickte eine Weile in den sonnigen Nachmittag hinaus, in den kleinen Garten, in dem seine eigenen Rosen üppig blühten.

Es wird keine Oblaten mehr geben, dachte der Abt. Gott sei Dank. Es wird keine Kinder mehr geben, die aus der Wiege genommen werden, ohne je den Anblick von Frauen, den Klang von Frauenstimmen, die halbe Schöpfung der Welt, kennengelernt zu haben. Wie kann man von solchen Kindern erwarten, mit etwas umzugehen, das ihnen fremd und gefährlich vorkommen muß wie ein Drache? Früher oder später lief jedem von ihnen eine Frau über den Weg, schrecklich wie eine Armee, der sich diese armen Kinder unbewaffnet und ungeschützt stellen müssen! Wir vergehen uns gegen die Frauen und gegen diese Knaben, wenn wir sie unvorbereitet zu Männern heranreifen lassen, hilflos dem ersten Kitzel des Fleisches ausgeliefert. Wir wollen sie vor dem Übel schützen und nehmen ihnen jede Möglichkeit, sich selbst zu schützen. Nun, das wird es nicht mehr geben! Von nun an werden nur noch Brüder im Mannesalter aufgenommen, die aus freien Stücken kommen und fähig sind, ihre Bürde selbst zu tragen. Aber die Last dieses Jungen fällt auf mich zurück.

Er drehte sich wieder um. Eluric kniete niedergeschlagen vor ihm, die zarten jungen Hände gequält vor das Gesicht geschlagen. Zwischen den Fingern rannen Tränen herab.

»Sieh mich an!« befahl Radulfus. Und als das junge, bekümmerte Gesicht ängstlich zu ihm gehoben wurde, fuhr er fort: »Nun sage mir die Wahrheit und fürchte dich nicht. Du hast der Frau deine Liebe nie gestanden?«

»Nein, Vater!«

»Und auch sie hat nie ein Wort gesagt und dir keinen Blick geschenkt, der deine Liebe hätte entfachen können?«

»Nein, Vater, niemals! Sie ist völlig gleichmütig, ich bedeute ihr nichts.« Und unter Tränen der Verzweiflung fügte er hinzu: »Ich bin es, der sie besudelt hat, es ist meine Schuld, denn ich liebe sie, auch wenn sie nichts davon weiß.«

»Wirklich? Auf welche Weise hätte deine unglückliche Zuneigung die Ehre der Dame verletzt? Sage mir, bist du in deiner Fantasie je so weit gegangen, sie berühren zu wollen? Sie zu umarmen? Oder sie zu besitzen?«

»Nein!« rief Eluric. Es war ein Schrei voller Schmerz und Entsetzen. »Gott verhüte! Wie könnte ich sie so besudeln! Ich verehre sie, ich achte sie hoch wie eine Heilige. Wenn ich die Kerzen beschneide, die wir dank ihrer Güte kaufen können, dann sehe ich ihr Gesicht im Licht. Ich bin nicht mehr als ihr Pilger. Aber dennoch, es tut weh . . .« Er senkte wieder den Kopf und barg sein Gesicht im Gewand des Abtes.

»Still!« sagte der Abt energisch und legte die Hand auf den geneigten Kopf. »Du benutzt ganz ausgefallene Worte für Dinge, die völlig natürlich und menschlich sind. Maßlosigkeit ist eine Sünde, und in dieser Hinsicht vergehst du dich tatsächlich. Aber mir ist klar, daß du, was diese unglückliche Versuchung angeht, nicht gefehlt hast. Vielmehr hast du dich sehr gut verhalten. Auch um die Ehre der Frau, deren Tugend du mit Recht lobst, brauchst du nicht zu fürchten. Du hast ihr nichts getan. Ich weiß, daß du völlig aufrichtig bist, soweit du jedenfalls die Wahrheit siehst und verstehst. Aber die Wahrheit ist keine einfache Sache, mein Sohn. Der Geist des Menschen irrt und ist unvollkommen. Ich muß mir selbst vorhalten, daß ich dir diese Aufgabe übertrug. Ich hätte voraussehen müssen, wie schwer sie für einen so jungen und unerfahrenen Menschen wie dich ist. Nun erhebe dich! Du sollst bekommen, was du erbeten hast. Du bist von dieser Pflicht entbunden.«

Er faßte Elurics Handgelenke und zog ihn energisch auf die Beine. Der Junge war so erschöpft und zitterte so sehr vor Schwäche, daß zu bezweifeln war, ob er ohne Hilfe hätte aufstehen können. Er wollte sich stammelnd bedanken. Seine Zunge weigerte sich jetzt sogar, ganz gewöhnliche Worte auszusprechen. Allmählich breitete sich jedoch die Ruhe der Erschöpfung und Erleichterung in seinem Gesicht aus. Und trotzdem, trotz der Erleichterung, fand er noch etwas, um sich Sorgen zu machen.

»Vater ... der Vertrag ... es wäre ein Vertragsbruch, wenn die Rose nicht übergeben und die Pacht damit bezahlt wird.«

»Die Rose wird überbracht werden«, erklärte Radulfus entschieden. »Und die Pacht wird bezahlt werden. Aber dich entbinde ich von dieser Aufgabe. Kümmere dich um deinen Altar und verschwende keinen Gedanken mehr daran, wie oder durch wen diese Aufgabe von diesem Tage erledigt wird.«

»Vater, was kann ich nun tun, um meine Seele zu läutern?« fragte Eluric, der immer noch leicht zitterte.

»Eine Buße mag heilsam für dich sein«, gab der Abt müde zu. »Aber hüte dich davor, in deinen Ansprüchen auf Bestrafung zu übertreiben. Du bist alles andere als ein Heiliger – genau wie wir alle –, aber du bist auch kein notorischer Sünder, das, mein Junge, wirst du nie sein.«

»Gott verhüte!« flüsterte Eluric entsetzt.

»Und Gott möge verhüten«, ergänzte Radulfus trokken, »daß wir mehr aus unseren Tugenden oder Fehlern machen, als an ihnen dran ist. Du sollst nicht mehr bekommen, als dir zusteht – sei es Lob oder Tadel. Zu deinem Seelenfrieden sollst du die Beichte ablegen, aber, wie ich bereits sagte, in aller Bescheidenheit. Richte deinem Beichtvater aus, daß du bei mir warst, meine Billigung und meinen Segen hast und von der Pflicht entbunden wurdest, die zu schwer für dich war. Dann tue Buße, wie er es dir aufträgt, und hüte dich, mehr zu verlangen.«

Mit weichen Knien ging Bruder Eluric hinaus. Für den Augenblick fühlte er sich leicht und befreit, doch er fürchtete, dies werde nicht lange anhalten. Freude empfand er nicht, aber wenigstens auch keinen Schmerz. Man war freundlich mit ihm verfahren und hatte ihn von seiner quälenden Pflicht und der Nähe der Frau befreit. Nun war eine Leere in ihm wie in jenem reingefegten Haus in der Bibel – offen für neue Bewohner, sich nach neuen Inhalten sehnend, ebenso bereit für Teufel wie für Engel.

Er tat, wie der Abt es ihm aufgetragen hatte. Bis zum Ende seines Noviziats war Bruder Jerome, Ohr und Schatten von Prior Robert, sein Beichtvater gewesen. Von Jerome hatte er alle Bußen bekommen, die seine überängstliche Seele nur begehrte. Nun aber mußte er sich an Richard, den Unterprior wenden, und der war dafür bekannt, daß er nachgiebig und tröstend mit seinen Büßern umging, ebenso aus Trägheit wie aus echter Herzensgüte. Eluric bemühte sich wirklich, dem Befehl des Abtes zu gehorchen und sich nicht zu schonen, sich andererseits aber auch nichts zum Vorwurf zu machen, was er nicht begangen hatte. Als dies getan war, als die Buße verhängt und die Absolution erteilt war, blieb er mit geschlossenen Augen und schmerzlich gerunzelter Stirn im Beichtstuhl sitzen.

»Gibt es da noch etwas?« erkundigte sich Richard.

»Nein, Vater ... über meine Taten gibt es nichts mehr zu berichten. Ich fürchte nur ...« Die Taubheit begann zu schwinden, ein kleiner Schmerz meldete sich in seinem Bauch. Das leere Haus würde nicht lange unbewohnt bleiben. »Ich will alles tun, um die Erinnerung an diese unzulässige Zuneigung fortzuschieben, aber ich bin nicht sicher ... ich bin nicht sicher! Wie, wenn ich fehle? Ich fürchte mich vor meinem eigenen Herzen ...«

»Mein Sohn, wenn dein Herz dich im Stich läßt, dann mußt du dich an die Quelle aller Kraft und allen Mitgefühls wenden und um Hilfe beten. Die Gnade des Herrn wird dich nicht im Stich lassen. Du dienst am Marienaltar, und die Jungfrau Maria ist der Inbegriff der Reinheit. Gibt es einen besseren Ort, um Gnade zu bitten?«

Den gab es tatsächlich nicht! Doch die Gnade ist kein Fluß, in den ein Mensch nach Gutdünken seinen Eimer tauchen kann. Sie ist eine Quelle, die sprudelt, solange es ihr beliebt, und die zu anderen Zeiten austrocknen und öde sein kann. Eluric tat seine Buße vor dem Altar, den er frisch geschmückt hatte. Er kniete auf den kalten Bodenkacheln, sprach halb erstickt vor Leidenschaft seine Gebete und blieb danach noch lange hocken, um den vollkommenen Frieden mit jeder Faser seines Körpers aufzunehmen. Er hätte glücklich sein sollen, denn er war erlöst, erlöst von der Last einer Todsünde, erlöst davon, je wieder Judith Perles Gesicht sehen oder ihre Stimme hören zu müssen oder den süßen Duft zu atmen, der bei jeder Bewegung aus ihren Kleidern drang. Frei von dieser Qual und Versuchung hatte er geglaubt, seine Sorgen nähmen ein Ende. Jetzt wußte er es besser.

Er rang schmerzlich die Hände und begann heftige, stumme Gebete an die Jungfrau zu richten, deren treuer Diener er war. Sie konnte, sie mußte ihm jetzt beistehen. Doch als er die Augen aufschlug und in die sanften goldenen Kerzenflammen blickte, sah er abermals das strahlende Gesicht der Frau in blendender, unerbittlicher Helligkeit.

Er war nicht entkommen. Zusammen mit dem unerträglichen Schmerz hatte er auch die Verzückung fortgeworfen. Nun blieb ihm nur noch seine leere Unschuld, die bittere Notwendigkeit, um jeden Preis seine Gelübde zu halten. Er stand zu seinem Wort, er würde sein Wort nicht brechen.

Und er würde sie nie mehr wiedersehen.

Cadfael kam, den Bauch voll gutem Wein und Essen, gerade rechtzeitig zur Komplet aus der Stadt zurück. Es war ein angenehmer Abend gewesen. Er bedauerte nur, daß er Aline und seinen Patensohn Giles in den nächsten drei oder vier Monaten nicht mehr sehen würde. Zum Winter würde Hugh sie zweifellos in das Stadthaus zurückbringen, und der dann fast dreijährige Junge wäre sicherlich wieder ein gutes Stück gewachsen. Nun, besser, sie verbrachten die warmen Monate droben im Norden in Maesbury, in gesünderer Luft als in den verstopften Straßen von Shrewsbury, wo Krankheiten leichter eindringen und mit größerer Kraft ihren Tribut fordern konnten. Er durfte ihnen deshalb nicht grollen, aber vermissen würde er sie schon.

Er überquerte die Brücke in einem warmen, frühen Zwielicht, das gut zu seiner leichten, nicht unangenehmen Melancholie paßte, und erreichte die Stelle, an der die Bäume und Büsche am Wegrand zu den üppigen Uferwiesen der Gaye hin abfielen. Dort unten waren die Hauptgärten der Abtei; rechts sah Cadfael den Mühlteich silbrig schimmern. Als er ins Torhaus trat, saß der Pförtner in der milden, lauen Luft auf der Türschwelle und ließ es sich in der Abendkühle gutgehen. Doch vergaß er dabei nicht seine Pflichten und den Auftrag, den man ihm gegeben hatte.

»Da seid Ihr endlich!« grüßte er behaglich, als Cadfael durch die offene Pforte trat. »Habt Ihr Euch wieder herumgetrieben! Ich wünschte, ich hätte auch einen Patensohn in der Stadt.«

»Ich hatte die Erlaubnis«, erwiderte Cadfael selbstzufrieden.

»Es gab Gelegenheiten, bei denen Ihr das nicht unbedingt hättet behaupten können! Aber natürlich, ich weiß, daß Ihr die Erlaubnis hattet, und schließlich kommt Ihr rechtzeitig zur Andacht zurück. Nur daß Ihr nicht daran teilnehmen werdet – der Vater Abt erwartet Euch in seinem Sprechzimmer. ›Sobald er zurück ist‹, sagte er.«

»Das sagte er?« wiederholte Cadfael mit hochgezogenen Augenbrauen. »Eine seltsame Botschaft um diese Stunde. Ist etwas geschehen?«

»Nicht daß ich wüßte. Nichts Ungewöhnliches hat sich hier getan, alles ist so still, wie es sein sollte. Ich weiß nur, daß Ihr im Sprechzimmer erwartet werdet, Bruder Anselm übrigens auch«, fügte er gelassen hinzu. »Den Anlaß weiß ich nicht. Geht lieber und seht selbst.«

Das hielt auch Cadfael für angebracht. Er überquerte rasch den großen Hof und ging zu den Gemächern des Abtes. Bruder Anselm, der Vorsänger, war schon dort. Er saß gemütlich auf einer geschnitzten Bank an der holzvertäfelten Wand. Anscheinend war der Anlaß nicht sonderlich dramatisch, denn Abt und Untergebener waren mit Wein versorgt. Auch Cadfael wurde ein Becher gereicht, nachdem er sich zur Stelle gemeldet hatte. Anselm rückte auf der Bank zur Seite, um seinem Freund Platz zu machen. Der Vorsänger, der auch über die Bücherei wachte, war zehn Jahre jünger als Cadfael. Ein weltfremder, mitunter leicht zerstreuter Mann, solange es nicht um seine persönlichen Vorlieben ging, aufmerksam und feinsinnig jedoch in allem, was mit Büchern, Musik oder Musikinstrumenten zu tun hatte, und besonders bei dem schönsten aller Instrumente, der menschlichen Stimme. Die blauen Augen, die unter buschigen braunen Brauen und einem Kranz aus zottigem braunen Haar hervorlugten, wirkten etwas kurzsichtig, doch sie übersahen kaum etwas und hatten für die Vergehen fehlbarer menschlicher Wesen, besonders wenn diese jung waren, stets ein Zwinkern übrig.

»Ich habe Euch beide rufen lassen«, begann Radulfus, als die Tür geschlossen war und niemand sie belauschen konnte, »um eine Angelegenheit zu besprechen, die ich lieber nicht morgen im Kapitel zur Sprache bringen will. Noch einem außer uns ist die Angelegenheit bekannt, doch gilt für ihn das Beichtgeheimnis. Was hier drinnen besprochen wird, muß unter uns dreien bleiben. Ihr habt lange Erfahrungen mit den Fallgruben der Welt gesammelt, bevor Ihr ins Kloster kamt, und deshalb werdet Ihr meine Gründe verstehen. Glücklicherweise wart Ihr auch die Zeugen der Abtei beim Vertragsschluß mit der Witwe Perle, durch den wir das Haus in der Vorstadt bekamen. Ich habe Anselm gebeten, aus dem Lehnsbuch eine Kopie des Vertrages mitzubringen.«

»Ich habe sie hier«, warf Bruder Anselm ein und faltete das Pergament auf seinem Knie auseinander.

»Gut! Dazu kommen wir gleich! Zunächst folgendes. Heute nachmittag kam Eluric zu mir, der Küster des Marienaltars, dessen Schmuck wir durch die Schenkung bezahlen können. Es schien naheliegend, ihm die Aufgabe zu übertragen, der ehemaligen Besitzerin jedes Jahr die Rose als Miete zu bringen, doch nun bat er mich, von seiner Pflicht entbunden zu werden. Und zwar aus Gründen, die ich hätte voraussehen müssen. Man kann nicht leugnen, daß Frau Perle eine attraktive Frau ist, und Bruder Eluric ist unerfahren, jung und verletzlich. Er sagt, und ich bin sicher, daß es wahr ist, kein falsches Wort und kein zweideutiger Blick sei zwischen ihnen gewechselt worden, und er habe nie lüstern an sie gedacht. Doch er wünscht von diesen Begegnungen entbunden zu werden, da er leidet und in Versuchung ist.«

Das war eine vorsichtige, zurückhaltende Beschreibung von Bruder Elurics Leiden, dachte Cadfael, doch glücklicherweise war die Katastrophe gerade noch rechtzeitig abgewendet worden. Es war klar, daß die Bitte des Jungen erfüllt worden war.

»Und Ihr habt ihm seinen Wunsch erfüllt«, erklärte Anselm, eher eine Tatsache formulierend als eine Frage stellend.

»Das habe ich. Es ist unsere Aufgabe, den Jungen zu zeigen, wie sie mit den Versuchungen der Welt und des

Fleisches umgehen müssen, aber es ist gewiß nicht unsere Pflicht, sie vorsätzlich diesen Versuchungen auszusetzen. Ich mache mir selbst den Vorwurf, gedankenlos Eluric als Boten eingesetzt und die Folgen nicht vorausgesehen zu haben. Eluric war völlig aufgelöst, aber ich glaube ihm, wenn er sagt, daß er nicht gesündigt habe, nicht einmal in Gedanken. So entband ich ihn von dieser Aufgabe. Ich wünsche nicht, daß die anderen Brüder etwas von seiner Qual erfahren. Die Sache ist, vorsichtig ausgedrückt, ohnehin schon sehr unangenehm für ihn, und so wollen wir wenigstens dafür sorgen, daß die Sache unter uns dreien bleibt. Er braucht nicht einmal zu erfahren, daß ich Euch ins Vertrauen gezogen habe.«

»Das soll er nicht«, bestätigte Cadfael sofort.

»Nun gut«, sagte Radulfus. »Nachdem ich ein fehlbares Kind aus dem Feuer gerettet habe, will ich gewiß nicht eine andere, ähnlich unerfahrene Seele dieser Gefahr aussetzen. Ich kann keinen anderen Jungen in Elurics Jahren berufen, um die Rose zu überbringen. Und wenn ich einen Älteren, etwa Euch, Cadfael, oder Anselm bemühe, dann wird sehr schnell bekannt werden, was dieser Wechsel zu bedeuten hat, und Bruder Elurics Kummer wird Anlaß zu Geschwätz und wilden Gerüchten geben. Kein Schweigegebot kann verhindern, daß Neuigkeiten fliegen wie Spreu im Wind. Nein, wir müssen den Wechsel aus guten, kanonischen Gründen vornehmen. Deshalb habe ich um den Vertrag gebeten. Seinen Inhalt weiß ich zwar, doch ich erinnere mich nicht an den exakten Wortlaut. Laßt uns sehen, welche Möglichkeiten sich da bieten. Wollt Ihr ihn laut vorlesen, Anselm?«

Anselm faltete das Blatt ganz auf und las mit der einschmeichelnden Stimme, die bei der Liturgie so gut die Zuhörer mitreißen konnte:

»– Hiermit wird kundgetan, daß ich, Judith, die Tochter von Richard Vestier und die Witwe von Edred Perle, im vollen Besitz meiner Geisteskräfte mein Haus in der Vorstadt, gelegen zwischen der Abteischmiede und dem Haus von Thomas, dem Hufschmied, samt dazugehörigem Garten und Grundstück gegen ein jährliches Entgelt von einer weißen Rose an Gott und den Marienaltar in der Abtei zu St. Peter und St. Paul übertrage. Besagte weiße Rose, vom Strauch an der Nordmauer des Gartens zu schneiden, ist mir, Judith, auf Lebenszeit jedes Jahr am Tage der Grablegung von St. Winifred zu übergeben. Aufgesetzt im Beisein folgender Zeugen: Bruder Anselm, Vorsänger, und Bruder Cadfael für die Abtei; aus der Stadt John Ruddock, Nicholas von Meole, Henry Wyle –«

»Gut!« erklärte der Abt mit einem tiefen, zufriedenen Schnaufen, als Anselm das Blatt auf seinen Schoß sinken ließ. »Es wird nicht erwähnt, wer die Miete überbringen soll. Dort steht nur, daß sie an einem bestimmten Tag der Stifterin selbst gegeben werden muß. Also können wir Bruder Eluric entschuldigen, ohne den Vertrag zu verletzen, und einen anderen schicken, um die Rose zu überbringen. Es gibt keine Beschränkungen, die Abtei kann für diese Aufgabe benennen, wen sie will.«

»Ganz gewiß«, pflichtete Anselm sofort bei. »Aber wenn Ihr alle Jungen ausschließen wollt, Vater, um sie nicht in Versuchung zu führen, und wenn Ihr uns Ältere ausschließt, um nicht den Verdacht von Schwäche und möglicherweise sogar einem Vergehen auf Bruder Eluric zu lenken, dann bleibt doch im Grunde nur ein Laienbruder oder ein Diener.«

»Das wäre nach dem Vertrag eindeutig zulässig«, erklärte Radulfus sachlich, »aber ich hielte es nicht für schicklich. Ich möchte nach wie vor unsere Dankbarkeit für die großzügige Gabe dieser Frau zum Ausdruck bringen und ihre geringfügige Forderung mit allergrößter Achtung erfüllen. Die Rose bedeutet ihr viel, und wir müssen ihren Wunsch ebenso ernst nehmen wie sie selbst. Ich bitte Euch um Eure Meinung zu dieser Angelegenheit.«

»Die Rose«, begann Cadfael langsam und bedächtig, »stammt aus dem Garten und von jenem Busch, den die Witwe in ihren Ehejahren zusammen mit ihrem Mann gepflegt hat. Im Haus gibt es jetzt einen Mieter, einen anständigen Witwer und einen ehrbaren Handwerker, der den Busch gut pflegt. Er hat ihn ordentlich gestutzt und gewässert, seit er dort lebt. Warum sollen wir nicht ihn bitten, die Rose zu überbringen? Kein Umweg, kein Dritter, der auf Befehl handelt, sondern ganz direkt vom Busch zur Besitzerin? Er ist der Mieter, sie ist die Empfängerin, und der Segen geht auch ohne ein weiteres Wort mit der Rose.«

Er war nicht ganz sicher, was ihn bewegte, diesen Vorschlag zu machen. Vielleicht war es der Wein, erst Hughs und dann der des Abtes, dessen Wärme ihn an die glückliche Familie in der Stadt denken ließ. Die Wärme dieser Ehe auf der einen und die mönchischen Gelübde auf der anderen Seite bezeugten, daß der Himmel nur die allerbesten Absichten mit den Menschen haben konnte. Was immer ihn bewegt hatte, diesen Vorschlag zu machen, es ging hier ganz gewiß um eine Begegnung zwischen Mann und Frau, die unter einem ganz besonderen Vorzeichen stand, wie Eluric bereits allzu deutlich bewiesen hatte. Nun sollte der Streiter, der in die Schlacht geschickt wurde, ein reifer Mann sein, der Frauen, Liebe, Ehe und Verlust bereits kannte.

»Das ist ein guter Einfall«, erklärte Anselm, nachdem er ruhig nachgedacht hatte. »Wenn schon ein Laie, wer wäre dann besser geeignet als der Mieter? Auch er profitiert von der Stiftung. Er ist zufrieden mit dem Haus, da sein altes zu weit von der Stadt entfernt und zu klein war.«

»Und glaubt Ihr, er ist dazu bereit?« fragte der Abt.

»Fragen kostet nichts. Er hat schon einmal für die Frau gearbeitet, sie kennen sich bereits«, erwiderte Cadfael. »Und je besser seine Kontakte zu den Stadtleuten sind, desto besser ist es für sein Geschäft. Ich glaube, er wird keine Einwände erheben.«

»Dann«, entschied der Abt zufrieden, »will ich morgen Vitalis schicken, der ihm die Angelegenheit unterbreiten soll. Damit wäre dann hoffentlich unser Problem, so klein es auch ist, glücklich beigelegt.«

3

Bruder Vitalis hatte schon so lange mit Dokumenten, Berechnungen und Rechtsgeschäften zu tun, daß ihn nichts mehr erschüttern konnte. Was nicht auf Pergament geschrieben stand, interessierte ihn kaum. Die ihm übertragenen Aufgaben führte er gewissenhaft, aber ohne persönliche Anteilnahme aus. Er überbrachte Niall, dem Bronzeschmied, Wort für Wort die Botschaft des Abtes, nahm die erwartete zustimmende Antwort zur Kenntnis, übermittelte dieses befriedigende Ergebnis seinem Vorgesetzten und vergaß das Gesicht des Mieters sofort wieder.

Nicht ein einziges Wort, das auf den Pergamenten stand, die durch seine Hände gingen, vergaß er – die waren unveränderlich, und selbst nach langen Jahren würden sie nur ein wenig verblassen. Aber das Gesicht eines Laien, den er möglicherweise nie wieder sehen würde und den schon einmal gesehen zu haben er sich nicht erinnern konnte, so ein Gesicht wurde gründlicher aus seinem Gedächtnis getilgt als die Worte, die man von einem Pergament löscht, um Platz für einen neuen Text zu machen.

»Der Schmied hat eingewilligt«, berichtete er Abt Radulfus nach seiner Rückkehr, »und versprochen, den Auftrag gewissenhaft auszuführen.« Er hatte sich nicht einmal gefragt, warum diese Aufgabe von einem Bruder auf einen Laien übertragen worden war. Schicklicher war es ohnehin, denn die Empfängerin war eine Frau.

»Das ist gut«, erwiderte der Abt zufrieden und tat ebenfalls die Angelegenheit als erledigt ab.

Als Niall wieder allein war, nachdem sein Besucher gegangen war, starrte er einige Minuten ins Leere. Der fast vollendete Teller mit dem Schmuckrand lag vergessen auf seinem Arbeitstisch, Schlegel und Körner daneben. Ein kleines Stück des Randes hatte er noch zu bearbeiten, dann konnte er sich den schönen Ledergürtel vornehmen, der zusammengerollt auf einem Regalbrett wartete. Er mußte für den Guß der Gürtelschnalle eine kleine Form machen, dann das feine Muster gravieren und helles Email mischen, um die Gravur zu füllen. Schon dreimal, seit sie das Ding gebracht hatte, hatte er es aufgerollt, zärtlich durch die Finger gleiten lassen und die zierlichen Bronzerosetten bewundert. Für Judith wollte er etwas besonders Schönes machen, so klein und unbedeutend es auch war. Selbst wenn sie in dem Gürtel nur ein Kleidungsstück sah, einen Gebrauchsgegenstand, sie würde ihn am Leib tragen. Das Leder würde ihren schlanken Körper umschmeicheln, die Schnalle würde dicht auf dem Schoß liegen, der einmal empfangen, aber durch die Fehlgeburt der Frau einen so anhaltenden und bitteren Kummer beschert hatte.

Nicht an diesem Abend, aber am folgenden, wenn es dämmerte und er keine feinen Arbeiten mehr ausführen konnte, wollte er das Haus abschließen und durch Brace Meole zum Dörfchen Pulley wandern. Dort hatten die Mortimers ein kleines Anwesen, auf dem der Mann seiner Schwester, John Stury, als Verwalter diente. Dort leisteten auch Cecilys ausgelassene Kinder seinem kleinen Mädchen Gesellschaft. Sie hatten sie ins Herz geschlossen und tobten mit ihr zwischen den Hühnern und Ferkeln herum. Er war nicht vollständig beraubt wie Judith Perle. Seine kleine Tochter war ihm ein großer Trost. Er bedauerte alle, die keine Kinder hatten, und ganz besonders die Frau, die ihr halbausgetragenes Kind am Ende doch noch verloren hatte. Judiths Kind war kurz nach dem Vater gestorben, und nur die Frau war zurückgeblieben und mußte allein und elend leben.

Er machte sich ihretwegen keine Illusionen. Sie kannte ihn kaum, sie wünschte sicher auch nicht mehr und dachte wahrscheinlich überhaupt nicht an ihn. Gefaßte Höflichkeit schenkte sie jedermann, innige Aufmerksamkeit überhaupt keinem. Dies nahm er ohne Klage und Frage hin. Aber das Schicksal, der Abt und gewisse mönchische Skrupel, die sich um Begegnungen mit Frauen drehten, hatten zweifellos dafür gesorgt, daß er sie wenigstens an einem Tag in jedem Jahr sehen durfte. Er durfte ihr Haus aufsuchen, sich eine Weile bei ihr aufhalten, ihr übergeben, was ihr zustand, einige höfliche Worte mit ihr wechseln, ihr Gesicht von nahem besehen und umgekehrt von ihr aus der Nähe betrachtet werden, und sei es nur für einen Augenblick.

Er ließ seine Arbeit liegen und ging durch die Hintertür in den Garten hinaus. Innerhalb der hohen Mauern gab es eine kleine Wiese mit Obstbäumen und ein Gemüsebeet. An der Seite war ein schmales Blumenbeet angelegt, in dem bunte Blumen wucherten. Der mannshohe Busch mit den weißen Rosen an der Nordmauer klammerte sich mit einem Dutzend langer, dürrer Arme an den Stein. Er hatte ihn erst vor sieben Wochen gestutzt, denn der Strauch schoß in jedem Jahr rasch auf. Er war schon alt; mehrmals war totes Holz vom Stiel abgeschnitten worden, so daß dieser dicht über dem Boden wie ein verwachsener Baumstamm aussah. Er war über und über mit weißen, halbgeöffneten Knospen besprenkelt. Die Blüten waren nie sehr groß, aber rein weiß und stark duftend. Wenn der Tag von St. Winifreds Grablegung kam, würde er reichlich Auswahl haben, um die beste Blüte auszusuchen.

Sie sollte die schönste bekommen, die der Baum hergab. Und er würde Judith sogar vor diesem Tag noch einmal sehen, wenn sie kam, um den Gürtel zu holen. Niall machte sich frohen Mutes wieder an die Arbeit und entwarf die Gürtelschnalle im Kopf, während er den Schmuckrand für den Teller des Stadtvorstehers vollendete.

Der Hauptsitz der Vestiers war ein schönes Haus am Anfang einer Straße, die den Namen Maerdol trug und bergab zur Westbrücke führte. Ein rechtwinkliges Haus war es, mit einer breiten Ladenfront zur Straße. Halle und Kammern lagen dahinter, und jenseits des Hauses erstreckten sich ein geräumiger Hof und Ställe. In den Gebäuden gab es Platz genug, um nicht nur die Wohnräume der Familie aufzunehmen, sondern auch große Lagerräume in einem geräumigen, trockenen Keller. Auch die Mädchen, die die frisch gefärbte Wolle kämmten, fanden sich hier ein. In einem Anbau standen drei Webstühle, und in der langen Halle konnten sechs Spinnerinnen gleichzeitig arbeiten. Einige weitere Spinnerinnen und fünf Weber arbeiteten daheim. Das Tuchgeschäft der Vestiers war das größte und bekannteste in Shrewsbury.

Nur das Färben der Vliese und das Walken des Tuchs überließ man den erfahrenen Händen von Godfrey Fuller, der seine Färberei, seine Walkmühle und seinen Trokkenhof ein Stück flußabwärts direkt unter den Burgmauern hatte.

Um diese Jahreszeit war der Ertrag der ersten Schafschur bereits gekauft, sortiert und zum Färben geschickt. Just an diesem Tag brachte Godfrey höchstpersönlich den bearbeiteten Stoff zurück. Er zeigte keine besondere Eile, sein Geschäft abzuschließen, obwohl man von ihm wußte, daß für ihn Zeit gleichbedeutend mit Geld war, und Geld liebte er sehr. Ebenso die Macht. Er genoß seine Stellung als einer der reichsten Handwerker der Stadt und sah sich ständig nach Möglichkeiten um, seinen Einfluß und seinen Wirkungskreis zu vergrößern. Wie die Gerüchte besagten, hatte er ein Auge auf das fast genauso große Vermögen der Witwe Perle geworfen und ließ sich keine Gelegenheit entgehen zu betonen, wie nützlich es wäre, ihrer beider Besitz durch eine Eheschließung zusammenzubringen.

Judith hatte seufzend hingenommen, daß er länger blieb als unbedingt nötig. Sie hatte ihm pflichtschuldigst eine Erfrischung angeboten und geduldig seinen beharrlichen Überredungsversuchen gelauscht. Wenigstens war er so anständig, keine liebevolle Werbung zu heucheln. Er sprach vernünftig und ohne Tändelei, und seine Worte waren wahr. Sein und ihr Geschäft wären, zusammengelegt und auch in Zukunft gut geführt, in der ganzen Grafschaft eine Macht, von der Stadt ganz zu schweigen. Was den Reichtum anging, so würden sie dabei beide gewinnen. Auch als Ehemann war er keineswegs widerwärtig. Er war zwar gerade fünfzig geworden, sah jedoch noch recht stattlich aus: groß, kräftig, mit langen Schritten gehend, eine dichte Mähne aus stahlgrauem Haar auf dem Kopf, scharfe Gesichtszüge. Zwar liebte er das Geld, aber er war auch für die schönen Dinge des Lebens zu haben und würde, wenn auch nur um des eigenen Ansehens willen, dafür sorgen, daß seine Frau so hübsch gekleidet einherging wie keine zweite in der Stadt.

»Nun gut!« sagte er ohne Verärgerung, als er sah, daß er wieder einmal abgewiesen worden war. »Ich kann warten, Frau Perle, und ich bin keiner, der kurz vor dem Sieg aufgibt oder rasch seine Meinung ändert. Ihr werdet schon noch einsehen, wie wahr meine Worte sind, und ich habe auch keine Angst, an den jungen Taugenichtsen gemessen zu werden, die außer einem hübschen Gesicht nichts zu bieten haben. Das meine ist schon älter, aber mit den ihren kann es sich jederzeit messen. Ihr seid viel zu vernünftig, meine Gute, um Euch für einen Burschen nur deshalb zu entscheiden, weil er elegant im Sattel sitzt und eine glatte Haut hat. Überlegt nur, was wir zwei zusammen tun könnten, wenn wir den ganzen Handel in unseren Händen hätten – vom Rücken des Schafs bis zum Tuch auf der Theke und dem Gewand auf dem Rücken des Kunden.«

»Vorgestellt habe ich es mir schon«, erwiderte sie ohne Umschweife. »Aber es ist eben so, Herr Fuller, daß ich nicht die Absicht habe, mich noch einmal zu verheiraten.«

»Ach, das kann sich ändern«, sagte Godfrey selbstsicher und stand auf, um sich zu verabschieden. Die Hand, die sie ihm resigniert reichte, hob er zum Kuß an die Lippen.

»Bei Euch auch?« gab sie mit einem leichten Lächeln zurück.

»Meine Absichten werden sich nicht ändern. Wenn sich aber Eure ändern, dann bin ich bereit.« Damit verließ er sie so munter, wie er gekommen war. Seine Beharrlichkeit und seine Geduld schienen kein Ende zu kennen, obwohl er es sich mit fünfzig kaum erlauben konnte, allzu lange zu warten. Es mochte sein, daß sie sehr bald schon etwas energischer mit Godfrey Fuller umgehen mußte. Aber angesichts dieser unerschütterlichen Selbstsicherheit wußte sie nichts weiter als das zu tun, was sie schon die ganze Zeit tat: ihn abweisen und in ihrer Weigerung ebenso beharrlich bleiben wie er in seinen Forderungen. Sie war genau wie er dazu erzogen worden, sorgsam über ihr Geschäft und ihre Arbeiter zu wachen, und sie konnte sich kaum vorstellen, das Färben und Walken einem anderen Handwerker zu überlassen.

Ihre Tante Agatha Coliar, die ein wenig abseits saß und nähte, biß den Faden ab und sagte mit jener süßen, nachsichtigen Stimme, mit der sie manchmal mit ihrer Nichte redete: »Wenn du so höflich zu ihm bist, wirst du ihn nie los. Das nimmt er als Ermutigung.«

»Er hat das Recht zu sagen, was er denkt«, erwiderte Judith gleichmütig. »Und ich habe keinen Zweifel an meiner Meinung gelassen. Sooft er mich fragt, sooft kann ich nein sagen.«

»O Liebes, das kannst du natürlich. Er ist nicht der richtige Mann für dich. Ebensowenig wie die jungen Burschen, die er erwähnte. Du weißt ja, daß es für eine Frau, die mit dem ersten Mann glücklich war, keinen zweiten geben kann. Da ist es besser, den Rest des Weges allein zu gehen! Auch ich trauere nach all den Jahren noch um meinen Mann. Nach ihm konnte ich keinen anderen mehr ansehen.« Dies hatte sie schon tausendmal seufzend und kopfschüttelnd gesagt und sich eine Träne aus dem Auge gewischt. Aber wenigstens hatte sie das Lagerhaus und das Leinen behalten und ihren Sohn als Verwalter im Geschäft unterbringen können. »Wenn nicht mein Junge gewesen wäre, der damals noch zu klein war, um auf sich selbst achtzugeben, dann hätte ich noch im gleichen Jahr, in dem Will starb, den Schleier genommen. In einem Kloster wird eine Dame nicht von Glücksrittern belästigt. Dort kann man seinen Seelenfrieden finden.« Damit war sie wieder bei ihrem Lieblingsthema angelangt; sie schien mehr zu sich selbst als zu jemand anders zu sprechen.

In ihrer Jugend war sie eine schöne Frau gewesen. Auch jetzt noch hatte sie ein rundes, rosiges und frisches Gesicht, das einen gewissen Kontrast zu ihren wachen, scharfen blauen Augen und ihrem verkniffenen Lächeln bildete. Dieses Lächeln spielte oft um ihre Lippen, die eigentlich entspannt sein sollten, und es schien verschlagene Gedanken zu verraten, die sich hinter ihrem angenehmen Äußeren verbargen. Judith, die sich nicht an ihre Mutter erinnern konnte, fragte sich manchmal, ob die Schwestern sich ähnlich gewesen waren.

Diese beiden, Agatha und ihr Sohn, waren jetzt ihre einzigen Verwandten, die sie ohne Zögern in ihr Haus aufgenommen hatte. Miles hatte sich sehr nützlich ge-

aber kräftig und geschmeidig und im Ringen und im Scheibenschießen in den Flußauen genauso geschickt wie in der Leitung des Tuchmachergeschäfts. Er hatte die blauen, wachsamen Augen und das hellbraune Haar seiner Mutter, doch war er zielstrebiger als sie. Was bei der Mutter nur vage oder oberflächlich schien, war beim Sohn klar und eindeutig. Judith hatte allen Grund, ihm dankbar zu sein, denn sie konnte sich in allen geschäftlichen Belangen auf seine Vernunft voll verlassen.

»Ich werde tun, was mir selbst am besten scheint«, sagte sie, indem sie die Spindel mit dem aufgerollten roten Garn fortlegte. »Wenn ich nur wüßte, was dieses Beste ist! Um ehrlich zu sein, ich tappe völlig im dunkeln. Ich habe auch nur gesagt, daß ich gern mit ihr reden möchte. Und das werde ich tun. Ich mag Schwester Magdalena.«

»Ich auch«, stimmte Miles sofort zu. »Aber dich würde ich ihr trotzdem nicht gönnen. Dieses Haus ist ohne dich verloren.«

»Dummkopf!« erwiderte Judith scharf. »Du weißt ganz genau, daß es ohne mich ebensogut bestehen könnte. Du bist es doch, der hier alles zusammenhält.«

Auch wenn er es abstritt, sie wollte nichts davon hören und bekräftigte ihre Behauptung mit einem freundlichen Lächeln und einer leichten Berührung seines Arms, als sie an ihm vorbeiging, um sich ihrem Gast zu widmen. Miles, der von einer bisweilen rücksichtslosen Aufrichtigkeit war, wußte genau, daß sie die reine Wahrheit gesagt hatte. Er konnte das Geschäft mühelos auch ohne ihre Hilfe führen. An ihr aber nagte dieser Gedanke. Sie war entbehrlich, eine Frau, die in dieser Welt keine Aufgabe mehr hatte. Möglich, daß sie in einer anderen Welt nützlicher wäre. Gerade weil er dagegen gesprochen und sie an den Zwiespalt in ihrem Herzen wieder erinnert hatte, wendeten sich nun ihre Gedanken von neuem dem Klosterleben zu.

Schwester Magdalena saß auf einer gepolsterten Bank neben dem offenen Fenster in Judiths kleinem Privatkontor, breit, gefaßt und zufrieden in ihrer schwarzen Kutte. Agatha hatte ihr Früchte und Wein gebracht und sie sich selbst überlassen, denn sie fürchtete sich etwas vor der Ordensfrau. Judith setzte sich neben die Besucherin.

»Cadfael hat mir erzählt«, begann die Nonne ohne Umschweife, »was Euch bedrückt und was Ihr ihm anvertraut habt. Gott verhüte, daß ich Euch in die eine oder andere Richtung dränge, denn am Ende müßt Ihr doch ganz allein die Entscheidung treffen, das kann Euch niemand abnehmen. Ich weiß sehr wohl, wie schmerzhaft der Verlust von Mann und Kind für Euch war.«

»Ich beneide Euch«, erwiderte Judith mit einem Blick auf Magdalenas gefaltete Hände. »Ihr seid freundlich, und gewiß seid Ihr klug und stark. Ich glaube, ich besitze keine einzige dieser Eigenschaften, und es ist sehr verlokkend, sich an jemanden anzulehnen, der sie besitzt. Oh, ich lebe gut, ich arbeite, und ich habe Haus, Verwandtschaft und meine Pflichten nicht vernachlässigt. Doch kann all dies auch ohne mich bestehen. Mein Vetter hat es mir soeben bewiesen, obwohl er es bestritt. Es wäre ein sehr willkommener Ausweg, anderswo eine Berufung zu haben.«

»Die Ihr allerdings nicht habt«, erwiderte Schwester Magdalena ohne zu zögern. »Denn sonst hättet Ihr nicht so gesprochen.« Ihr plötzliches Lächeln kam wie ein Sonnenstrahl, das Grübchen in ihrer Wange war wie ein Funke, der rasch wieder verflog.

»Nein. Das sagte mir auch Bruder Cadfael schon. Er machte mir klar, daß man das Klosterleben nicht als die zweitbeste Möglichkeit, sondern nur als die allerbeste wählen dürfe – nicht als Versteck, sondern aus Leidenschaft.«

»Da mußte er mich wohl ausnehmen«, gab Schwester

Magdalena offen zurück. »Aber ich kann nicht empfehlen, was ich selbst getan habe. Um ehrlich zu sein, kann ich nicht gerade als Beispiel für andere Frauen dienen. Ich tat eben, was ich tat, und nun bleiben mir noch einige Jahre, um dafür zu bezahlen. Und wenn die Schuld bis zu meinem Tod nicht abgezahlt ist, dann werde ich sie danach ohne Murren ausgleichen. Ihr aber habt keine solche Schuld auf Euch geladen, und deshalb ist es bei Euch etwas anderes. Der Preis ist sehr hoch. Ihr solltet meiner Meinung nach lieber noch warten und Euer Vermögen für etwas anderes ausgeben.«

»Ich wüßte nichts«, erwiderte Judith nach längerem Nachdenken tonlos, »was ich mir in dieser Welt noch kaufen wollte. Aber Bruder Cadfael hatte recht, und Ihr habt recht. Wenn ich jetzt den Schleier nähme, dann würde ich mit einer Lüge leben. Was mich beim Klosterleben anzieht, ist die Stille und die Mauer, welche die Außenwelt abhält.«

»Aber vergeßt nicht«, entgegnete die Nonne mitfühlend, »daß unsere Tür keiner bedürftigen Frau verschlossen bleibt und daß die Stille nicht auf jene beschränkt bleibt, die ihre Gelübde abgelegt haben. Es mag der Zeitpunkt kommen, an dem Ihr einen Ort braucht, an dem Ihr allein sein könnt, an dem Ihr Zeit zum Nachdenken und Ausruhen findet, vielleicht sogar die Zeit, Euren verlorenen Mut wiederzufinden, wenn Ihr davon auch meiner Meinung nach genug habt. Ich sagte, ich wollte Euch keinen Rat geben, und jetzt tue ich es doch. Wartet ab, tragt die Dinge, wie sie sind. Aber wenn Ihr je einen Ort als Versteck braucht, für eine kurze oder eine längere Weile, dann kommt nach Godric's Ford und bringt alle Eure Sorgen mit. Ihr werdet bei uns eine Zuflucht finden, solange Ihr wollt, auch ohne die Gelübde abgelegt zu haben. Denn die solltet Ihr erst sprechen, wenn Ihr es aus ganzem Herzen wollt. Ich will die Tür vor der Welt geschlossen halten, bis Ihr selbst bereit seid, in sie zurückzukehren.«

Lange nach dem Abendessen an diesem Tag öffnete Niall auf dem kleinen Landgut bei Pulley, das im offenem Buschland am Rande des großen Waldes lag, die Vordertür des Holzhauses seines Schwagers und blickte ins Zwielicht hinaus, das gerade in die Nacht überging. Er hatte einen Gang von etwa drei Meilen vor sich, doch der Rückweg zu seinem Haus in der Vorstadt war bei schönem Wetter ein vertrauter, angenehmer Spaziergang. Er war daran gewöhnt, zwei- oder dreimal in der Woche nach der Arbeit diesen Weg zu gehen und in der beginnenden Dämmerung heimzukehren, um am nächsten Morgen beizeiten zum Tagewerk aufzustehen. An diesem Abend jedoch stellte er mit einiger Überraschung fest, daß ein leichter, gleichmäßiger Regen fiel, so still und so sachte, daß sie es im Haus nicht bemerkt hatten.

»Bleib doch über Nacht«, sagte seine Schwester über seine Schulter hinweg. »Du brauchst doch nicht bis auf die Haut durchnäßt zu werden, und bis morgen früh hat der Regen bestimmt aufgehört.«

»Ach, das macht mir nichts aus«, erwiderte Niall. »Es tut ja nicht weh.«

»Aber du hast einen weiten Weg vor dir. Sei doch vernünftig«, rief Cecily ihm zu. »Bleib hier im trockenen Haus. Wir haben Platz genug, und du weißt, daß du immer willkommen bist. Du wirst morgen schon nicht verschlafen, denn es wird früh hell.«

»Nun schließ schon die Tür«, drängte John, der drinnen am Tisch saß. »Komm herein und iß noch eine Suppe. Besser von innen naß als von außen. Wir haben viel zu selten Zeit, unter uns dreien ungestört zu reden. Die Kinder sind endlich im Bett und schlafen.«

Er hatte recht; mit vier Kindern im Haus, alle lebhaft

wie Eichhörnchen, waren die Erwachsenen ständig vollauf mit den Bedürfnissen der Kinder beschäftigt: Spielzeug reparieren, bei Spielen mitmachen, Geschichten erzählen, Lieder singen. Cecilys Jungen und das Mädchen waren zwischen zehn und sechs Jahren alt, Nialls Tochter war das jüngste Kind und das Nesthäkchen. Jetzt waren alle vier wie ein Wurf junger Welpen auf ihren Heumatratzen im kleinen Speicher zusammengerollt und schliefen fest. Die Erwachsenen am Tisch in der Halle konnten ohne Störung durch die Kinder plaudern.

Es war ein guter Tag für Niall gewesen. Er hatte die neue Schnalle für Judiths Gürtel gegossen, verziert und poliert und war mit seiner Arbeit durchaus zufrieden. Morgen würde sie den Gürtel holen kommen, und er würde sich reich belohnt fühlen, wenn er in ihren Augen einen freudigen Glanz entdecken könnte. In der Zwischenzeit konnte er sich hier gemütlich zur Nacht einrichten, am Morgen zeitig aufstehen und in der reingewaschenen Welt durch das saftige grüne Gras nach Hause gehen.

Er schlief gut und erwachte beim ersten Tageslicht durch den ungestümen Morgengesang der Vögel, der zugleich süß und kreischend war. Cecily war schon aufgestanden und eifrig beschäftigt. Sie hatte Dünnbier und Brot für ihn bereitgestellt. Sie war jünger als er, schön anzusehen und würdevoll, glücklich mit ihrem Mann und glücklich im Umgang mit Kindern. Kein Wunder, daß das mutterlose Kind hier aufblühte. Stury wollte nichts für ihre Pflege nehmen. Was macht denn ein kleiner Vogel mehr in einem vollen Nest schon aus, sagte er. Und wirklich war die Familie gut versorgt, sie hielt Mortimers kleines Anwesen in gutem Zustand, und alles gedieh. Die sauberen Felder warfen schöne Erträge ab, der Wald war gepflegt und die kleine Schonung war mit einem Graben vor gefräßigen Rehen geschützt. Ein guter Ort für Kinder.

Es fiel ihm immer schwer, sich auf den Rückweg zur Stadt zu machen und die Kleine zurückzulassen. Oft besuchte er sie nur aus Angst, sie könnte vergessen, daß sie seine Tochter war, und sich für die Jüngste der Sturys halten, da sie von Geburt an von ihnen bevatert und bemuttert worden war.

Niall machte sich im feucht- und süßduftenden Morgen auf den Weg. Der Regen hatte anscheinend schon vor einigen Stunden aufgehört, denn das Gras funkelte zwar noch, aber die nackte Ackererde hatte die Feuchtigkeit aufgesaugt und trocknete bereits wieder aus. Die ersten langen, schrägen Strahlen der aufgehenden Sonne stachen durch die Bäume und zeichneten Muster aus Licht und Schatten auf den Boden. Der Vogelgesang war jetzt nicht mehr ganz so leidenschaftlich und verlor die kriegerischen Untertöne. Er klang jetzt eher geschäftig, süß und behaglich. Auch hier waren die Nester voller Küken, und die Eltern hatten einen langen, arbeitsreichen Tag vor sich, um sie zu füttern.

Während der ersten Meile ging es durch Waldland, bis sich das Gelände allmählich zu einer mit Büschen und kleinen Hainen bewachsenen Heide öffnete. Dann erreichte er den Weiler Brace Meole, und von dort aus ging es auf einem ausgetretenen Pfad weiter, der sich kurz vor der Stadt zu einem Fahrweg verbreiterte, um mit einer kleinen Brücke den Meole-Bach zu überspannen. Schließlich erreichte er zwischen der Steinbrücke, die zur Stadt führte, und der Mühle und dem Mühlteich am Rande der Abtei die Vorstadt. Er war früh aufgebrochen und rasch gegangen, und die Vorstadt lag noch im Halbschlaf; nur ein paar Dörfler und Arbeiter waren auf, gingen ihren Geschäften nach und grüßten ihn im Vorbeigehen. Die Mönche waren noch nicht zur Prim in der Kirche, denn im großen Gebäude war es still, als Niall vorbeikam. Er hörte das Weckläuten im Dormitorium.

Die Hauptstraße war schon wieder völlig trocken, nur der Boden der Gärten war noch feucht und dunkel und versprach kräftiges Wachstum.

Er erreichte das Tor seines eingefriedeten Hauses, trat in den Hof, öffnete die Tür seines Ladens und bereitete sich auf sein Tagewerk vor. Judiths Gürtel lag zusammengerollt im Regal. Er versagte es sich, ihn noch einmal herunterzunehmen, um ihn zu streicheln, denn er hatte kein Recht auf die Frau, würde es nie haben. Aber wenigstens durfte er sie an diesem Tag noch einmal sehen und noch einmal ihre Stimme hören, und in fünf Tagen gleich noch einmal, und sogar in ihrem eigenen Haus. Vielleicht würden sich sogar ihre Hände berühren, wenn er die Rose übergab. Er würde die Blüte sorgfältig auswählen und auf die Dornen achtgeben, damit Judith nicht gestochen wurde, nachdem ihr kurzes Leben bereits so dornenreich gewesen war.

Dieser Gedanke trieb ihn in den Garten hinaus, der vom Hof aus durch eine Pforte in der Mauer zu erreichen war. Nach der nächtlichen Kühle, die sich im Haus gehalten hatte, umfing ihn das helle Sonnenlicht in der Tür wie ein warmes Tuch. Tropfen glitzerten im Blattwerk der Obstbäume und im Blumenbeet. Er stieg über die Schwelle und blieb wie vor den Kopf geschlagen stehen.

Der weiße Rosenbusch an der Nordmauer war zusammengesunken, die dornigen Arme vom Stein gerissen, der dicke Stamm der Länge nach gespalten, so daß ein Drittel des Busches kraftlos aufs Gras herabhing. Darunter war die Gartenerde aufgewühlt, als hätten dort Hunde gekämpft, und neben diesem Schlachtfeld lag ein regloses, dunkelbraunes Bündel im Gras. Niall machte drei hastige Schritte, dann sah er eine bleiche, nackte Ferse aus dem Haufen herausragen, einen ausgestreckten Arm im weiten schwarzen Ärmel, eine krampfhaft in die Erde gekrallte Hand und den bleichen Kreis einer Tonsur, grellweiß in all der Schwärze. Ein Mönch aus Shrewsbury, jung und schlank, beinahe mehr Kutte als Körper. Was, in Gottes Namen, hatte er, ob tot oder verletzt, unter dem zerstörten Baum zu suchen?

Niall ging näher und kniete sich neben ihn, zuerst viel zu erschrocken, um etwas zu berühren. Und dann sah er das Messer dicht neben der ausgestreckten Hand liegen, die Klinge von trockenem Blut besudelt. Der Boden unter dem Körper war aufgeweicht von einer dicken, dunklen Feuchtigkeit, die kein Regenwasser war. Der Unterarm, der aus dem breiten schwarzen Ärmel ragte, war glatt und schlank. Es war ein sehr junger Mann. Endlich streckte Niall eine Hand aus, um ihn zu berühren. Das Fleisch war kühl, aber noch nicht kalt. Trotzdem erkannte Niall sofort, daß der Mann tot war. Vorsichtig und ängstlich schob er eine Hand unter den Kopf und drehte das schmutzige, junge Gesicht Bruder Elurics ins Morgenlicht.

4

Bruder Jerome, der aufmerksam das Verhalten der Brüder, ob jung oder alt, ob ihm unterstellt oder nicht, zu kontrollieren pflegte, hatte die Stille in einer Zelle des Dormitoriums bemerkt. In allen anderen regten sich die Brüder und standen pflichtschuldigst zur Prim auf. Da es in dieser einen aber still blieb, sah er mit einer gewissen Überraschung nach, denn Bruder Eluric galt gewöhnlich als Vorbild an Tugendhaftigkeit. Aber selbst die Tugendhaftesten können dann und wann straucheln, und Bruder Jerome hatte nur selten Gelegenheit, einem so beispielhaften Bruder Vorwürfe zu machen. Diese Gelegenheit durfte er sich nicht entgehen lassen. Allerdings war Jeromes Eifer verschwendet, die vorwurfsvollen, frommen Worte blieben unausgesprochen. Die Zelle war leer, die Liege ordentlich gemacht, das Brevier offen auf dem kleinen Tisch. Bruder Eluric war sicher schon vor den anderen aufgestanden und kniete bereits irgendwo in der Kirche, um einige zusätzliche Gebete zu sprechen. Jerome fühlte sich betrogen und fauchte jeden, der etwa noch schlaftrunkene Augen hatte oder gähnend zur Nachttreppe kam, mit mehr als der üblichen Bissigkeit an. Es behagte ihm nicht, wenn jemand seine Hingabe übertraf, und es behagte ihm nicht, wenn jemand dieselbe missen ließ. Auf die eine oder andere Weise würde Eluric für diese Schlappe zahlen.

Als sie alle auf ihren Plätzen im Chorgestühl saßen und Bruder Anselm mit der Liturgie begann – wie konnte nur ein über fünfzigjähriger Mann, der mit voller und sogar ungewöhnlich tiefer Stimme sprach, nach Belieben in den oberen Oktaven singen wie ein Chorknabe? –, zählte Jerome die Köpfe der Versammelten, und seine Rachsucht bekam neue Nahrung. Einer fehlte, und dieser eine war Bruder Eluric. Der gefallene Musterknabe, der doch tatsächlich, was Jerome mit eifersüchtiger Sorge betrachtet hatte, die Gunst des würdevollen und einflußreichen Priors Robert gewonnen hatte. Dem jungen Bruder würde der Lorbeerkranz vom Kopf gerissen werden! Der Prior ließ sich nie herab, persönlich die Saumseligen zu zählen oder zu suchen, aber er hatte ein offenes Ohr, wenn jemand ihn auf eine solche Pflichtvergessenheit aufmerksam machte.

Die Prim ging zu Ende, und die Brüder wanderten über die Nachttreppe zurück, um sich für das Frühstück und den Tag vorzubereiten. Jerome trödelte herum, bis er sich vertraulich neben Prior Robert schieben konnte, um ihm mit selbstgerechter Mißbilligung ins Ohr zu flüstern: »Vater, wir haben heute morgen einen Abtrünnigen. Bruder Eluric war nicht in der Kirche. Er ist auch nicht in seiner Zelle. Dort ist alles in Ordnung, und ich glaubte zuerst, er sei vor uns in die Kirche gegangen. Nun weiß ich aber nicht, wo er ist und wie er dazu kommt, seine Pflichten derart zu vernachlässigen.«

Prior Robert blieb stehen und runzelte die Stirn. »Wie eigenartig! Ausgerechnet er! Habt Ihr in der Marienkapelle nachgesehen? Vielleicht ist er sehr früh aufgestanden, um den Altar zu richten und dann bei einem langen Gebet eingenickt. Das passiert auch den besten unter uns.«

Aber Bruder Eluric war nicht in der Marienkapelle. Prior Robert eilte sich, den Abt aufzuhalten, der über den großen Hof gerade zu seinen Gemächern zurückging.

»Ehrwürdiger Vater, wir machen uns wegen Bruder Eluric einige Sorgen.«

Dieser Name erregte sofort die volle Aufmerksamkeit

des Abtes. Er drehte sich mit gefaßtem Gesicht um. »Bruder Eluric? Was ist mit ihm?«

»Er hat nicht an der Prim teilgenommen, und er ist nirgendwo zu finden. Wenigstens an keinem Ort, an dem er zu dieser Stunde sein sollte. Es sieht ihm gar nicht ähnlich, einen Gottesdienst zu versäumen«, fügte der Prior gerechterweise hinzu.

»Nein, wirklich nicht. Er ist eine ergebene Seele.« Der Abt sprach fast abwesend, denn er mußte wieder an die Unterhaltung in seinem Sprechzimmer denken, als dieser schwach gewordene Bruder seine unerlaubte und tapfer bekämpfte Liebe offenbarte. Vielleicht bestand hier ein Zusammenhang. Was, wenn Beichte und Absolution und die Befreiung von der Versuchung nicht ausgereicht hatten? Sonst ein tatkräftiger Mann, zögerte Radulfus und überlegte, was zu tun sei. Sie wurden durch den Pförtner unterbrochen, der mit fliegenden Rockschößen und Ärmeln vom Torhaus herbeigerannt kam.

»Ehrwürdiger Vater, da ist einer am Tor, der Bronzeschmied, der das alte Haus der Witwe Perle gemietet hat, und er sagt, er habe eine schreckliche Nachricht, die nicht warten könne. Er will Euch selbst sprechen und wollte mir nichts sagen –«

»Ich komme«, erwiderte Radulfus sofort. Und zum Prior, der Anstalten machte, ihm zu folgen, sagte er: »Robert, laßt Ihr in den Gärten und im Bauernhof nach Eluric suchen ... und berichtet mir nachher, ob Ihr ihn gefunden habt.« Dann ging er mit langen, ausgreifenden Schritten zum Tor, und die Autorität seiner Stimme und der Schwung seines Ganges verbaten es Robert, ihm zu folgen. Hier waren zu viele Fäden miteinander verworren – die Besitzerin des Hauses, das Haus mit dem Rosenstrauch, der Mieter, der bereitwillig jene Pflicht übernommen hatte, vor der Eluric sich fürchtete, Eluric vermißt und draußen jemand mit schrecklichen Neuigkeiten. Ein Webmuster begann aufzutauchen, und die Farben waren düster.

Niall wartete an der Türe des Pförtnerzimmers, das bleiche, grobknochige Gesicht sehr gefaßt und bleich vor Schreck unter dem sommerlichen Braun.

»Ihr wolltet mich sprechen«, begann Radulfus, während er ihn ruhig und abschätzend musterte. »Hier bin ich. Welche Neuigkeiten habt Ihr für mich?«

»Ehrwürdiger Vater«, erklärte Niall, »ich hielt es für das beste, zunächst mit Euch allein zu sprechen und Euch die Entscheidung zu überlassen, wie weiter zu verfahren ist. Wegen des Regens verbrachte ich die letzte Nacht im Haus meiner Schwester. Ehrwürdiger Vater, Frau Perles Rosenbusch ist zerhackt und gebrochen, und einer Eurer Brüder liegt tot darunter.«

Nach kurzem, tiefem Schweigen forderte Radulfus ihn auf: »Sagt mir seinen Namen, wenn Ihr ihn wißt.«

»Ich kenne ihn. Seit drei Jahren kommt er in den Garten, um die Rose für Frau Perle zu schneiden. Es ist Bruder Eluric, der Küster des Marienaltars.«

Wieder ein Schweigen, ausgedehnter und tiefer. Dann fragte der Abt sachlich.: »Wann habt Ihr ihn dort entdeckt?«

»Es muß zur Prim gewesen sein, Herr Abt, denn etwa zu dieser Stunde kam ich auf dem Heimweg an der Kirche vorbei. Ich bin sofort gekommen, aber der Pförtner wollte Euch während des Gottesdienstes nicht stören.«

»Und Ihr habt alles gelassen, wir Ihr es vorgefunden habt? Ihr habt nichts berührt?«

»Ich hob seinen Kopf, um sein Gesicht sehen zu können. Sonst nichts. Er liegt genau, wie ich ihn gefunden habe.«

»Gut!« erklärte Radulfus und zuckte zusammen, als er dieses Wort für das richtige Verhalten des Mannes benutzte, wo doch alles andere falsch und schrecklich war.

»Wartet noch einen Augenblick, ich will nach einigen Brüdern schicken, dann können wir zusammen zu Eurem Garten gehen.«

Die Brüder, die er mit sich nahm – den anderen sagte er für den Augenblick noch nichts, nicht einmal dem Prior –, waren natürlich Anselm und Cadfael, die Zeugen der Abtei für den mit Judith Perle abgeschlossenen Vertrag. Sie allein hatten von Bruder Elurics Sorgen gewußt, und das gemeinsame traurige Wissen konnte in diesem Fall von einer gewissen Bedeutung sein. Der Beichtvater des jungen Mannes war durch sein Amt an sein Schweigen gebunden, zudem war Unterprior Richard ohnehin nicht der Mann, den Radulfus in einer düsteren Angelegenheit als Ratgeber bemüht hätte.

Die vier Männer standen schweigend um Bruder Elurics Leiche und betrachteten den elenden Haufen schwarzen Tuches, die ausgestreckte Hand, den verstümmelten Baum und das blutige Messer. Niall hatte sich ein paar Schritte zurückgezogen, um sie allein zu lassen, doch er hielt sich aufmerksam bereit, alles zu beantworten, was sie vielleicht zu fragen hatten.

»Der arme, gepeinigte Junge«, sagte Radulfus seufzend. »Vielleicht habe ich sein Leiden unterschätzt, vielleicht war seine Krankheit schlimmer, als ich ahnte. Er bat um Befreiung von seiner Aufgabe, aber anscheinend neidete er sie jedem anderen. Er hat den Busch und sich selbst zersört.«

Cadfael ließ den Blick über den Boden wandern. Sie standen einen Schritt von der Leiche entfernt, und seit Niall niedergekniet war, um das bleiche Gesicht in die Sonne zu drehen, war nichts verändert worden.

»Seht Ihr die Sache so?« erkundigte sich Anselm. »Müssen wir ihn als Selbstmörder verdammen? Sosehr wir ihn auch bemitleiden?«

»Was soll es sonst sein? Seine ungewollte Liebe muß so an ihm gefressen haben, daß er die Vorstellung nicht ertrug, ein anderer könne seinen Platz bei der Frau einnehmen. Warum sonst hätte er sich in der Nacht hinausstehlen und diesen Garten betreten sollen, warum sonst hätte er auf die Wurzeln des Baumes einhacken sollen? Und von dort aus war es in seiner Verzweiflung nur ein kleiner Schritt, nach den Rosen auch sich selbst zu zerstören. Was könnte ihr die Erinnerung an ihn tiefer und schrecklicher ins Gedächtnis brennen als ein solcher Tod? Ihr beide wißt genau, wie tief seine Verzweiflung war. Und dort liegt das Messer neben seiner Hand.«

Es war kein Dolch, sondern ein gutes Messer mit langem Griff, scharf und schmal, wie es ein Mann aus tausend guten Gründen bei sich tragen kann – um bei Tisch das Fleisch zu schneiden, um Strauchdiebe auf einer Reise abzuwehren, um mit einem Wildschwein im Wald fertig zu werden.

»Neben der Hand«, sagte Cadfael knapp, »nicht in der Hand.«

Sie wandten sich vorsichtig, sogar hoffnungsvoll, zu ihm um.

»Ihr seht, wie seine Hand in den Boden gekrallt ist«, fuhr er langsam fort. »Die Hand ist nicht verschmutzt, obwohl das Messer bis zum Griff blutig ist. Berührt seine Hand – ich glaube, Ihr werdet feststellen, daß sie bereits steif wird. Er hat das Messer nie gehalten, und wenn, wo ist dann die Scheide an seinem Gürtel? Kein vernünftiger Mann trägt ein solches Messer ohne Scheide mit sich herum.«

»Aber möglicherweise ein Mann, der nicht bei Sinnen ist«, widersprach Radulfus traurig. »Schließlich brauchte er es ja, um den Rosenbusch zu verstümmeln.«

»Was mit dem Rosenbusch geschehen ist«, erwiderte Cadfael fest, »wurde nicht mit dem Messer getan. Unmöglich! Selbst mit einem scharfen Messer müßte man eine halbe Stunde oder länger an einem so dicken Stamm sägen. Dies wurde mit einem schwereren Werkzeug getan, das für eine solche Arbeit gemacht ist, vielleicht mit einem Haumesser oder einem Beil. Ihr seht ja, daß der Spalt oben beginnt, wo der Stamm mit ein oder zwei Schlägen hätte durchtrennt werden können. Doch dann schwenkt der Riß nach unten zum dicken Ansatz des Stammes ab, wo seit vielen Jahren totes Holz abgeschnitten wurde und hölzerne Knoten entstanden sind.«

»Ich fürchte«, warf Bruder Anselm trocken ein, »Bruder Eluric war mit einem solchen Werkzeug nicht sehr geschickt.«

»Und es war nur ein Schlag.« Cadfael ließ sich nicht beirren. »Mit einem zweiten Schlag wäre der Stamm völlig durchtrennt worden. Dieser erste Schlag – meiner Meinung nach auch der einzige – wurde abgelenkt. Jemand lenkte den Schlag ab. Jemand klammerte sich an den Arm, der das Beil schwang und lenkte die Klinge in den dicken Teil des Stammes ab. Ich vermute, die Klinge blieb stecken, und der Mann, der sie hielt, hatte keine Zeit mehr, mit beiden Händen zuzupacken und das Beil wieder herauszuziehen. Warum sonst hätte er sein Messer ziehen sollen?«

»Wollt Ihr damit etwa sagen?« fragte Radulfus entsetzt, »daß hier in der letzten Nacht zwei Männer und nicht nur einer waren? Einer, der zerstören wollte, und ein zweiter, der es zu verhindern suchte?«

»Ja, das ist das, was ich hier sehe.«

»Und jener andere, der den Baum zu schützen suchte, der den Arm des Angreifers faßte und die Waffe ablenkte, so daß sie steckenblieb, worauf er selbst mit dem Messer niedergestreckt wurde . . .«

»Dieser andere ist Bruder Eluric. Ja. Wie sonst hätte es sein können? Gewiß kam er heimlich und aus eigenem

Antrieb des Nachts hierher, aber nicht um zu zerstören, sondern um sich von seinem wilden Traum zu verabschieden und ein letztes Mal und dann nie wieder die Rosen zu betrachten. Er kam gerade rechtzeitig, um einen anderen Mann zu überraschen, der mit ganz anderen Gedanken und aus ganz anderen Motiven gekommen war, nämlich um den Rosenstrauch zu zerstören. Hätte Eluric dabei tatenlos zusehen können? Nein, er sprang herbei, um den Baum zu schützen, klammerte sich an den Arm, der das Beil schwang, und lenkte die Klinge ab, so daß sie in den Stamm fuhr. Wenn es einen Kampf gab, wie der Boden zu zeigen scheint, dann hat er sicher nicht lange gedauert. Eluric war unbewaffnet. Der andere konnte zwar seine Axt nicht mehr gebrauchen, aber er hatte ein Messer und wußte es zu benutzen.«

Es gab ein ausgedehntes Schweigen. Alle starrten ihn an und bedachten die Folgerungen, die sich aus seinen Worten ergaben. Nach einer Weile schienen sie überzeugt. In ihren Gesichtern zeigten sich Erleichterung und sogar Dankbarkeit. Wenn Eluric kein Selbstmörder war, sondern aufrecht seine Bürde tragend in den Tod gegangen war, als er eine Missetat verhindern wollte, dann war ihm ein Ruheplatz auf dem Friedhof sicher, und er durfte in allen Ehren bestattet werden. Die kleinen Sünden, für die er büßen mußte, würden sicher nicht verhindern, daß er wie der verlorene Sohn ins Haus seines Vaters aufgenommen werden würde.

»Wenn es nicht so war, wie ich sagte«, strich Cadfael heraus, »dann müßte das Beil noch im Garten sein. Es ist aber nirgends zu sehen. Unser Bruder hier hat es bestimmt nicht fortgebracht. Er hat es auch nicht mitgebracht, darauf könnte ich schwören.«

»Aber wenn das wahr ist«, grübelte Anselm, »dann blieb der andere nicht, um sein Werk zu vollenden.«

»Nein. Er zerrte sein Beil heraus und suchte so schnell

wie möglich das Weite, um den Ort zu verlassen, an dem er zum Mörder geworden war. Ich wage zu behaupten, daß er dies nicht beabsichtigt hatte. Es muß in einem Augenblick des Schreckens und Entsetzens geschehen sein, als dieser arme, erzürnte Bursche auf ihn losging. Vor dem toten Eluric läuft er mit weit größerem Schrecken davon, als er je vor dem lebendigen davongelaufen wäre.«

»Dennoch«, erlärte Abt Radulfus ernst, »ist hier ein Mord geschehen.«

»So ist es.«

»Dann muß ich auf der Burg Bescheid sagen lassen. Um einen Mord müssen sich die weltlichen Mächte kümmern. Eine Schande, daß Hugh Beringar im Norden ist, wir werden seine Rückkehr abwarten müssen. Alan Herbard wird sicher sofort nach ihm schicken und ihn über dieses Ereignis unterrichten lassen. Gibt es sonst noch etwas zu tun, bevor wir Bruder Eluric in die Abtei bringen?«

»Wir sollten alles beachten, was es hier zu sehen gibt, Ehrwürdiger Vater. Etwas will ich Euch noch zeigen, Ihr sollt selbst sehen, was hier geschehen ist, nachdem der Regen aufgehört hatte. Der Boden war weich, als die beiden aufeinandertrafen. Das sieht man an den Spuren im Boden. Rücken und Schultern der Kutte des Jungen sind trocken. Können wir ihn herumdrehen? Hier sind genug Zeugen, die aussagen können, wie er aufgefunden wurde.«

Sie bückten sich, hoben den langsam starr werdenden Körper hoch und legten ihn ausgestreckt auf dem Rücken aufs Gras. Von der Kehle bis zu den Zehen war die Vorderseite seiner Kutte vom Gras feucht. Auf der linken Brust war ein großer dunkler Fleck von geronnenem Blut. Sein Gesicht, das Zorn, Furcht und Schmerz gezeigt haben mochte, hatte jede Spannung verloren und war im Tod wieder jugendlich glatt und unschuldig. Nur seine halbgeöffneten Augen verrieten noch die Sorge einer verzweifelten Seele. Radulfus bückte sich noch einmal und drückte seine Augen zu. Dann wischte er den Schlamm von den bleichen Wangen.

»Ihr nehmt eine große Last von meinem Herzen, Cadfael. Ihr habt gewiß recht, er hat sich nicht selbst das Leben genommen, sondern wurde grausam und heimtükkisch umgebracht, und der Mörder muß den Preis dafür bezahlen. Aber wenigstens kann dieses Kind hier wie ein Christ bestattet werden. Hätte ich am Anfang besser auf ihn achtgegeben, dann könnte er noch leben.« Er legte die beiden jungen Hände zusammen und faltete sie über der blutigen Brust.

»Ich habe tief geschlafen«, erklärte Cadfael. »Ich habe nicht gehört, wann der Regen aufhörte. Kann es jemand von Euch sagen?«

Niall war etwas näher gekommen und wartete geduldig, ob man ihn brauchte.

»Er muß etwa um Mitternacht aufgehört haben«, schaltete er sich jetzt ein. »Denn bevor wir unten in Pulley ins Bett gingen, öffnete meine Schwester noch einmal die Tür und sah hinaus. Sie meinte, der Himmel habe sich aufgeklärt und verspreche eine schöne Nacht. Aber da war es schon zu spät, um mich noch auf den Heimweg zu machen.« Und um auf ihre fragenden Blicke eine Antwort zu geben, fuhr er fort: »Meine Schwester und ihr Mann und die Kinder können bezeugen, daß ich bei ihnen übernachtete und im Morgengrauen aufbrach. Man könnte natürlich einwenden, daß eine Familie in jedem Fall zusammenhält. Aber ich kann Euch die Namen von zwei oder drei anderen sagen, die ich heute morgen auf dem Rückweg durch die Vorstadt grüßte. Auch sie können es bezeugen.«

Der Abt sah ihn erschrocken an, dann verstand er. »Solcherlei Überprüfungen sind Sache des Sheriffs«, erklärte er. »Ich zweifle nicht daran, daß Ihr uns die Wahrheit gesagt habt. Ihr meint also, der Regen habe um Mitternacht aufgehört?«

»Ja, Ehrwürdiger Vater. Pulley ist nur drei Meilen entfernt, also wird es hier wie dort dasselbe gewesen sein.«

»Das paßt«, sagte Cadfael, der über der Leiche kniete. »Er muß vor sechs oder sieben Stunden gestorben sein. Und da er kam, nachdem der Regen aufgehört hatte, als der Boden noch feucht und weich war, sollten wir viele Spuren finden. Hier haben sie im Kampf den Boden aufgewühlt, es ist nichts zu erkennen. Aber auf die eine oder andere Weise sind sie in der Nacht hereingekommen, und nur einer ging wieder hinaus.«

Er stand auf und rieb sich die feuchten Hände. »Bleibt stehen, wo Ihr seid, und seht Euch genau um. Vielleicht haben wir bereits eine wichtige Spur zertrampelt, aber wenigstens tragen wir Mönche, einschließlich Eluric, alle Sandalen. Niall, wie seid Ihr heute morgen hereingekommen, als Ihr ihn fandet?«

»Durch die Haustür«, erklärte der Bronzeschmied und nickte in die entsprechende Richtung.

»Und wie kam Bruder Eluric, wenn er einmal im Jahr die Rose holte?«

»Durch die Pforte vom Hof aus wie wir jetzt. Er war immer sehr zurückhaltend und bescheiden.«

»Dann ist er in der vergangenen Nacht, da er ja keine bösen Absichten hatte, gewiß auf dem gleichen Weg gekommen wie immer. Laßt uns sehen«, sagte Cadfael, indem er vorsichtig durch das Gras zur Pforte an der Mauer ging, »ob es hier noch Spuren von Füßen gibt, die keine Sandalen trugen.«

Der Gartenweg, vom Regen in Schlamm verwandelt, jetzt aber wieder getrocknet und glatt und weich, hatte ihre Fußtritte gut aufgenommen: drei Paar flache Sandalen, deren Abdrücke hier und dort übereinanderlagen. Oder waren es sogar vier? Viele Menschen trugen Sandalen, diese Spuren waren keine große Hilfe. Doch Cadfael glaubte unter den Fußabdrücken, die herein- und nicht wieder hinausführten, einen zu entdecken, der tiefer eingeprägt war als die anderen. Der Besitzer dieses Fußes mußte gekommen sein, als der Boden noch feuchter gewesen war. Die anderen Spuren hatten sie wahrscheinlich zertrampelt, als sie hereinstürmten. Dann gab es noch einen breiten Abdruck von einem festen Schuh, recht neu wie die von Sandalen, den Niall sofort als den seinen erkannte. Er bewies es, indem er einen Fuß hineinsetzte.

»Wer auch immer der andere war«, erklärte Cadfael, »ich glaube, er kam nicht durch die Vordertür, wie es ein Unschuldiger getan hätte. Und nachdem er den Toten zurückgelassen hatte, ging er auch nicht durch die Vordertür hinaus. Wir wollen uns weiter umsehen.«

Im Osten wurde der Garten von der Mauer des Hauses begrenzt, das Thomas dem Hufschmid gehörte. Im Westen lagen Nialls Werkstatt und sein Wohnhaus; dort gab es keinen Ausgang. Aber hinten, jenseits der Nordmauer, lag eine Koppel, die man von den Feldern aus leicht betreten konnte und die von keinem Gebäude eingesehen werden konnte. Ein paar Schritte neben dem verstümmelten Rosenstrauch wuchs ein Weinstock, knotig, alt und kaum noch Früchte tragend. Ein Teil des sich windenden Stammes war von der Wand beiseite gezogen, und aus der Nähe sah Niall, daß dort, wo der Stamm zurückgeschoben worden war, um einem Fußtritt Platz zu bieten, tatsächlich ein Kratzer war, nachdem jemand in panischer Hast auf das Holz getreten war.

»Hier! Er ist hinübergeklettert. Draußen auf der Koppel ist der Boden höher, aber um hinauszukommen, brauchte er einen Halt.«

Sie kamen näher und besahen es sich. Der Stiefel des Mörders hatte die Borke zerkratzt und Erde in dem Kratzer hinterlassen. Darunter, auf der bloßen Erde des Beetes, hatte der zweite Fuß, der linke, einen tiefen, sauberen Abdruck hinterlassen. Der Mann war kräftig abgesprungen, denn die Mauer war hoch. Ein Stiefel mit einem Absatz, der sich tief eingegraben hatte, weniger tief an der Außenkante, wo die meisten Menschen ihre Absätze stärker abnutzten. Dem Umriß nach war das Schuhwerk teuer, aber abgetragen. Ein kleiner Grat aus Erde lief vom großen Zeh quer über die halbe Sohle: Ein Riß im Leder. Auch der Zeh hatte einen deutlichen Abdruck hinterlassen. Wer auch immer der Mann war, er rollte seinen Fuß beim Gehen von der linken Hacke zum großen Zeh ab. Durch den Sprung hatte sich der Abdruck tief eingegraben, aber sein Fuß hatte die Erde senkrecht nach oben verlassen, und die feuchte und allmählich trocknende Erde hatte den Abdruck bewahrt.

»Ein wenig warmes Wachs«, sagte Cadfael mehr zu sich selbst, während er den Abdruck anstarrte, »ein wenig warmes Wachs und eine ruhige Hand, und wir haben ihn am Wickel!«

Sie waren so auf die Stelle im Erdboden konzentriert, auf die letzte Spur von Bruder Elurics Mörder, daß keiner von ihnen die leichten Schritte hörte, die aus dem Innern des Hauses näher kamen. Und niemand bemerkte den kleinen bunten Tupfer und die Bewegung, als Judith über die Schwelle trat. Sie hatte die Werkstatt leer gefunden und einige Minuten auf Niall gewartet. Da aber die Tür zu seiner Wohnung weit offen stand und das sich bewegende Grün und das Gold der sonnenbeleuchteten Äste dahinter zu sehen waren und da sie das Haus so gut kannte, war sie einfach weitergegangen, um ihn im Garten zu suchen, wo sie ihn vermutete.

»Ich bitte um Verzeihung«, sagte sie, indem sie heraustrat, »aber die Türen waren offen. Ich habe gerufen –«

Sie brach ab und sah erschrocken und verwirrt, wie die

Männer wie von der Tarantel gestochen herumfuhren. Drei Brüder in den schwarzen Benediktinerkutten standen neben dem alten, unfruchtbaren Weinstock, einer war sogar der Ehrwürdige Abt selbst. Was hatten sie nur hier zu suchen?

»Oh, bitte vergebt mir«, begann sie unsicher. »Ich wußte ja nicht . . .«

Niall riß sich aus seiner Starre und rannte auf sie zu, schob sich zwischen sie und das, was sie nicht sehen sollte, wenn sie erst den Blick vom Abt nahm. Er breitete schützend die Arme aus und schob sie ins Haus zurück.

»Kommt ins Haus, keine Sorge. Der Gürtel ist fertig. Ihr kommt früh, ich hatte noch nicht mit Euch gerechnet . . .«

Er war nicht gut darin, eine Flut beruhigender Worte auszustoßen. Sie blieb stehen, wo sie war, und blickte über seine Schulter hinweg in den umfriedeten Garten. Wie kühles graues Glas waren ihre Augen, die den reglosen Körper im Gras liegen sahen. Judith betrachtete das bleiche, ovale Gesicht, die bleichen gefalteten Hände auf der Brust der Kutte, den zerhackten Stamm des Rosenstrauches, die umgeknickten, hängenden Zweige. Sie erkannte weder den toten Jungen, noch verstand sie, was hier geschehen war. Aber allzu gut begriff sie alles, was dieses Haus betraf, diese Wände, die einmal die ihren gewesen waren. Alles, was hier geschah, bedrückte sie, als hätte sie eine schreckliche Folge von Ereignissen in Gang gesetzt, die sie nun aus eigener Kraft nicht mehr aufhalten konnte. Die Schuld legte sich wie ein Mantel um sie.

Sie gab keinen Ton von sich, sie zuckte nicht zusammen, und sie gab auch Niall nicht nach, der flehte: »Kommt doch, kommt herein und setzt Euch und überlaßt alles dem Ehrwürdigen Abt. Kommt doch!« Er wollte, eher schmeichelnd als stützend, einen Arm um sie legen und sie ins Haus ziehen. Sie aber stand ruhig und aufrecht und ohne sich zu rühren. Sie legte die Hände auf seine Schultern und wehrte den drängenden Mann resolut ab.

»Nein, laßt. Dies geht mich auch etwas an. Ich weiß es.«

Inzwischen hatten sich alle besorgt um sie gesammelt. Der Abt sah die Notwendigkeit ein. »Wir können nicht leugnen, daß hier etwas geschehen ist, das Euch sehr beunruhigen dürfte. Ich will nichts vor Euch verbergen. Ihr schenktet uns dieses Haus, und Ihr habt es verdient, die Wahrheit zu hören. Trotzdem solltet Ihr euch hüten, mehr zu empfinden, als es sich für eine vornehme Dame geziemt, die Mitgefühl für ein zu früh beendetes junges Leben hat. Nichts von alledem ist Euretwegen geschehen, und nichts, was jetzt getan werden muß, fällt unter Eure Pflichten. Geht nur hinein. Wir wollen Euch alles erzählen, was von Belang ist. Ich verspreche es Euch.«

Sie zögerte, sie betrachtete immer noch den toten Jungen. »Ehrwürdiger Vater, ich will Euch nichts schwerer machen, was schon schwer genug sein muß«, erwiderte sie bedächtig. »Aber laßt mich ihn sehen. Das bin ich ihm schuldig.«

Radulfus sah ihr in die Augen und trat zur Seite. Niall nahm fast verstohlen den Arm von ihr. Er fürchtete, sie könnte seine Berührung gerade in dem Augenblick bemerken, in dem sie aufgehoben wurde. Sie ging mit festen, gleichmäßigen Schritten über das Gras und betrachtete Bruder Eluric. Im Tod wirkte er trotz seiner endgültigen Ruhe noch jünger und verletzlicher als im Leben. Judith langte über ihn hinweg, zum niederhängenden verwundeten Strauch, pflückte eine halbgeöffnete Knospe und schob sie vorsichtig in seine gefalteten Hände.

»Für alle, die du mir gebracht hast.« Sie hob den Kopf und wandte sich an die anderen. »Ja, er ist es. Ich wußte, daß er es war.«

»Bruder Eluric«, erklärte der Abt.

»Ich kannte nicht einmal seinen Namen. Ist das nicht eigenartig?« Sie sah mit gerunzelter Stirn von einem zum anderen. »Ich habe nie gefragt, und er hat ihn mir von sich aus nicht genannt. Nur wenige Worte sprachen wir, und nun ist es zu spät für alle Worte.« Schließlich, als die Erstarrung wich und sich das Feuer des Schmerzes in ihren Augen ausbreitete, konzentrierte sie sich auf Cadfael, den sie hier am besten kannte. »Wie konnte dies nur geschehen?« fragte sie.

»Kommt herein«, erwiderte Cadfael, »dann werden wir es Euch erklären.«

5

Der Abt und Bruder Anselm kehrten zur Abtei zurück und schickten Männer mit einer Bahre, um Bruder Eluric ins Kloster zu tragen. Ein Bote sollte Hughs jungen Vertreter auf der Burg davon unterrichten, daß ein Mord geschehen war. Sehr bald schon würde die Neuigkeit, daß ein Bruder auf geheimnisvolle Weise den Tod gefunden hatte, in der Vorstadt die Runde machen, und alle möglichen Gerüchte würden wie launische Winde durch die Stadt wehen. Eine behutsam gekürzte Version von Elurics tragischem Ende würde der Abt sicherlich bekanntgeben, um den wildesten Mutmaßungen zu begegnen. Lügen würde er nicht, aber er würde umsichtig alles unterschlagen, was für ihn selbst, die beiden Brüder und den Toten ewig ein Geheimnis bleiben mußte. Cadfael konnte sich schon denken, wie es sich anhören würde: Nach reiflicher Überlegung habe man beschlossen, die Pacht in Form einer Rose lieber direkt vom Mieter überbringen zu lassen, statt durch den Küster des Marienaltars. Deshalb sei Bruder Eluric von dieser Aufgabe entbunden worden. Daraufhin sei er heimlich in den Garten gegangen, was vielleicht eine Dummheit, aber keine Schande war. Zweifellos hatte er sich nur vergewissern wollen, daß der Busch gut versorgt und in voller Blüte war. Dabei habe er einen Missetäter, der den Strauch zerstören wollte, auf frischer Tat ertappt. Natürlich habe er versucht, ihn daran zu hindern, sei jedoch vom Angreifer niedergestochen worden. Ein ehrbarer Tod, ein christliches Begräbnis. Warum erwähnen, unter welchen Konflikten und Qualen der Junge gelitten hatte?

In der Zwischenzeit mußte Cadfael jedoch eine Frau

zufriedenstellen, die gewiß das Recht hatte, alles zu erfahren. Es wäre ohnehin nicht leicht, Judith anzulügen oder es mit der Wahrheit nicht genau zu nehmen. Sie würde sich nur mit der reinen Wahrheit zufriedengeben.

Da die Sonne inzwischen das Blumenbeet unter der Nordmauer des Gartens erreichte und der Rand des tiefen Fußabdrucks noch vor der Mittagszeit trocken und bröckelig werden würde, borgte sich Cadfael an Ort und Stelle einige Kerzenreste von Niall. Er schmolz sie in einem kleinen Tiegel des Schmieds und füllte behutsam den Stiefelabdruck aus. Vorsichtig nahm er dann den geronnenen Abdruck heraus. Er mußte an einem kalten Ort aufbewahrt werden, um nicht seine Konturen zu verlieren. Zur Sicherheit hatte Cadfael sich außerdem einen Rest dünnen Leders besorgt und den Abdruck sorgfältig abgezeichnet. Er hatte die Stelle markiert, wo Hacke und Zehe abgenutzt waren, und den quer über den Fußballen laufenden Riß eingezeichnet. Früher oder später würden diese Stiefel beim Flickschuster landen, denn sie waren viel zu wertvoll, um fortgeworfen zu werden, ehe sie unrettbar verschlissen waren. Oft wurde so ein gutes Schuhwerk über drei Generationen weitergegeben, bevor es schließlich fortgeworfen wurde. Eines Tages, grübelte Cadfael, würde der Stadtvorsteher Corviser oder ein anderer Handwerker aus seiner Zunft diesen Stiefel in Händen halten. Man konnte nicht wissen, wie bald, aber Gerechtigkeit braucht manchmal ihre Zeit. Jedenfalls würde man die Angelegenheit nicht vergessen.

Judith erwartete ihn bereits in Nialls ordentlichem, schlichtem und strengem Wohnzimmer. Es war der Raum eines allein lebenden Mannes, aufgeräumt und sauber, aber bar jener kleinen Ausschmückungen, die eine Frau angebracht hätte. Die Türen standen noch weit offen. Gefiltert durch das zitternde Grün der Bäume fiel durch zwei Fenster goldenes Sonnenlicht herein und erfüllte den

Raum. Sie scheute das Licht nicht, sondern saß in der Sonne, deren Licht sie bebend umspielte, wenn draußen ein Wind aufkam. Sie war allein, als Cadfael aus dem Garten zurückkehrte.

»Der Schmied hat einen Kunden«, erklärte sie mit einem leichten Lächeln. »Ich bat ihn zu gehen, der Mann muß sich doch um sein Geschäft kümmern.«

»Ihr aber auch«, erwiderte Cadfael und legte den Wachsabdruck vorsichtig auf den Steinboden, wo der Luftzug ihn abkühlen konnte.

»Das will ich auch bald wieder tun. Ihr braucht Euch nicht um mich zu sorgen, ich habe große Achtung vor dem Leben. Um so mehr«, fügte sie ernst hinzu, »da ich nun schon wieder den Tod aus solcher Nähe gesehen habe. Nun erzählt! Ihr habt es mir versprochen.«

Er setzte sich neben sie auf die ungepolsterte Bank und erzählte ihr alles, was an diesem Morgen geschehen war – Elurics Abwesenheit beim Gottesdienst, Niall, der gekommen war und berichtet hatte, daß er die zusammengekrümmte Leiche und den zerstörten Busch gefunden habe, daß man zuerst sogar an eine vorsätzliche Beschädigung und Selbstmord geglaubt habe, bevor die Zeichen mehr und mehr in eine andere Richtung gewiesen hätten. Sie hörte ihn aufmerksam und schweigend an, die grauen Augen groß und klug.

»Dennoch«, wandte sie schließlich ein, »kann ich es nicht verstehen. Ihr redet, als sei nichts weiter dabei, daß er in der Nacht die Enklave verlassen hat. Dabei wißt Ihr, daß es äußerst ungewöhnlich ist, wenn ein junger Bruder so etwas wagt. Ich dachte, er sei gehorsam und pflichtbewußt gewesen und habe noch nie eine Regel gebrochen. Warum hat er es dann plötzlich getan? Was kann ihm so wichtig gewesen sein, daß er heimlich, verbotenerweise und des Nachts zum Rosenstrauch ging? Was hat der Strauch ihm bedeutet, daß er so ungehorsam war?«

Zweifellos war ihre Frage aufrichtig. Sie war noch nicht auf die Idee gekommen, daß sie selbst den Seelenfrieden des jungen Bruders gestört hatte. Sie wollte eine Antwort bekommen, und sie sollte die Wahrheit erfahren. In diesem Punkt hätte der Abt vielleicht gezögert. Cadfael kannte kein Zögern.

»Die Rosen bedeuteten für ihn«, erklärte er schlicht, »die Erinnerung an Euch. Es war keine rein sachliche Entscheidung, die uns ihn von seiner Pflicht, die Rose zu überbringen, entbinden ließ. Er selbst hatte gebeten, von dieser Aufgabe erlöst zu werden, die ihm eine Folter geworden war, und seine Bitte wurde erfüllt. Er konnte es nicht mehr ertragen, Euch nahe zu sein und dennoch so fern, als sei er auf dem Mond. Er wollte Euch nicht mehr sehen, nicht mehr in Eurer Reichweite sein, ohne Euch lieben zu dürfen. Doch als er befreit war, konnte er anscheinend auch die Freiheit nicht ertragen. In gewisser Weise wollte er von Euch Abschied nehmen. Er wäre schon darüber hinweggekommen«, ergänzte Cadfael resigniert und traurig, »wenn er weitergelebt hätte. Aber es wäre eine lange, schlimme Krankheit geworden.«

Immer noch schwankte ihr Blick nicht, und ihr Gesicht blieb unverändert. Nur das Blut wich aus ihren Wangen, und ihre Haut war bleich und durchscheinend wie Eis. »Mein Gott!« flüsterte sie. »Das habe ich nicht gewußt! Es wurde nie ein Wort gesagt, kein einziger Blick . . . und dabei bin ich soviel älter als er und keine Schönheit! Es war, als hätte man einen Chorknaben aus der Schule zu mir geschickt. Niemals ein falscher Gedanke, wie wäre das auch möglich gewesen?«

»Er war fast von der Wiege an im Kloster«, erklärte Cadfael sanft. »Seit er seine Mutter verließ, hatte er nie wieder mit einer Frau zu tun. Er hatte keine Verteidigung gegen ein sanftes Gesicht, eine weiche Stimme und freundliche Gesten aufzubieten. Hättet Ihr Euch durch seine Augen gesehen, Ihr wärt geblendet worden.«

Nach kurzem Schweigen sagte sie: »Ich habe gespürt, daß er nicht glücklich war. Mehr aber nicht. Wie viele in dieser Welt können schon von sich sagen, glücklich zu sein?« Dann sah sie Cadfael in die Augen und fragte: »Wer weiß davon? Muß darüber gesprochen werden?«

»Niemand außer dem Vater Abt, dem Beichtvater des Jungen, Bruder Anselm und mir selbst. Und jetzt wißt Ihr es. Nein, es wird niemand sonst erfahren. Und keiner von denen, die es wissen, wird Euch je einen Vorwurf machen. Wie könnten wir?«

»Aber ich kann es«, erwiderte Judith.

»Nicht, wenn Ihr gerecht mit Euch seid. Ihr dürft nicht mehr auf Euch nehmen, als Euch von Rechts wegen zusteht. Es war Elurics Fehler.«

Plötzlich erhob sich eine Männerstimme im Geschäft, jung und erregt, und Niall antwortete hastig und beruhigend. Miles platzte durch die offene Tür herein, das Sonnenlicht zeichnete seinen Umriß scharf nach, glänzte auf seinem zerzausten Haar und verwandelte Hellbraun in Flachsblond. Er war errötet und atemlos, aber er seufzte erleichtert auf, als er Judith gefaßt und tränenlos in ruhiger Gesellschaft sitzen sah.

»Guter Gott, was ist hier nur los? In der Vorstadt gehen Gerüchte von Mord und Missetaten um! Bruder, ist es wahr? Meine Cousine . . . ich wußte, daß sie heute morgen herkommen wollte. Gott sei Dank, meine Liebe, bist du wohlauf und in guter Gesellschaft. Ist dir auch nichts geschehen? Sobald ich die Gerüchte hörte, bin ich losgerannt, um dich heimzuholen.«

Wie ein Wind im März hatte sein überschwenglicher Auftritt den tiefen Ernst, der sich über den Raum gelegt hatte, fortgeweht. Seine Lebendigkeit brachte etwas Farbe in Judiths erstarrtes Gesicht. Sie stand auf, um ihn zu begrüßen, ließ sich von ihm umarmen und auf die kalte Wange küssen.

»Mir ist nichts geschehen, mach dir keine Sorgen um mich. Bruder Cadfael war so freundlich, mir Gesellschaft zu leisten. Er und der Vater Abt waren hier, bevor ich kam, und ich war nie in Gefahr.«

»Aber es hat wirklich einen Todesfall gegeben?« Immer noch die Arme beschützend um sie gelegt, blickte er ängstlich zwischen ihr und Cadfael hin und her. »Oder ist das nur Gerede? Man sagt, ein Bruder der Abtei sei von diesem Haus aus mit bedecktem Gesicht zur Enklave getragen worden . . .«

»Das ist leider wahr«, erwiderte Cadfael und erhob sich müde. »Bruder Eluric, der Küster des Marienaltars, wurde heute morgen hier erstochen aufgefunden.«

»Was, hier in diesem Haus?« fragte Miles ungläubig. Was hatte ein Bruder der Abtei auch im Haus eines Handwerkers zu suchen?

»Draußen im Garten unter dem Rosenstrauch«, erwiderte Cadfael knapp. »Und der Strauch ist zerhackt und beschädigt. Eure Cousine kann Euch alles erzählen. Besser, Ihr hört die Wahrheit, als die Gerüchte, die jetzt die Runde machen. Bringt Eure Cousine nur nach Hause und laßt sie ruhen. Sie wird Ruhe brauchen können.« Er nahm den Wachsabdruck von der Türschwelle. Der junge Mann sah neugierig zu, wie Cadfael ihn vorsichtig in seinen Ranzen steckte, damit er nicht beschädigt wurde.

»Ja, wirklich!« stimmte Miles zu, jungenhaft errötend, als er sich an seine Pflicht erinnerte. »Und vielen Dank, Bruder, für Eure Güte.«

Cadfael folgte ihnen in die Werkstatt. Niall war an seinem Arbeitstisch, doch er stand auf, um sich von ihnen zu verabschieden. Ein bescheidener Mann, der die Feinfühligkeit besaß, sich zurückzuziehen, sobald er spürte, daß zwischen Tröster und Trostsuchender etwas Vertrauliches besprochen wurde. Judith schenkte ihm einen ernsten Blick und brachte aus einem tiefen Born unberührter Unschuld ein bleiches, aber liebenswürdiges Lächeln hervor. »Meister Niall, es tut mir leid, daß wir Euch solche Sorgen und Aufregung beschert haben. Ich danke Euch für Eure Güte. Ich habe etwas abzuholen und Euren Lohn zu bezahlen – habt Ihr das vergessen?«

»Nein«, erwiderte Niall. »Ich hätte Euch den Gürtel schon in einem günstigen Augenblick gebracht.« Er drehte sich zum Regal um und zog ihren zusammengerollten Gürtel hervor. Sie bezahlte anstandslos den verlangten Preis, dann rollte sie den Gürtel auf und betrachtete lange die neue Schnalle, das geflickte Geschenk ihres toten Gatten. Und jetzt zeigte sich in ihren Augen ein feuchter Schimmer, wenn sie auch keine Tränen vergoß.

»Dies ist ein sehr guter Augenblick«, erklärte sie und sah Niall ins Gesicht, »für ein kleines, kostbares Ding, das mir ein wenig ungetrübte Freude schenkt.«

Das war die einzige Freude, die sie an diesem Tag hatte, und selbst die wurde von einem leichten, stechenden Schmerz begleitet. Agathas nervöses, wortreiches Getue und Miles' vorsichtige, aber dennoch aufdringliche Aufmerksamkeit wurden ihr zur Last. Sie hatte ständig das tote Gesicht Bruder Elurics vor Augen. Wie hatte sie nur seine Pein übersehen können? Dreimal hatte sie ihn empfangen, sich von ihm verabschiedet und nichts weiter bemerkt als ein leichtes Mitgefühl für sein Unbehagen, das man mit bloßer Schüchternheit hätte erklären können. Sie war überzeugt gewesen, daß sie einen nicht allzu glücklichen jungen Mann vor sich hatte, dem sie höchstens eine echte Berufung absprechen konnte, da er seit seiner Kindheit im Kloster gelebt hatte. Sie war so sehr mit ihrem eigenen Kummer beschäftigt gewesen, daß sie den seinen nicht bemerkt hatte. Selbst im Tod hatte er ihr keine Vorwürfe gemacht. Das war auch nicht nötig. Die Vorwürfe machte sie sich selbst.

Sie hätte Ablenkung suchen und wenigstens ihre Hände beschäftigen können, aber sie war nicht imstande, sich zu den verängstigt flüsternden Mädchen im Spinnraum zu setzen. So blieb sie lieber im Geschäft, wo die Neugierigen, wenn sie schon gaffen und Kommentare abgeben mußten, wenigstens einer nach dem anderen kamen, und es mochten sogar einige darunter sein, die tatsächlich Tuch kaufen wollten und noch nicht einmal die Neuigkeiten gehört hatten, die wie Distelsamen durch die Gassen von Shrewsbury flogen und ebenso rasch Wurzeln schlugen.

Aber auch das war schwer zu ertragen. Sie freute sich auf den Abend, wenn sie die Läden schließen konnte, aber ausgerechnet der letzte Kunde, der ein Stück Tuch für seine Mutter abholen wollte, trödelte lange herum. Er tuschelte unter vier Augen mit Judith, soweit dies möglich war, denn Agatha kramte im Laden herum wie eine wachsame Glucke und mochte ihre Nichte nicht einmal für Minuten allein lassen. Diese kurzen Freiräume aber wußte Vivian Hynde zu seinem Vorteil zu nutzen.

Er war der einzige Sohn des alten William Hynde, der im westlichen Hochland der Grafschaft große Schafherden besaß, aber seit vielen Jahren regelmäßig die weniger gute Wolle an die Vestiers verkaufte, während die besten Vliese einem Mittelsmann vorbehalten blieben, der sie nach Nordfrankreich und zu den Wollmärkten in Flandern brachte. Sein Lagerhaus und sein Verladekai lagen ein Stück stromabwärts hinter Godfrey Fullers Werkstatt. Die geschäftliche Partnerschaft zwischen den beiden Familien ging zwei Generationen zurück und gab diesem jungen Gecken, der sich angeblich mit seinem Vater überworfen hatte, einen guten Vorwand, die Nähe der Tuchhändlerin zu suchen. Es war unwahrscheinlich, daß auch er einen erfolgreichen Wollhändler abgeben würde. Seine Fähigkeiten beschränkten sich darauf, das Geld auszugeben, das sein Vater verdient hatte. Er hatte dieses Talent so weit entwickelt, daß der alte Mann dem Vernehmen nach diesem Talent einen Riegel vorgeschoben hatte, indem er sich weigerte, weiterhin die Schulden seines Sohnes und Erben zu bezahlen, und ihm nicht mehr erlaubte, sein Geld mit Würfelspiel, Mädchen und einem ausschweifenden Lebenswandel zu verprassen. William hatte ihm oft genug unter die Arme gegriffen, aber jetzt, ohne diesen Rückhalt, war Vivian kaum noch kreditwürdig. Und falsche Freunde lassen einen Gönner rasch im Stich, wenn dieser kein Geld mehr auszugeben hat.

Doch Vivians Hahnenkamm stand aufrecht wie eh und je, als er mit seinem beachtlichen Charme und seiner Eleganz kam, um die verstörte Witwe zu trösten. Er war ein ansehnlicher junger Mann, groß und athletisch mit weizengelbem Kraushaar und lebhaften braunen Augen, in denen das Sonnenlicht golden funkelte. Er war elegant herausgeputzt und wußte genau, welch angenehmen Eindruck er bei den meisten Frauen machte. Und wenn er auch noch keinen Erfolg bei der Witwe Perle gehabt hatte, so war ihm doch noch niemand zuvorgekommen. Er hatte noch Hoffnung.

Im Augenblick war er klug genug, nur vorsichtig sein Mitgefühl und seine Sorge zum Ausdruck zu bringen und sich ein allzu tiefes Nachbohren zu verkneifen. Er war erfahren darin, auf dünnem Eis zu wandeln, und schien sogar klug genug, um sich selbst als eher oberflächlichen und nicht zu tiefen Mann zu sehen. Doch war er vorwitzig genug, um in der Hoffnung, ein Lächeln zu erwecken, etwas zu scherzen und zu necken.

»Wenn Ihr Euch jetzt einschließt und für Euch allein um jemanden, den Ihr kaum kanntet, in Sorgen vergeht, dann wird Euch Eure Tante noch melancholischer machen. Sie hat Euch ohnehin schon halb den Nonnenschleier aufgeschwatzt. Und das«, sagte Vivian flehend, »das dürft Ihr einfach nicht tun.«

»Viele andere haben es getan«, erwiderte sie. »und die hatten auch keinen besseren Grund als ich. Warum sollte ich es nicht tun?«

»Weil«, sagte er mit funkelnden Augen, indem er sich näher zu ihr neigte, damit Agatha seine Stimme nicht hören konnte, falls sie just in diesem Augenblick unter irgendeinem Vorwand wieder hereinkäme, »weil Ihr jung und schön seid und kaum wünschen könnt, Euch in einem Kloster selbst zu begraben. Und weil ich Euer ergebener Anbeter bin, wie Ihr wohl wißt, wird es mein Tod sein, wenn Ihr aus meinem Leben verschwindet.«

Sie nahm die Worte als gutgemeintes, aber taktloses Kompliment und war sogar etwas gerührt, als sie sah, wie er plötzlich den Atem anhielt und mit erschrockenem Blick erkannte, was er gesagt hatte und wie seine Worte gerade an diesem Tag auf sie wirken mußten. Er nahm ihre Hand und fuhr honigsüß und wortreich fort, um sein Entsetzen zu überspielen. »Oh, vergebt mir, bitte vergebt mir! Ich bin ein Dummkopf, ich wollte doch nicht ... keine Schuld, kein Vorwurf kann Euch treffen. Nehmt mich doch in Euer Leben hinein, dann werde ich Euch überzeugen. Heiratet mich, und ich will alle Zweifel und Unsicherheiten von Euch nehmen ...«

Später fragte sie sich, ob es nur Berechnung war, denn er war ein kluger und gewitzter junger Mann, doch sie war entwaffnet, zweifelte an sich selbst und konnte sich nicht überwinden, einem anderen Täuschungsabsichten oder Egoismus zu unterstellen. Vivian hatte ihr oft genug seine Absichten klargemacht, ohne einen Eindruck zu hinterlassen. Sie sah in ihm einen Jungen, der höchstens ein Jahr älter war als Bruder Eluric und trotz seiner Schmeicheleien und seines gewandten Auftretens womöglich ganz ähnliche Qualen litt wie Bruder Eluric. Sie hatte kläglich dabei versagt, dem einen ihre Hilfe zuteil werden zu lassen und hatte einen guten Grund, wenigstens mit dem anderen rücksichtsvoll umzugehen. Also nahm sie sein Verhalten hin, gab entschlossene, aber sanfte Antworten und war geduldiger, als sie es zu einer anderen Zeit gewesen wäre.

»Es ist dumm, so daherzureden, wir kennen uns seit unserer Kindheit. Ich bin älter als Ihr, verwitwet und keinesfalls die Richtige für Euch. Außerdem habe ich nicht die Absicht, noch einmal zu heiraten. Das müßt Ihr als gegeben hinnehmen. Verschwendet Eure Zeit nicht auf mich.«

»Ihr macht Euch jetzt Sorgen«, erwiderte er energisch, »weil dieser Mönch gestorben ist, was, weiß Gott, nicht Eure Schuld war. Aber das wird nicht immer so bleiben. In einem Monat werdet Ihr alles ganz anders sehen. Und was den Vertrag angeht, der Euch solche Sorgen macht, der kann geändert werden. Ihr könnt, Ihr müßt Euch von diesem Handel befreien und mit ihm auch von jedem Vorwurf. Ihr seht jetzt ja, daß es eine Dummheit war.«

»Ja«, stimmte sie resigniert zu, »es war wirklich eine Dummheit, für ein Geschenk einen Preis, wenn auch nur eine symbolischen Preis, zu fordern. Ich hätte es nicht tun sollen. Das hat mir nichts als Kummer gebracht. Allerdings, der Vertrag kann geändert werden.«

Es schien ihr, als fühlte er sich angesichts dieser längeren Rede in seiner Werbung ermutigt, und das war gewiß nicht ihre Absicht. So stand sie auf und schob ihre tatsächlich vorhandene Müdigkeit vor, um sich so sanft wie möglich von seinen unablässigen Aufmerksamkeiten zu befreien. Vivian empfahl sich widerstrebend, aber immer noch würdevoll, warf ihr von der Türe einen langen, einschmeichelnden Blick zu, drehte sich um und ging geschmeidig, langbeinig und elegant über die Straße Maerdol zur Brücke hinunter.

Als er endlich fort war, mußte sie ständig an den Morgen denken, an das schreckliche Ereignis. Sie machte sich Vorwürfe wegen ihrer Dummheit, genauso wie Agatha sich über die Vergangenheit grämte.

»Siehst du jetzt, wie dumm es war, eine romantische Vereinbarung zu treffen wie ein junges Mädchen? Eine Rose, so etwas auch! Du hättest nicht so überstürzt die Hälfte deines Erbteils weggeben dürfen. Wie konntest du das tun, wo du selbst und deine Angehörigen es noch gebraucht hätten? Und jetzt sieh an, was daraus geworden ist! Ein Todesfall, und alles nur wegen dieses dummen Vertrages.«

»Du brauchst dir darum keine Gedanken mehr zu machen«, erklärte Judith müde. »Ich bereue es ja. Aber es ist nicht zu spät, daran etwas zu ändern. Laß mich jetzt in Ruhe. Du kannst mir nichts mehr sagen, was ich mir nicht schon selbst gesagt habe.«

Sie ging früh zu Bett, und das Mädchen Branwen, des Hautausschlags wegen vom Kämmen befreit und für eine Zeitlang zum Haushalt abgeordnet, wartete ihr auf. Sie faltete das Gewand zusammen, das die Herrin ablegte, verstaute es in der Truhe und zog die Vorhänge vor. Branwen mochte Judith, aber sie war an diesem Abend keineswegs traurig, daß sie früher entlassen wurde, denn Vivians Leibdiener, der zurückgeblieben war, um den Stoffballen für Frau Hynde heimzutragen, saß behaglich in der Küche. Er würfelte mit Bertred, dem Vorarbeiter der Weber. Gleich zwei ansehnliche Kerle waren das, die den Anblick eines hübschen Mädchens wohl zu schätzen wußten. Branwen war keineswegs abgeneigt, der begehrenswerte Knochen zwischen den beiden hübschen Hunden zu sein. Manchmal glaubte sie sogar, daß Bertred seinen Stand vergaß und ein begieriges Auge auf die Herrin warf. Recht stolz war er auf seine kräftige, frische Erscheinung, sein hübsches Gesicht und seine flinke Zunge.

Aber daraus würde nichts werden! Und wie er jetzt mit Gunnar, dem Diener von Master Hynde, eifrig beschäftigt am Tisch saß, sollte er seine Aufmerksamkeit doch auf das richten, was er auch bekommen konnte.

»Geh jetzt«, sagte Judith, während sie ihr Haar löste. »Ich brauche dich heute abend nicht mehr. Aber weck mich zeitig«, fügte sie plötzlich hinzu, »ich will zur Abtei. Diese Angelegenheit soll keine Stunde länger als nötig aufgeschoben werden. Morgen gehe ich zum Abt und lasse einen neuen Vertrag aufsetzen. Es wird keine Rosen mehr geben! Das Geschenk, für das ich so närrisch eine Gegenleistung erbat, soll ohne jede Bedingung der Abtei gehören.«

Branwen war stolz darauf, zur Zofe ihrer Herrin aufgestiegen zu sein, und sah sich viel tiefer ins Vertrauen gezogen, als sie es tatsächlich war. Kein Wunder, daß sie sich vor den beiden Männern in der Küche, die sich ohnehin schon für sie interessierten und sich gern beeindrukken ließen, damit brüstete, als erste erfahren zu haben, was Judith für den nächsten Morgen plante. Schade war nur, daß Gunnar sich viel zu früh erinnerte, daß er Frau Hyndes Tuch nach Hause tragen mußte. Wenn er noch länger verweilte, blühte ihm einen Moralpredigt. So blieb sie mit Bertred allein, den sie im Grunde auch vorzog. Leider ließ sein Besitzergehabe ihr gegenüber sofort nach, als der Rivale verschwunden war. Alles in allem war es kein zufriedenstellender Abend. Zwischen Enttäuschung und Ärger schwankend und wütend auf alle Männer ging Branwen zu Bett.

Obwohl pflichtbewußt und energisch, hütete sich Alan Herbard, Hughs junger Stellvertreter, sich allein mit einem Mord zu befassen. Sobald er davon erfuhr, schickte er einen Boten auf den Weg. Am Mittag des nächsten Tages, es war der achtzehnte Juni, würde Hugh gewiß in Shrewsbury zurück sein. Nicht in seinem eigenen Haus, wo während der Abwesenheit der Familie nur ein älterer Diener wachte, sondern auf der Burg, wo ihm Garnison, Offiziere und alles andere zur Verfügung stand.

In der Zwischenzeit ging Cadfael mit seinem wächsernen Fußabdruck und dem Segen des Abtes in die Stadt, um ihn Geoffrey Corviser, dem Stadtvorsteher, und seinem Sohn Philip zu zeigen. Die beiden waren die besten Schuhmacher und Flickschuster der Stadt. »Früher oder später kommt jeder Stiefel einmal zum Flickschuster«, erklärte Cadfael, »wenn es auch noch ein Jahr oder länger dauern kann. Jedenfalls kann es nicht schaden, wenn Ihr dieses Beweisstück hierbehaltet und alle Schuhe, die Ihr repariert, genau anseht.«

Philip drehte vorsichtig das Wachs in den Händen herum und nickte, als er die Merkmale des Abdrucks sah. »Ich kenne diesen Fuß nicht, aber ich werde mich gewiß erinnern, wenn ein solcher Stiefel je hier auftaucht. Ich werde den Abdruck auch dem Flickschuster jenseits der Brücke in Frankwell zeigen. Wenn wir beide im Bilde sind, werden wir den Mörder schließlich erwischen. Allerdings flicken viele Leute ihr Schuhwerk selbst«, sagte der gute Handwerker, gekränkt in seiner Berufsehre.

Eine schwache Spur, räumte Cadfael vor sich selbst auf dem Rückweg über die Brücke ein, aber eine, die man nicht vernachlässigen durfte. Welche Spuren hatten sie sonst? Kaum etwas außer der unausweichlichen und unbeantwortbaren Frage: Wer hatte ein Interesse gehabt, den Rosenstrauch zu zerstören? Und aus welchem nachvollziehbaren Grund? Eine Frage, die schon mehrmals ohne Ergebnis formuliert worden war und die, wenn Hugh erst eingetroffen war, noch mehrmals durchgekaut werden würde.

Statt am Torhaus ins Kloster zu treten, ging Cadfael weiter und durchquerte auf der staubigen Hauptstraße die ganze Vorstadt. Er kam an der Bäckerei und der Schmiede vorbei, tauschte im Gehen an Türschwellen und über Hecken hinweg Grüße aus und bog schließlich am Ende in Nialls Hof ein. Er wollte durch die Pforte in den Garten treten, doch sie war von innen verriegelt. So wandte Cadfael sich zum Geschäft, wo Niall mit einem kleinen Keramiktiegel und einer winzigen Schmelzform für eine Brosche beschäftigt war.

»Ich bin gekommen, um zu sehen, ob noch weitere nächtliche Besucher hier waren«, sagte Cadfael, »aber Ihr habt ja die Türe verriegelt. Eine Schande, daß man keine Mauer so hoch bauen kann, daß mit Sicherheit niemand mehr hineinkommt. Aber es hilft auch schon, wenigstens ein Loch zu stopfen. Wie macht sich der Strauch? Wird er überleben?«

»Kommt mit und seht selbst. Eine Seite könnte absterben, aber das sind nur zwei oder drei Äste. Der Baum wird schief bleiben, aber wenn er ordentlich gestutzt wird, dürfte sich in einem Jahr alles wieder ausgewachsen haben.«

Im sonnenbeschienenen Garten breitete der Rosenstrauch die Arme gegen die Nordmauer aus. Die geschwächten Äste waren mit Bändern am Stein befestigt. Niall hatte ein Stück kräftiges Leinentuch um den Spalt gewickelt, um das gespaltene Holz zusammenzupressen. Der Riß war von einer dicken Schicht aus Wachs und Fett bedeckt.

»Ihr wart sehr liebevoll«, lobte Cadfael erfreut, unterließ jedoch klugerweise eine genauere Bestimmung, ob er Strauch oder Frau gemeint hatte. Die Blätter des halb abgetrennten Teils waren welk, ein paar waren schon herabgefallen, aber der größte Teil des Strauches stand grün und strahlend und war voller halbgeöffneter Knospen.

»Ihr habt Euch wirklich Mühe gegeben. Wenn Ihr je die Bronze und die Welt leid seid, könnte ich Euch im Klostergarten gut gebrauchen.«

Der stille, bescheidene Mann gab auf dieses Lob keine Antwort. Was er für die Frau oder die Rosen empfand, war seine Sache und ging niemand sonst etwas an. Cadfael respektierte dies, und nach einem Blick in die großen, weit auseinanderstehenden, aufrichtigen und doch zurückhaltenden Augen empfahl er sich und machte sich auf den Rückweg, um sich seinen eigenen Pflichten zu widmen. Er hatte das Gefühl, sich einen Vorwurf eingehandelt zu haben, während er sich zugleich eigenartig beschwingt fühlte. Wenigstens ein Mann ging in diesem traurigen Durcheinander ordentlich seinen Geschäften nach und ließ sich nicht irre machen. Gewiß war der Bronzeschmied nicht auf einen leichten Gewinn aus. In diesem ganzen Spiel gab es mehr als genug Gier und Gewinnstreben und viel zuwenig Liebe.

Inzwischen war es fast Mittag, die Sonne stand hoch und heiß, es war ein schöner Junitag. St. Winifred mußte sich im Himmel bemüht haben, für die Feier anläßlich ihrer Grablegung das richtige Wetter zu bewirken. Und wie so oft, wenn das Jahr nur zögernd begann, hatte der Sommer den saumseligen Frühling mehr als aufgeholt. Blumen, die schaudernd und widerstrebend innegehalten hatten und nicht blühen wollten, schossen plötzlich in fiebriger Hast auf, und ihre Knospen schienen über Nacht in voller Pracht aus dem Grün zu platzen. Die Feldfrüchte, anscheinend langsamer und nicht bereit, ein Risiko einzugehen, waren immer noch einen Monat zurück, aber es würde eine gute und schöne Ernte geben, denn die meisten Erbfeinde der Pflanzen waren im April und Mai in der Kälte abgestorben.

Im Torhaus war der Bruder Pförtner in ein ernstes Gespräch mit einem aufgeregten jungen Mann vertieft. Cadfael, dessen größtes Laster die Neugierde war, blieb stehen, zögerte und ging schließlich weiter, als er Miles Coliar erkannte. Der ordentliche, praktische, gutaussehende junge Bursche sah weit weniger ordentlich aus als sonst. Sein Haar war zerzaust und verwirrt, die hellblauen Augen unter ängstlich hochgezogenen Augenbrauen geweitet. Als Miles Cadfaels Schritte hörte, drehte er sich um und erkannte nach einem Augenblick der Verwirrung den Bruder, den er am vergangenen Tag freundschaftlich bei seiner Cousine hatte sitzen sehen. Er wandte sich begierig an Cadfael.

»Bruder, ich kann mich an Euch erinnern – Ihr habt gestern Judith geholfen und getröstet. Habt Ihr sie heute noch nicht gesehen? Hat sie noch nicht mit Euch gesprochen?«

»Nein, das hat sie nicht«, entgegnete Cadfael überrascht. »Warum denn? Was ist denn nun wieder passiert? Sie ist doch gestern mit Euch heimgegangen. Es gibt doch keinen neuen Anlaß zur Sorge?

»Nein, nicht daß ich wüßte. Sie ging früh zu Bett, und ich hoffte, sie könne gut schlafen. Aber jetzt ...« Er sah sich zerstreut um und fuhr fort: »Man sagte mir daheim, daß sie ins Kloster gehen wollte. Aber ...«

»Sie war nicht hier«, warf der Pförtner ein. »Ich habe meinen Posten nicht verlassen, ich hätte sie gesehen, wenn sie durchs Tor gekommen wäre. Ich kenne die Frau, seit sie unserem Haus ihr Geschenk machte. Ich habe sie heute noch nicht gesehen. Miles Coliar hier sagt, sie sei früh aufgebrochen ...«

»Sehr früh«, bestätigte Miles aufgeregt. »Noch bevor ich aufwachte.«

»Sie wollte mit irgendeinem Anliegen den Ehrwürdigen Abt aufsuchen«, ergänzte der Pförtner.

»Das hat mir ihr Mädchen erzählt«, fuhr Miles schwitzend fort. »Judith hat es ihr gestern abend gesagt, als das

Mädchen ihr beim Zubettgehen aufwartete. Ich erfuhr erst heute morgen davon. Anscheinend war sie aber nicht hier. Sie kam nicht hier an. Aber sie ist auch nicht wieder nach Hause gekommen. Schon Mittag, und sie ist noch nicht wieder daheim! Ich fürchte, ihr ist etwas zugestoßen.«

6

Zu fünft waren sie an diesem Nachmittag zu einer dringenden Beratung im Sprechzimmer des Abtes versammelt: Abt Radulfus selbst, die Brüder Anselm und Cadfael als Zeugen des Vertrages, der in gewisser Weise das schreckliche Ereignis verursacht hatte, Miles Coliar, unruhig und vor Angst schlotternd, und Hugh Beringar, der in aller Eile von Maesbury herbeigeritten war, um bei seiner Ankunft festzustellen, daß er sich nicht nur mit Elurics Ermordung, sondern noch mit einem zweiten Problem befassen mußte. Er hatte Alan Herbard bereits angewiesen, Männer in die Stadt und die Vorstadt auszuschicken, um nach der vermißten Frau zu suchen. Man würde ihm sofort Bescheid geben, falls sie wieder daheim auftauchte. Immerhin konnte es gute Gründe für ihre Abwesenheit geben; vielleicht war sie unterwegs durch etwas Unvorhergesehenes abgelenkt worden. Doch mit jeder Minute schien dies weniger wahrscheinlich. Unter Tränen hatte Branwen ihre Geschichte erzählt. Judith hatte sich tatsächlich aufgemacht, um die Abtei zu besuchen. Ebenso gewiß war, daß sie nie dort angekommen war.

»Das Mädchen erzählte mir erst heute morgen, was meine Cousine ihr gesagt hatte«, erklärte Miles, während er verzweifelt die Hände rang. »Ich wußte nichts davon, sonst hätte ich sie begleitet. Es ist nur ein kurzer Gang von der Stadt bis hier zur Abtei! Der Wächter am Stadttor grüßte sie und sah sie über die Brücke gehen, doch dann war er beschäftigt, und er hatte ja auch keinen Grund, ihr nachzusehen. Danach verliert sich ihre Spur.«

»Und sie hatte die Absicht, auf die Rose zu verzichten«,

erkundigte sich Hugh gespannt, »und die Bedingung für ihr Geschenk an die Abtei aufzuheben?«

»Das sagt ihr Mädchen, dem Judith es erzählt hat. Sie war ganz außer sich wegen der Ermordung des jungen Bruders«, berichtete Miles. »Sie machte sich Vorwürfe, weil sie glaubte, ihr Wunsch habe den Mord verursacht.«

»Es müßte noch geklärt werden«, warf Abt Radulfus ein, »ob das wirklich zutrifft. Es scheint so, als habe Bruder Eluric die Zerstörung des Rosenstrauches verhindern wollen und sei dabei, vielleicht in Panik, vom Angreifer getötet worden. Ich verstehe nicht, warum irgend jemand den Wunsch haben sollte, den Rosenstrauch zu zerstören. Hätte es nicht diese unerklärliche Tat gegeben, dann hätte es auch keine Störung und keinen Mord gegeben. Wer konnte ein Interesse haben, den Rosenbusch zu zerstören? Welches Motiv konnte der Betreffende gehabt haben?«

»Ah, Ehrwürdiger Vater, da gibt es einige Möglichkeiten!« Miles wandte sich abrupt zu ihm um. »Es gab einige, die nicht erbaut davon waren, daß meine Cousine einen so wertvollen Besitz fortgab, die Hälfte ihres Vermögens. Wenn der Busch zerstört worden wäre und am Tage von St. Winifreds Grablegung keine Rose hätte übergeben werden können, dann wären die Vertragsbedingungen verletzt worden. Und damit hätte der Vertrag widerrufen werden können.«

»Das hätte geschehen können«, widersprach Hugh scharf, »aber so ist es nicht. Die Frau hätte immer noch die Möglichkeit, sich zu entscheiden, und könnte auf die Rose verzichten. Und wie Ihr wißt, hatte sie genau das auch vor.«

»Sie könnte darauf verzichten«, gab Miles ebenso scharf zurück, »wenn sie anwesend wäre. Aber sie ist nicht da. Vier Tage, bis die Pacht fällig wird, und sie ist verschwunden. Ein Zeitgewinn, ein Zeitgewinn! Derjenige, der den Busch nicht zerstören konnte, hat jetzt meine Cousine entführt. Sie ist nicht da, um etwas zu gewähren oder abzulehnen. Was er auf die eine Weise nicht erreichte, versucht er jetzt auf eine andere.«

Es gab ein kurzes, gespanntes Schweigen. Dann sagte der Abt langsam: »Glaubt Ihr das wirklich? Ihr sprecht mit großer Überzeugung.«

»Das glaube ich, Ehrwürdiger Vater. Ich sehe keine andere Möglichkeit. Gestern kündigte sie ihre Absicht an, auf die Rose zu verzichten. Heute wurde sie daran gehindert. Es gab keine Zeit zu verlieren.«

»Und doch wußtet Ihr selbst nicht, was sie beabsichtigte«, sagte Hugh. »Ihr habt es erst heute erfahren. Wußte noch jemand davon?

»Ihr Mädchen gibt zu, daß sie es in der Küche weitererzählte. Wer weiß schon, wie viele es da gehört haben oder wie vielen es weitergesagt wurde? Solche Dinge dringen durch die Schlüssellöcher und alle Ritzen der Fensterläden. Vielleicht hat Judith auch auf der Brücke oder in der Vorstadt einen Bekannten getroffen und ihm gesagt, wohin sie wollte. So leichtfertig und gedankenlos sie auch diese Bedingung in den Vertrag aufnehmen ließ, wenn sie nicht erfüllt wird, ist der Vertrag null und nichtig. Vater, Ihr wißt, daß es wahr ist.«

»Ich weiß es«, räumte Radulfus ein und gelangte schließlich zu der unvermeidlichen Frage: »Wer könnte dann möglicherweise davon profitieren, daß die Übereinkunft, aus welchen Gründen auch immer, gebrochen wird?«

»Ehrwürdiger Vater, meine Cousine ist jung, verwitwet und eine gute Partie, und sie wäre noch reicher, wenn ihr Geschenk an Euch rückgängig gemacht werden könnte. Ein ganzer Schwarm von Freiern aus der Stadt ist ihr seit mehr als einem Jahr auf den Fersen, und sie alle würden natürlich lieber den ganzen Besitz als nur die Hälfte bekommen. Ich führe ihr Geschäft und bin zufrieden mit dem, was ich habe, und mit der Frau, die ich noch vor Jahresende heiraten werde. Auch sie ist eine gute Partie. Selbst wenn wir nicht so eng verwandt wären, ich hätte kein anderes Interesse an Judith als das eines treuen Verwandten und Mitarbeiters. Aber natürlich weiß ich, wie sie von Schmeichlern belagert wird. Nicht daß sie einen von ihnen ermutigen oder ihm Anlaß zu Hoffnung geben würde, aber sie lassen in ihren Bemühungen dennoch nicht nach. Nachdem sie nun drei Jahre verwitwet ist, glauben die Freier, müßte ihre Entschlossenheit doch so weit geschwächt sein, daß sie irgendwann endlich nachgibt und zum zweiten Mal heiratet. Vielleicht hat einer von ihnen die Geduld verloren.«

»Namen zu nennen«, sagte Hugh freundlich, »kann mitunter gefährlich sein, aber einen Mann als Freier zu bezeichnen, heißt noch nicht, ihn zugleich als Entführer und Mörder zu brandmarken. Und da Ihr so weit gegangen seid, Master Coliar, mögt Ihr hier unter uns auch noch den letzten Schritt tun.«

Miles leckte sich die Lippen und wischte sich mit dem Ärmel über die schweißnasse Stirn. »Natürlich versucht jeder Geschäftsmann, sein Geschäft zu vergrößern, Mylord. Es gibt mindestens zwei Handwerker in der Stadt, die nur zu froh wären, Judiths Geschäft in die Hand zu bekommen. Wir arbeiten mit beiden zusammen, und beide wissen genau, was Judith wert ist. Da ist zunächst Godfrey Fuller, der unsere Vliese färbt und die fertigen Tücher walkt. Er würde sicher gern auch Herr über die Spinnerei und Weberei werden und alles unter seiner Fuchtel haben. Dann ist da der alte William Hynde, der zwar verheiratet ist, aber auf einem Umweg doch an den Besitz der Vestiers herankommen könnte. Er hat einen Sprößling, der tagein, tagaus um sie wirbt. Der Junge hat freien Zugang zu ihr, weil sie sich seit der Kindheit kennen. Der Vater könnte ihn als Köder für die Frau benutzen, auch wenn er seine Börse zugeknöpft hat und nicht mehr die Schulden des Jungen zahlen will. Und der Sohn – ich glaube, wenn er ihre Gunst gewinnen könnte, hätte er für den Rest seines Lebens ausgesorgt und brauchte nicht mehr nach der Pfeife seines Vaters zu tanzen, sondern könnte ihm ins Gesicht lachen. Das ist aber noch nicht alles. Unser Nachbar, der Sattler, ist genau im richtigen Alter, um sich zu verheiraten, und hat Judith auf seine ungeschickte Weise für passend erklärt. Unser bester Weber hält sich für einen guten Handwerker und einen gutaussehenden Mann, er hält sich beinahe für hübscher als sie und glotzt sie seit einer Weile mit Schafsaugen an, wenn sie es auch, glaube ich, überhaupt nicht bemerkt. Und mehr als ein gutaussehender reisender Händler hat ein Auge auf sie geworfen und sucht sich gut zu verheiraten.«

»Kaum zu glauben, daß einer unserer ehrbaren Handwerker zu Mord und Entführung greifen sollte«, wandte der Abt ein, der eine so schwere Unterstellung nicht unwidersprochen lassen wollte.

»Aber der Mord«, gab Hugh sogleich zurück, »scheint in Schrecken und Furcht ausgeführt worden zu sein, wahrscheinlich war er nicht beabsichtigt. Ein Mann aber, der sich so weit hat hinreißen lassen, könnte ohne weiters auch ein zweites Verbrechen begehen.«

»Dennoch scheint es mir gewagt, denn nach allem, was ich über die Frau weiß oder höre, läßt sie sich sicher nicht leicht überreden. Ob gefangen oder frei, sie hat bisher allen Schmeicheleien widerstanden und wird es auch weiterhin tun. Ich weiß natürlich auch«, sagte Radulfus wehmütig, »welche Macht die Meinung der Leute hat. Nach einer Entführung könnte sie es für geraten halten, lieber nachzugeben und den Entführer zu heiraten, als den Skandal und das böse Blut zwischen den Familien zu ertragen. Aber diese Frau, so scheint mir, könnte selbst einem solchen Druck widerstehen. Und so hätte ihr Häscher nichts gewonnen.«

Miles holte tief Luft, fuhr sich mit der Hand durch die hellen Locken und zerzauste sein Haar noch weiter. »Ehrwürdiger Vater, was Ihr sagt, ist wahr. Judith ist stark und wird sich nicht leicht brechen lassen. Aber es gibt noch Schlimmeres! Eine durch Vergewaltigung erzwungene Heirat wäre nichts Neues. Ist Judith erst versteckt und befindet sich, jeder Fluchtmöglichkeit beraubt, in der Gewalt eines Mannes, dann bleibt diesem, wenn Schmeichelei und Überredung nicht nützen, immer noch die Gewalt. So etwas ist immer wieder passiert. Der Sheriff kann sicher bezeugen, daß dies bei Adligen wie bei gewöhnlichen Leuten geschieht. Selbst ein Händler aus der Stadt könnte zu diesem Mittel greifen. Und ich weiß, daß meine Cousine, wenn ihre Tugend erst verloren ist, es für angebracht halten könnte, die Schande durch eine Heirat zu beheben, so schrecklich diese Zuflucht auch sein muß.«

»Schreckliche Aussichten!« stimmte Radulfus voller Abscheu zu. »Dazu darf es nicht kommen. Hugh, hier ist auch unser Haus verpflichtet. Wir sind durch den Vertrag und das Geschenk beteiligt, und Ihr dürft über uns verfügen, soweit wir Euch helfen können, um die arme Frau zu finden – nehmt Euch Männer, Geld, was immer Ihr wünscht. Fragt nicht lange – nehmt es Euch! Und auch mit Gebeten werden wir nicht geizig sein. Es besteht immer noch die Möglichkeit, daß ihr gar nichts geschehen ist, daß sie aus eigenem Willen heimkehrt und sich über unsere Aufregung und unseren Schrecken wundert. Aber für den Augenblick müssen wir mit dem Schlimmsten rechnen und davon ausgehen, daß wir einen Menschen suchen, der in Gefahr schwebt.«

»Dann machen wir uns am besten gleich ans Werk«,

sagte Hugh und stand auf, um sich zu verabschieden. Miles war schon nervös auf den Beinen und wäre aufgeregt als erster zur Tür hinausgestürmt, hätte sich nicht Cadfael, zum erstenmal in dieser Besprechung, zu Wort gemeldet.

»Master Coliar, Eure Cousine erzählte mir, sie zöge in Erwägung, die Welt zu verlassen und ins Kloster zu gehen. Schwester Magdalena hat, wie ich glaube, vor einigen Tagen mit ihr darüber gesprochen. Wußtet Ihr davon?«

»Ich wußte, daß die Schwester zu Besuch kam«, erwiderte Miles und riß die blauen Augen auf. »Doch ich erfuhr nicht, was sie beredeten, und ich fragte auch nicht. Das war allein Judiths Angelegenheit. Sie hat manchmal davon gesprochen, doch in der letzten Zeit nicht mehr so oft.«

»Habt Ihr sie ermutigt?« erkundigte sich Cadfael.

»Ich habe mich weder in der einen noch in der anderen Richtung geäußert. Es ist ihre Entscheidung. Ich will sie bestimmt nicht ins Kloster drängen«, sagte Miles energisch, »aber ich wäre ihr auch nicht im Weg, wenn es das wäre, was sie wirklich will. Wenigstens«, fügte er, plötzlich bitter werdend, hinzu, »wäre das ein gutes, friedvolles Ende gewesen. Jetzt weiß nur Gott, in welch verzweifelter und schrecklicher Lage sie ist.«

»Ein pflichtbewußter, liebender Vetter«, bemerkte Hugh, als er mit Cadfael über den großen Hof ging. Miles marschierte gerade mit seinem zerzausten Haar durchs Torhaus hinaus. Er wollte in die Stadt, zum Haus und zum Geschäft in der Straße Maerdol, wo es vielleicht Neuigkeiten gab. Eine schwache Hoffnung, aber immerhin.

»Er hat allen Grund dazu«, überlegte Cadfael. »Wären nicht Frau Perle und das Geschäft der Vestiers, dann wären er und seine Mutter lange nicht so gut gestellt wie jetzt. Er hat alles zu verlieren, falls sie nachgibt und einer Heirat zustimmt. Er hat seiner Cousine viel zu verdanken, und wie man hört, hat er es ihr mit Treue und Fleiß vergolten. Er arbeitet schwer und gut, und das Geschäft blüht. Kein Wunder, daß er sich jetzt Sorgen um sic macht. Höre ich da einen gewissen Unterton in Eurer Stimme, Hugh? Traut Ihr ihm nicht über den Weg?«

»Doch, ich traue ihm. Er weiß sowenig wie Ihr oder ich, wo das Mädchen ist, das ist klar. Ein Mann kann sich bis zu einem gewissen Punkt verstellen, aber ich kenne keinen, der absichtlich schwitzen kann. Nein, Miles sagt die Wahrheit. Er ist losgerannt, um nach ihr zu suchen und die Stadt auf den Kopf zu stellen. Und das muß ich auch tun.«

»Sie hatte nur einen so kurzen Weg«, sagte Cadfael nachdenklich. Trotzdem war sie verschwunden. Ihr mußte tatsächlich etwas Unvorhergesehenes zugestoßen sein. »Der Wächter am Tor sprach mit ihr. Danach mußte sie nur noch die Brücke überqueren und dieses kurze Stück die Hauptstraße entlang bis zu unserem Torhaus laufen. Einen Fluß zu überqueren, einen kurzen Gang auf offener Straße, und in diesen paar Minuten verschwindet sie.«

»An den Fluß«, erklärte Hugh aufrichtig, »habe ich schon gedacht. Man kann diese Möglichkeit nicht ausschließen.«

»Wahrscheinlich doch. Es sei denn, ein Unglück ist geschehen. Durch die Heirat mit einer toten Frau kann sich niemand bereichern. Davon würde nur ihr Erbe profitieren, und der – ich nehme doch an, daß der Junge ihr nächster Verwandter ist? – ist außer sich und macht sich, wie Ihr selbst gesehen habt, ihretwegen große Sorgen. Er scheidet also aus. Ein Freier aber, der sich zu einem drastischen Schritt entschieden hat, dürfte sie eher zu einem sicheren Ort fortgelockt haben, ohne sie zu verletzen.

Wir brauchen nicht um die Frau zu trauern, noch nicht. Sie ist so sicher verwahrt wie die Goldstücke eines Geizkragens.«

Bis zur Vesper und noch darüber hinaus schlug Cadfael sich mit dem Problem herum. Von der Brücke bis zum Torhaus der Abtei zweigten nur drei Fußwege von der Hauptstraße ab. Zwei auf der rechten Seite, einer vor und einer hinter dem Mühlteich. Diese beiden Pfade führten zu je drei kleinen Häusern an beiden Ufern des Teichs hinunter. Der dritte lief links zum Flußufer hinab, wo die Gaye mit den Hauptgärten der Abtei lag. Auf der Hauptstraße gab es kaum Deckung, jede Gewalttat wäre dort sofort aufgefallen. Die Pfade, die zu den Abteihäusern führten, hatten aus der Sicht eines Entführers den Nachteil, daß sie aus den Fenstern aller sechs Häuser zu überblicken waren, und natürlich waren jetzt zur Sommerzeit die Läden offen. Die alte Frau in einer Hütte war stocktaub und hätte auch die lautesten Schreie nicht hören können, aber ältere Leute schlafen im allgemeinen nur leicht und wachen oft auf, und da sie nicht mehr ihren früheren Geschäften nachgehen können, entwickeln sie oft eine große Neugierde, um die langen Tage auszufüllen. Es hätte schon einen sehr kühnen oder verzweifelten Mann gebraucht, um direkt unter ihren Fenstern eine Gewalttat zu begehen.

Im Süden standen keine Bäume nahe an der Straße, es gab nur ein paar niedrige Sträucher am Teich und die Böschung am Fluß. Nur an der Nordseite, vom Brückenkopf, wo sich der Pfad zur Gaye hinunterwand, bis zum Torhaus der Abtei, wo die Häuser der Vorstadt begannen, standen ausgewachsene Bäume.

Es wäre zu früher Stunde, wenn nur wenige Leute unterwegs waren, sicher nicht schwer gewesen, einen Augenblick abzupassen, in dem die Straße leer war, um der

Frau einen Mantel über den Kopf zu werfen und sie in den Hain oder nach unten ins Gebüsch zu zerren. Aber in diesem Fall hätte der Betreffende, ob Mann oder Frau, jemand sein müssen, der ihr bekannt war – jemand, der einen triftigen Grund hatte, einige Minuten mit ihr zu reden. Das paßte gut zu der Andeutung, die Miles gemacht hatte, denn selbst ein unwillkommener Freier, der zugleich ja ein Nachbar in der Stadt war, mußte bei einer zufälligen Begegnung auf der Straße nachsichtig und höflich behandelt werden. So verlangte es das Leben in einer umfriedeten, engen Stadt.

Natürlich mochte es auch andere Gründe geben, die Frau von Heim und Familie zu entführen, doch mußten sie auf jeden Fall etwas mit dem Vertrag und dem Rosenstrauch zu tun haben. Aber so angestrengt er nachdachte, Cadfael wollte keine andere Erklärung einfallen. Eine reiche Händlerswitwe in einer Stadt, wo jeder jeden kannte, wurde unweigerlich von Freiern belagert, die ihr Vermögen vergrößern wollten. Die einzig sichere Verteidigung war die, über die Judith nachgedacht hatte: der Rückzug ins Kloster. Oder natürlich die Heirat mit dem Bewerber, der ihr am besten gefiel oder sie am wenigsten abstieß. Aber gerade das hatte sie ja ausgeschlossen. Es mochte sein, daß derjenige, der sich für den aussichtsreichsten Bewerber hielt, alles auf eine Karte gesetzt hatte und hoffte, das Herz der Dame erweichen zu können, wenn er sie ein paar Tage in einem Versteck umwerben konnte. Wenn er sie außerdem bis nach dem zweiundzwanzigsten Juni versteckt hielt, konnte er das Abkommen mit der Abtei genauso sicher platzen lassen wie durch die Zerstörung des Rosenstrauches und aller seiner Blüten. Egal, wie viele Rosen jetzt überlebten, wenn Judith nicht rechtzeitig gefunden wurde, konnte sie am festgesetzten Tag die Rose nicht bekommen. Vorausgesetzt, ihr Häscher behielt am Ende die Oberhand und konnte sie zur

Heirat bewegen, dann würde ihr Besitz ihm gehören, und er konnte sie daran hindern, den gebrochenen Vertrag zu erneuern oder zu verändern. Und damit hätte er dann alles und nicht nur die Hälfte gewonnen. Ja, je länger Cadfael die Angelegenheit betrachtete, desto einleuchtender erschien ihm die Vermutung, die Miles geäußert hatte.

Unentwegt an Judith denkend ging er in seine Zelle. Für ihr Wohlergehen war auch die Abtei verantwortlich, die Sache durfte nicht allein den weltlichen Mächten überlassen werden. Morgen, dachte er, während er im düsteren Dormitorium wach lag und dem grollend schnarchenden Richard lauschte, morgen werde ich dieses Wegstück abgehen und sehen, was sich finden läßt. Wer weiß, vielleicht blieb dort etwas zurück, das mehr sagt als der Abdruck eines abgenutzten Stiefels.

Er fragte nicht eigens um Erlaubnis, denn hatte nicht der Abt bereits zu Hugh gesagt, daß dieser sich an Männern, Pferden und Geräten nehmen solle, was immer er brauchte? Von hier aus war es nur noch ein kleiner Schritt bis zu der Unterstellung, daß Hugh ihn gewiß ausdrücklich um Hilfe gebeten hätte, wenn er gewußt hätte, worüber sein Freund nachdachte. Solche kleine Übungen in moralischer Beweglichkeit fielen ihm immer noch sehr leicht, wenn er sie für nötig hielt.

Er machte sich nach dem Kapitel auf den Weg und marschierte in die Vorstadt, die von den langen, schrägen Strahlen der aufgehenden Sonne in strahlendes Licht und tiefe Schatten zerteilt wurde. Im Schatten lag noch Tau auf dem Gras, ein stetiger, schwacher Wind zauste die Blätter und ließ sie glitzern. In der Vorstadt, der er jetzt den Rücken kehrte, war schon viel Betrieb. Alle Geschäfte und alle Haustüren waren an diesem Sommermorgen geöffnet, und überall waren Hausfrauen, Kinder, Hunde,

Fuhrleute und fliegende Händler unterwegs oder hielten in kleinen Gruppen ein Schwätzchen. In diesem verspätet, aber sehr lieblich angebrochenen Sommer wollte niemand zwischen seinen vier Wänden bleiben. Alles war draußen in der Sonne unterwegs. An der Westseite der Kirchc, dem Torhaus gegenüber, fiel der Schatten des Kirchturms wie eine Messerklinge, doch längs der Abteimauern waren die Schatten schmal, gleichsam an die Wand geschmiegt.

Cadfael ging langsam und grüßte alle Bekannten, die er unterwegs traf, ließ sich jedoch nicht aufhalten. Dieses Stück der Straße konnte sie nicht mehr erreicht haben, als sie unterwegs war, um ihre fromme Absicht zu verwirklichen. Zu seiner Linken stand die hohe Steinmauer, die den großen Hof, die Krankenstation und die Schule umfaßte, um dann im rechten Winkel abzubiegen und parallel zum ersten Pfad zu den drei kleinen Abteihäusern und zur Mühle hinunterzulaufen. Dann kam der breite Mühlteich, der von einer niedrigen Hecke umgeben war. Cadfael wollte und konnte nicht glauben, daß Judith Perle in den Teich oder in den Fluß gegangen war. Wer immer sie entführt hatte – falls es wirklich eine Entführung war –, brauchte sie lebendig, unverletzt und reif für die Eroberung.

Hugh hatte keine Wahl, als aufs Geratewohl sein Netz weit auszuwerfen und jede Möglichkeit zu berücksichtigen. Cadfael dagegen zog es vor, Schritt für Schritt vorzugehen. Die Soldaten des Königs forschten jetzt in allen Straßen, Gassen und Häusern von Shrewsbury nach einer lebendigen, gefangenen Frau. Hugh hatte sicher auch Madog vom Totenboot um Hilfe gebeten, denn Madog wußte am besten, wo eine Leiche angetrieben werden konnte. Der Schiffer kannte jede Welle des Severn, jeden Streich, den der Fluß nach einem Wetterwechsel spielen konnte, jede Biegung und jede Sandbank, wo die Dinge, die der Fluß fortspülte, wieder angeschwemmt wurden. Wenn der Fluß Judith genommen hatte, dann würde Madog sie finden. Aber Cadfael mochte es nicht glauben.

Was aber, wenn Hugh sie nicht innerhalb der Mauern von Shrewsbury fand? Dann mußte man weiter hinausblicken. Es ist nicht leicht, eine sich sträubende Frau bei Tageslicht weit zu transportieren. War es überhaupt möglich, ohne einen Karren zu benutzen? Ein Reiter, der eine eingewickelte Last mit sich nahm, brauchte ein kräftiges Pferd, um das zusätzliche Gewicht zu tragen, und würde gewiß auffallen. Irgend jemand würde sich später an ihn erinnern oder ihn sogar an Ort und Stelle zu einer Erklärung auffordern, denn die menschliche Neugierde ist ein starker Trieb. Nein, Judith konnte nicht weit entfernt sein.

Cadfael ging am Teich vorbei und erreichte den zweiten Pfad, der zu den anderen drei Häusern führte. Jenseits der schmalen Gärten dieser Häuser war offenes Feld, hinter dem scharf nach links abzweigend eine schmale Hauptstraße am Fluß entlang nach Süden führte. Auf diesem Wege konnte ein Entführer nach etwa einer Meile im Wald verschwinden. Andererseits gab es am Flußufer keine Deckung, und was dort geschah, konnte man sogar von den Stadtmauern jenseits des Flusses beobachten.

Rechts aber begann hinter den Häusern der dichte Hain, und danach führte ein steiler Pfad durch Büsche und Bäume zum Flußufer und zur weiten, fruchtbaren Gaye hinunter. Vor dieser Stelle wäre Judith auf der offenen Brücke und damit unangreifbar gewesen. Hier also bot sich einem lauernden Entführer auf dem kurzen Weg die einzige Möglichkeit, um zuzuschlagen und sich mit seiner Beute zurückzuziehen. Sie durfte nicht die Abtei erreichen und ihre Absicht ausführen. Eine zweite Gelegenheit würde es nicht geben. Das Haus mit dem Rosenstrauch war ein Besitz, der einige Mühe wert war.

Die Sache schien ihm immer einleuchtender. Ausgeschlossen vielleicht für einen gewöhnlichen, gesetzestreuen und geachteten Handelsmann, aber ein Mann, der mit einer relativ harmlosen Tat begonnen und dabei unabsichtlich einen Mönch getötet hatte, konnte nicht mehr als gewöhnlich gelten.

Cadfael überquerte die Hauptstraße und drang in den Hain ein. Er trat vorsichtig auf, um zu den ohnehin schon reichlich vorhandenen Spuren nicht noch neue hinzuzufügen. Hier spielten oft die Jungen der Vorstadt mit ihren lärmenden Hunden, unter Tränen verfolgt von kleineren Kindern, die nicht ernst genommen wurden und nicht an den Spielen teilnehmen durften, weil ihre Beinchen noch zu kurz waren, um das Tempo der Größeren zu halten. In den abgeschiedenen Lichtungen trafen sich im Dunkeln Liebespaare und drückten kleine Nester ins Gras. Es bestand kaum Hoffnung, dort etwas Brauchbares zu finden.

Er wandte sich wieder zur Straße und ging die paar Schritte bis zu dem Weg, der zur Gaye hinunterführte. Direkt vor ihm lag die Steinbrücke, dahinter erhoben sich die hohe Stadtmauer und der Turm über dem Tor. Sonnenlicht lag auf der Straße und den Mauern und gab dem Stein einen cremefarbenen Glanz. Der Severn, dessen Pegel etwas höher war als sonst um diese Zeit im Sommer, floß glänzend mit täuschender Gemächlichkeit und Sanftheit, doch Cadfael wußte genau, wie schnell dieser glatte Strom war und welch mächtige Strömungen es unter der den blauen Himmel spiegelnden Oberfläche gab. Die meisten Jungen lernten das Schwimmen und Laufen praktisch gleichzeitig. An einigen Stellen war der Severn tatsächlich so sanft und mild, wie seine Oberfläche versprach, doch hier, wo er sich in einer engen Schlinge um die Stadt legte und nur von einem Ufer zugänglich war, da das andere von den Burgmauern überragt wurde, war sein Wasser gefährlich. Konnte Judith Perle schwimmen?

Für Mädchen war es nicht so leicht, sich einfach auszuziehen, über die grasbewachsenen Ufer zu rennen und im Wasser herumzuspringen, wie es die Jungen taten, und manche Mädchen konnten überhaupt nicht schwimmen.

Ungehindert und allein hatte Judith die Brücke betreten; der Wächter hatte sie dabei beobachtet. Unwahrscheinlich, daß jemand es gewagt hatte, sie dort anzugreifen, wo der Wächter einen Schrei sofort gehört hätte und aufmerksam geworden wäre. Also war sie bis zu der Stelle gekommen, an der Cadfael jetzt stand. Und dann? Soweit man wußte, war sie seitdem nicht mehr gesehen worden.

Cadfael ging zur Gaye hinunter. Dieser Pfad war gut ausgetreten und nicht mit Gras bewachsen. Auf der Landseite wichen die Büsche allmählich vom Wegrand zurück, bis offener Grund vor ihm lag. Dichtes Buschwerk stand auf der Flußseite, auf dem Hang bis zum Wasser hinunter und sogar noch unter dem ersten Brückenbogen, wo einst eine Bootsmühle verankert gewesen war, die zum Antrieb die Kraft der Strömung genutzt hatte. Dicht am Wasser zweigte ein flußabwärts führender Fußweg ab, und daneben lagen die Abteigärten im fruchtbaren Land. Drei oder vier Brüder ernteten Salat und Kohl. Weiter hinten lagen die Obstgärten – Apfel und Birne und Pflaume, Süßkirsche, zwei große Walnußbäume und niedrige Stachelbeerbüsche, die gerade erst zu blühen begannen. Am Ende der Ebene stand eine stillgelegte Mühle, und ganz hinten wurde das Abteiland durch ein Maisfeld begrenzt. Dort unten erstreckte sich hügeliges Waldland bis zum Fluß hinab. Die Bäume, denen das wirbelnde Wasser die Erde unter den Wurzeln wegfraß, neigten sich über den Fluß.

Jenseits des breiten Flusses erhob sich Shrewsbury wie ein gewaltiges, grünes Haupt, das die Stadtmauer als Krone trug. Durch zwei oder drei kleine Pforten konnte man die Gärten und Wiesen unterhalb der Mauer erreichen. Im Falle eines Angriffs ließen sie sich leicht blockieren, und der Ausblick von einer so hoch liegenden Festung erlaubte es, jeden Feind rechtzeitig zu bemerken. An der einzigen nicht vom Wasser geschützten Stelle lag die Burg und schloß das letzte Stück des Kreises. Ein gut befestigter und schöner Ort, den König Stephen dennoch vor vier Jahren im Sturm genommen hatte und seitdem durch seine Sheriffs halten ließ.

Dieses weite Abteiland, dachte Cadfael, während er brütend das üppig wachsende Grün überblickte, kann von Hunderten von Häusern in der Stadt überblickt werden. Wie viele Augenblicke mag es am Tag geben, da bei diesem Wetter niemand aus dem Fenster oder unten vom Flußufer herübersieht? Wann ist kein einziger Angler dort, wann sind keine Frauen da, die Wäsche aufhängen, wann spielen und baden keine Kinder? Am frühen Morgen mochten es weniger Menschen sein, aber einige doch gewiß. Sie hatten nichts von einem Kampf oder einer Flucht gehört oder von jemand, der ein schweres, wie ein Mensch geformtes Bündel geschleppt hätte. Nein, Judith wurde nicht auf diesem Weg entführt. Unser Land liegt offen und unschuldig. Das einzige Versteck ist hier, neben der Brücke oder darunter, wo Büsche und Bäume Deckung geben.

Er zwängte sich durch die Büsche, deren Tau seine Sandalen und seinen Rocksaum benetzten, zum Brückenbogen. Der Tau verdunstete langsam; nur hier im tiefen grünen Schatten hatte er sich noch ein wenig gehalten.

Nach der Schneeschmelze im Frühjahr war das Wasser unter der Brücke erst einen Fuß unter den Höchststand gesunken und hatte einen ausgebleichten Saum aus Gras und Wasserpflanzen hinterlassen. Abgesehen vom Tau konnte man hier trockenen Fußes gehen. Nicht einmal im Winter oder auf dem Höhepunkt der Schneeschmelze kam der Fluß näher als sechs Fuß an die Spitze des Brükkenbogens heran. Das Grün wuchs üppig und verfilzt, gut genährt von der fruchtbaren, feuchten Erde.

Jemand war vor ihm hier gewesen. Die Gräser waren geteilt und geknickt, nachdem mindestens einer, wahrscheinlich mehrere Menschen, vorübergekommen waren. Das war nicht ungewöhnlich, denn bei ihren Streichen und Spielen strolchten die Kinder überall herum. Weniger gewöhnlich war die tiefe Rinne, die in die feuchte Erde gedrückt war und sich bis ins Gras der Böschung hinaufzog. Hier war vor kurzem ein Boot an Land gezogen worden. An der Stadtseite der Brücke lagen immer Boote am Ufer, deren Besitzer in der Stadt waren. Auf dieser Seite nur selten.

Cadfael hockte sich hin und untersuchte den Boden. Im Gras konnte sich kein Fußabdruck halten, aber ganz unten, auf einem schmalen Streifen nackter Erde, war mindestens ein Mann auf den feuchten Boden getreten. Er war im Schlamm ausgeglitten, und der Abdruck war verwischt. Vielleicht waren es sogar zwei Männer gewesen, denn auf beiden Seiten der Schleifspur des Bootes waren verwischte Fußabdrücke im Schlamm zu sehen.

Wäre er nicht in die Hocke gegangen, er hätte nie das Ding gesehen, das nicht hierhergehörte, denn unter dem Brückenbogen gab es kein Sonnenlicht, in dem es glitzern konnte. Aber da lag es, in den aufgewühlten Schlamm getrampelt. Ein metallischer Streifen wie ein rotgoldener Strohhalm, nicht länger als das oberste Glied seines Daumens. Er zupfte es heraus, und dann lag es in seiner Hand. Eine winzige Pfeilspitze ohne Schaft, etwas verformt vom Fuß, der daraufgetreten war. Er spülte sie im Fluß aus und ging ins Sonnenlicht.

Und jetzt sah er, was es wirklich war: Ein Bronzedreieck, wie es am Ende von Gürteln angebracht wurde, damit das Leder nicht ausfranste. Ein kunstvoll gearbeitetes

Stück, mit Nieten und Stanzen sorgfältig am Gürtel befestigt. Ohne Gewaltanwendung konnte so ein Ding nicht aus seiner Verankerung gerissen werden.

Cadfael machte auf der Stelle kehrt, eilte den steilen Pfad zur Straße hinauf und ging mit höchster Geschwindigkeit durch die Vorstadt zurück.

7

»Das gehört ihr«, erklärte Niall, nachdem er das Bronzestück verwundert und erschrocken betrachtet hatte. »Ich kenne es, wenn ich es auch nicht gemacht habe. Es gehört zu dem Gürtel, den sie am Morgen, an dem ich Bruder Eluric fand, mitnahm. Ich habe die neue Schnalle passend zu diesem Ding hier und zu den Rosetten um die Löcher gemacht. Ich kenne es genau, es gehört ihr. Wo habt Ihr es gefunden?«

»Unter dem ersten Brückenbogen, wo ein Boot an Land gezogen und versteckt worden war.«

»Um sie fortzuschleppen! Und dieses Ding – in den Schlamm getreten, sagt Ihr. Seht her. Nachdem es angepaßt worden war, hat man es mit dem Muster im Leder festgehämmert. Selbst nach Jahren und nachdem das Leder vom Gebrauch weicher, dünner und vielleicht etwas fettig geworden war, konnte es sich nicht ohne weiteres lösen. Man mußte den Gürtel recht grob anfassen, um es abzureißen.«

»Und damit natürlich auch die Frau«, stimmte Cadfael grimmig zu. »Ich war mir nicht ganz sicher, denn als sie an jenem Tag den Gürtel nahm, habe ich ihn nur kurz gesehen. Aber Ihr könnt Euch nicht irren. Und jetzt weiß ich es auch. Immerhin ein Schritt, der uns weiterbringt. Ein Boot also – natürlich die einfachste Möglichkeit, sie fortzuschaffen. Niemand kommt zu nahe, niemand fragt nach der Fracht, niemand am Ufer wundert sich über ein vorbeifahrendes Schiff, eines unter vielen auf dem Severn. Der Gürtel, zu dem dieses Ding gehört, kann ihr entrissen worden sein, um sie zu fesseln.«

»Daß sie so gemein behandelt wurde!« Niall wischte

seine großen Arbeiterhände an einem Lumpen auf seiner Werkbank ab, löste seine Lederschürze und legte sie daneben. »Was sollen wir jetzt tun? Sagt mir, wie ich helfen kann, wo ich suchen muß. Ich werde mein Geschäft schließen –«

»Nein«, erwiderte Cadfael. »Ihr bleibt an Ort und Stelle. Bewacht nur den Rosenstrauch, denn ich habe das eigenartige Gefühl, daß das Leben der Pflanze mit dem Leben der Frau in inniger Verbindung steht. Was könntet Ihr tun, das Hugh Beringar nicht schon unternommen hätte? Er hat genug Männer, und Ihr dürft mir glauben, er wird darauf achten, daß sie sich bei der Suche Mühe geben. Bleibt hier und übt Euch in Geduld. Ihr sollt alles erfahren, was ich entdecke. Euer Geschäft ist die Bronze, nicht die Flußfahrt. Ihr habt Euren Teil getan.«

»Und Ihr? Was wollt Ihr jetzt tun?« Niall hielt stirnrunzelnd inne, unzufrieden mit der passiven Rolle, die Cadfael ihm nahelegte.

»Ich werde zu Hugh Beringar gehen und danach zu Madog, der alles über Schiffe weiß, von seinem Fischerboot bis zu den Lastkähnen, die unsere Wolle transportieren. Anhand des Abdrucks im Schlamm kann Madog mir vielleicht sagen, was für ein Boot es war. Bleibt Ihr nur hier und seid beruhigt. Mit Gottes Hilfe werden wir sie finden.«

Von der Türe aus blickte Cadfael noch einmal zurück, aufmerksam geworden durch das gespannte Schweigen in seinem Rücken. Der Mann, der so wenig Worte machte, blieb auch jetzt still, starrte in die Ferne zu einem unsichtbaren Ort, an dem Judith Perle bezwungen und allein stand, hilflos einem gierigen, brutalen Menschen ausgeliefert. Selbst ihre guten Taten kehrten sich nun gegen sie, selbst ihre Großzügigkeit war jetzt wie Gift, das ihr Leben bedrohte. Das sonst so beherrschte, ausdruckslose Gesicht sprach in diesem Augenblick Bände. Wenn diese großen, geschickten Hände, die mit den winzigen Pfannen und Gußformen so geschickt umgehen konnten, die Kehle des Menschen zu fassen bekämen, der Judith Perle entführt hatte, dann würden die Richter des Königs, dachte Cadfael, als er zur Stadt zurückeilte, ganz bestimmt keinen Henker mehr brauchen, und das Gerichtsverfahren würde nicht viel Geld kosten.

Nachdem Cadfael am Stadttor berichtet hatte, daß der Sheriff am Fluß gebraucht werde, schickte der Wächter sofort einen Burschen zur Burg hinauf, um Hugh zu suchen. Es dauerte eine Weile, bis der Sheriff gefunden wurde, und Cadfael nutzte die Wartezeit, um seinerseits Madog mit dem Totenboot zu suchen. Falls Madog nicht draußen auf dem Wasser war und einem seiner zahlreichen Geschäfte nachging, wußte Cadfael genau, wo er ihn finden konnte. Im Windschatten der westlichen Brücke, über welche die Straße in sein Heimatland Wales führte, hatte Madog eine Hütte. Dort machte er auf Bestellung Fischerkähne oder Holzboote. Er angelte, beförderte Menschen oder Waren gegen eine Gebühr und kümmerte sich um alles, was mit dem Transport auf dem Wasser zu tun hatte. Da es kurz nach Mittag war, hielt Madog nach einem einsamen Mahl gerade ein kurzes Mittagsschläfchen, als Cadfael die Brücke erreichte. Ein untersetzter, muskulöser, behaarter und nicht mehr ganz junger Waliser ohne Verwandte war er, der niemand brauchte, und sich seit der Kindheit immer selbst genug gewesen war, der aber seine wenigen Freunde stets offen und herzlich begrüßte. Er brauchte niemand, aber wenn andere ihn brauchten, war er zur Stelle.

Hugh war vor ihnen am Stadttor. Gemeinsam überquerten sie die Brücke, gingen zum Wasser hinunter und traten in den kühlen Schatten unter dem Brückenbogen.

»Hier im Schlamm«, erklärte Cadfael, »fand ich dieses

Ding, gewiß im Kampf abgerissen. Es stammt von einem Gürtel, der Frau Perle gehört. Niall der Bronzeschmied hat erst vor ein paar Tagen eine passende Schnalle angefertigt, und dies war das Muster, das er als Vorlage nahm. Es gibt keinen Zweifel, er versteht sein Handwerk. Und hier hat jemand ein Boot ans Ufer gezogen.«

»Wahrscheinlich gestohlen«, überlegte Madog, während er die tiefe Rinne im Erdreich betrachtete. »Warum für einen solchen Raub das eigene Boot benutzen? Wenn jemand das Boot mit seiner Last sieht und mißtrauisch wird, dann führt die Spur in die falsche Richtung. Es war gestern ganz früh am Morgen? Ich frage mich, ob ein Fischer oder Fährmann aus der Stadt ein Boot vermißt. Ich kenne ein Dutzend Kähne, die eine solche Spur hätten hinterlassen können. Und danach, als das Boot nicht mehr benötigt wurde, brauchte man es nur in den Strom zu stoßen und treiben zu lassen.«

»Dann müßten wir es stromabwärts finden«, sagte Hugh, indem er von der kleinen Pfeilspitze in seiner Hand aufblickte.

»So ist es! Stromabwärts von der Stelle aus, an der es aufgegeben wurde. Das ist viel leichter und sicherer, als sich stromaufwärts zu wenden. Früh am Morgen, wenn nicht allzu viele Leute unterwegs sind, mochte es möglich gewesen sein, aber bis einer oder selbst zwei Ruderer das Boot gegen den Strom um die Mauern der Stadt außer Sichtweite gebracht hätten, wären am Ufer und auf dem Wasser schon viele Leute unterwegs gewesen. Und hinter der Stadt liegt Frankwell – eine gute Stunde zu rudern, bis sie vor neugierigen Augen sicher wären. Stromabwärts aber konnten sie aufatmen, sobald sie an diesem Stück Mauer und an der Burg vorbei waren, denn dort hinten gibt es nur noch Äcker und Waldland.«

»Das klingt vernünftig«, erklärte Hugh. »Es ist zwar nicht ausgeschlossen, daß sie sich stromaufwärts wandten, aber wir werden zuerst das Wahrscheinlichste untersuchen. Bei Gott, jede Gasse in diesen Mauern haben wir abgesucht und die meisten Häuser auf den Kopf gestellt, aber wir sind noch lange nicht fertig. Niemand hat etwas von ihr gehört oder sie gesehen, seit sie mit dem Wächter am Tor sprach und über die Brücke ging. Und wenn sie, freiwillig oder unter Zwang, in die Stadt zurückkehrte, dann jedenfalls nicht durchs Tor. Der Wächter ließ keinen Wagen passieren, in dem sie hätte versteckt sein können, darauf schwört er. Es gibt zwar einige Pforten, aber die meisten führen in Gärten, und es wäre kein leichtes Unterfangen, auf die Straße zu kommen, ohne von den Bewohnern der Häuser bemerkt zu werden. Ich beginne zu glauben, daß sie nicht innerhalb der Stadtmauern ist. Trotzdem habe ich an jeder Pforte, die zu einer Straße führt, Männer postiert und mir im Namen des Königs Eingang in jedes Haus verschafft. Was alle trifft, darüber können sich einzelne nicht beschweren.«

»Und hat sich jemand beschwert?« wollte Cadfael wissen.

»Sie murren, aber auch das nur hinter vorgehaltener Hand. Nein, niemand hat Einwände erhoben, niemand hat sich gesträubt und versucht, irgend etwas verschlossen zu halten. Gestern war mir bis zum Abend ihr Cousin auf den Fersen und hat überall herumgeschnüffelt wie ein ängstlicher Hund, der sich der Fährte nicht sicher ist. Er hat zwei oder drei Weber abgestellt, die bei der Suche helfen. Der Vorarbeiter – Bertred heißt er, ein kräftiger junger Bursche voller Saft und Kraft – war auch den ganzen Tag bei uns und hieit die Nase auf dem Boden. Er ist jetzt mit einer Gruppe meiner Männer unterwegs und sucht in der Vorstadt in Höfen und Gärten bis zum Fluß hinunter. Alle in Judiths Haushalt kauen an den Nägeln und warten begierig auf Nachricht von ihr. Kein Wunder, denn sie verschafft ihnen allen einen Lebensunterhalt – zwanzig

Familien oder mehr hängen von ihr ab. Und keine Spur von ihr zu finden, nicht einmal der Schatten eines Verdachtes gegen irgend jemand.«

»Wie war es bei Godfrey Fuller?« erkundigte sich Cadfael, der sich an die Gerüchte über diesen Freier erinnerte.

Hugh lachte kurz. »Ich weiß, was Ihr meint! Um die Wahrheit zu sagen, er scheint ihretwegen fast so besorgt wie ihr Cousin. Er hat mir alle seine Schlüssel in die Hand gedrückt und mich aufgefordert, mich nach Belieben umzusehen. Das habe ich auch getan.«

»Auch die Schlüssel für die Färberei und die Walkschuppen?«

»Alle, auch wenn ich sie nicht brauchte, denn seine Männer waren an der Arbeit, alles war offen und gut einzusehen, unschuldig wie der lichte Tag. Ich glaube, er hätte mir am liebsten sogar ein paar Männer zur Verfügung gestellt, um bei der Suche zu helfen, doch er ist zu geizig, als daß er seine Arbeit darunter leiden ließe.«

»Und William Hynde?«

»Der alte Wollhändler? Nach Aussage seiner Diener hat er draußen bei seinen Schäfern und Herden übernachtet und ist erst früh am Morgen heimgekommen. Er wußte noch nicht, daß die Frau vermißt wurde. Alan war gestern bei ihm, und Hyndes Frau erhob keine Einwände, sondern ließ ihn überall nachsehen. Ich ging heute morgen noch einmal hin und sprach selbst mit dem Mann. Er wird vor Einbruch der Nacht wieder zu den Hügeln hinausgehen. Anscheinend haben einige seiner einjährigen Schafe die Fäule, und er kam mit ein paar Männern nur zurück, um Lauge zur Behandlung der kranken Tiere zu holen. Um die Schafe macht er sich mehr Sorgen als um Judith Perle, wenn er auch sagte, daß es ihm leid täte, so Unerfreuliches über sie zu hören. Inzwischen bin ich sicher, daß sie nicht mehr in der Stadt ist. Deshalb«, fügte Hugh energisch hinzu, »müssen wir woanders nach ihr suchen. Stromabwärts also. Madog, kommt mit uns zum Stadttor und gebt uns ein Boot, dann wollen wir uns stromabwärts umsehen.«

In der Mitte des Flusses fahrend, wo sie mit der Strömung glitten und Madog nur dann und wann mit dem Ruder ein wenig den Kurs korrigieren mußte, ließen sie Shrewsburys Ostseite an sich vorbeiziehen: Ein steiles grünes Ufer unter der Mauer, hier und dort eine Gruppe niedriger Büsche am Ufer, hier und dort eine Trauerweide, manchmal eine kleine, blühende Sommerwiese, dann wieder die hohe graue Steinmauer der Stadt. Kaum ein Dachfirst ragte über die Mauerkrone hinaus. Nur die Turmspitze von St. Marys war zu sehen, und ein Stück dahinter in der Ferne die Spitze von St. Alkmunds. Sie passierten drei Pforten in der Mauer, bevor sie die Uferstraße erreichten, über die man von der Stadt und der Burg aus im Notfall den Fluß erreichen konnte. Einige Häuser hatten ihre Gärten nach draußen verlängert oder den Boden, wo er eben genug war, genutzt, um ihr Holz oder die Vorräte für ihr Handwerk zu lagern. Von wenigen Stellen abgesehen war der Hang aber meist zu steil, um Gartenbau zu betreiben. Die besten Gärten außerhalb der Stadtmauer lagen im Südwesten innerhalb der großen Schlinge des Stromes.

Sie passierten den schmalen, gemauerten Auslauf des Abwasserkanals, dahinter kam wieder ein steiler, grasbewachsener Hang, auf dem einige Büsche standen. Dann rückte die Stadtmauer näher an den Fluß heran und begrenzte einen ebenen, flachen Wiesenstreifen, auf dem junge Männer Zielscheiben aufbauten und sich an Feiertagen und Markttagen im Bogenschießen übten. Eine letzte Pforte kam noch, dicht unter dem ersten Turm der Burg gelegen, und dahinter wurde der Boden eben. Offene Felder lagen zwischen dem Wasser und der Hauptstraße, die vor dem Burgtor begann. Hier dehnte sich, wie auf der walisischen Seite, die Stadt ein wenig über die Mauer hinaus. Kleine, dicht aneinandergedrängte Häuser säumten die Straße, schienen im Schatten der mächtigen Steintürme und Schutzwälle zu kauern, die den einzigen Landzugang Shrewsburys schützten.

Die offenen Wiesen erstreckten sich in die Ferne und liefen im hügeligem Acker- und Waldland aus, das friedlich und heiter in der Sonne lag. Die letzten Vorposten der Stadt waren dicht am Fluß: Godfrey Fullers Schuppen, seine Walktröge und der Trockenhof. Ein Stück dahinter stand das große Lagerhaus, in dem William Hynde seine besten Vliese gebündelt bereithielt, bis sie vom Kahn eines Händlers am schmalen, hohen Kai geladen wurden.

In der Walkmühle waren zahlreiche Menschen eifrig beschäftigt, und zwei große Stücke hellroten Tuches waren zum Trocknen auf Rahmen gespannt. Dies war die Jahreszeit der roten, braunen und gelben Töne. Cadfael blickte zur Burgmauer und zur letzten Pforte der Stadt zurück und prägte sich ein, daß Fullers Haus nicht weit von der Burg entfernt war. William Hyndes Haus war nur wenig weiter entfernt. Die Pforte kam beiden sehr gelegen. Fuller stellte nachts einen Wachposten auf, der auch auf dem Gelände der Fabrik lebte.

»Hier kann man wohl kaum eine gefangene Frau verbergen«, meinte Hugh resigniert. »Tagsüber ist es ohnehin nicht möglich, wenn so viele Menschen hier arbeiten, und nachts ist der Bursche da, der bezahlt wird, um Hyndes Besitz zu bewachen. Er hat übrigens eine Bulldogge. Soweit ich weiß, kommt jetzt nichts mehr außer Wiesen und Waldland, aber wir können noch ein Stück weiter fahren.«

Zu beiden Seiten zogen die grünen Böschungen vorbei, überhängende Bäume standen an beiden Ufern, aber der Wald war nicht dicht, und es gab auf eine halbe Meile oder weiter kein Gebäude mehr, nicht einmal eine Hütte. Sie wollten gerade die Suche aufgeben und umkehren, Cadfael machte sich schon bereit, die Ärmel hochzukrempeln und ein Ruder zu nehmen, um Madog zu helfen, als dieser innehielt und den Arm ausstreckte.

»Was habe ich gesagt? Weiter brauchen wir nicht zu fahren. Dort endet unsere Suche.«

Am linken Ufer hatte ein Strudel die Erde ausgewaschen und die Wurzeln eines kleinen Weißdorns unterhöhlt. Der Baum hing schief über dem Wasser, und seine Äste hatten einen eigenartigen Fisch gefangen. Das leere Boot steckte mit eingezogenen Rudern schräg zwischen zwei Ästen und wiegte sich sanft im Flachwasser.

»Das Boot kenne ich«, erklärte Madog, während er das Boot ansteuerte und eine Hand auf die Ruderbank legte, um die Boote nebeneinanderzuhalten. »Es gehört Arnald dem Fischhändler in der Wyle. Er vertäut es immer an der Stadtseite unter der Brücke. Der Dieb brauchte nichts weiter zu tun, als es auf die andere Seite zu rudern und zu verbergen. Arnald dürfte inzwischen wütend durch Shrewsbury laufen und jeden Burschen verprügeln, den er im Verdacht hat. Am besten, wir bringen es ihm zurück, bevor er den Leuten die Ohren abreißt. Es wurde schon einmal ausgeborgt, aber damals wurde es wenigstens zurückgebracht. Nun, Sheriff, hier ist unsere Suche zu Ende. Seid Ihr zufrieden?«

»Äußerst unzufrieden«, erwiderte Hugh traurig, »aber ich weiß ja, was Ihr meint. Stromab, ganz genau! Nun, anscheinend wurde Judith Perle irgendwo zwischen der Brücke und dieser Stelle hier an Land in ihr Gefängnis gebracht. Leider haben wir keine Ahnung, wo es ist.«

Mit Hilfe eines Taues, das absichtlich zerfetzt worden war, um vorzutäuschen, daß sich das Boot von selbst gelöst habe, nahmen sie den gestohlenen Kahn in Schlepp und wandten sich gegen den scharfen Zug der Strömung flußaufwärts. Cadfael nahm ein Ruder, setzte sich bequem auf die Ruderbank und versuchte, es dem geschickten und erfahrenen Madog gleichzutun.

Als sie die Walkmühle erreichten, wurden sie vom Ufer angerufen. Zwei von Hughs Soldaten standen staubig und müde am Wasser. Bei ihnen waren drei oder vier Freiwillige aus der Stadt, die sich respektvoll in einiger Entfernung hielten. Unter ihnen, bemerkte Cadfael, war auch der Weber Bertred, voller Saft und Kraft, wie Hugh gesagt hatte, der selbstbewußt wie ein Hahn auf dem Gras herumstolzierte und überhaupt nicht niedergeschlagen schien, obwohl die Suche bisher vergeblich gewesen war. Cadfael hatte den Mann schon einige Male in Begleitung von Miles Coliar gesehen, doch er kannte ihn im Grunde nicht. Er war durchaus ansehnlich, von frischer Gesichtsfarbe, gesund und schön gebaut, mit einem offenen Gesicht, das tatsächlich ausdrücken mochte, was dahinterlag, das aber auch aufgesetzt sein konnte, um zu verbergen, daß es in dem Mann eine streng verschlossene Kammer gab. Etwas Wissendes lag in den anscheinend arglosen Augen, und das Lächeln schien etwas gekünstelt. Was gab es überhaupt zu lächeln, nachdem man zwei Tage gesucht und Judith Perle immer noch nicht gefunden hatte?

»Mylord«, begann der ältere Soldat, während er half, das Boot still am Ufer zu halten, »wir haben jedes Grasbüschel zwischen den beiden Flußstücken abgesucht und nichts gefunden und keinen Menschen getroffen, der etwas über sie weiß.«

»Mir ist es auch nicht besser ergangen«, erwiderte Hugh resigniert, »außer daß dies das Boot sein muß, in dem sie entführt wurde. Es hatte sich ein Stück stromab in den Ästen eines Weißdorns verfangen. Es gehört einem Fischhändler aus der Stadt. Weiter unten braucht Ihr nicht zu suchen, es sei denn, die arme Frau wurde danach noch weiter verschleppt, was aber unwahrscheinlich ist.«

»Jedes Haus und jeden Garten an der Straße haben wir abgesucht. Wir sahen Euch stromabwärts fahren, also suchten wir noch einmal alles ab, aber wie Ihr selbst seht, steht hier alles offen. Herr Fuller gewährte uns freien Zugang zu seinem ganzen Besitz.«

Hugh sah sich einen Augenblick nicht allzu hoffnungsvoll um. »Nein, hier hätte man kaum die Chance, unbeobachtet zu bleiben. Zumindest nicht bei Tageslicht, und sie ist eindeutig am Tag verschwunden. Hat jemand Hyndes Lagerhaus untersucht?«

»Gestern. Seine Frau gab uns bereitwillig den Schlüssel, ich war selbst dort, und Herbard war auch dabei. Nichts zu sehen außer gebündelten Vliesen, das ganze Gebäude ist voll davon, vom Boden bis zur Decke. Anscheinend hatte er dieses Jahr einen guten Ertrag.«

»Einen besseren als ich jedenfalls«, erwiderte Hugh. »Aber ich habe ja auch nur dreihundert Schafe, das ist nichts im Vergleich zu ihm. Nun, Ihr habt den ganzen Tag gesucht, geht nun nach Hause und ruht Euch aus.« Er setzte einen Fuß auf die Ruderbank und sprang ans Ufer. Das Boot wiegte sich leicht unter dem Druck seines Fußes. »Hier können wir nichts weiter tun. Ich mache mich jetzt auf den Rückweg zur Burg, um zu sehen, ob jemand anders mehr Glück hatte. Ich gehe gleich hier durchs Osttor hinein, Madog, wenn Ihr wollt, können wir Euch zwei Ruderer ausborgen, die Euch helfen, die beiden Boote stromaufwärts zu bringen. Ein paar Burschen, die an der Suche teilgenommen haben, würden wahrscheinlich ganz gern auf diesem Weg zur Brücke zurückkommen.« Er ließ den Blick über die Männer wandern, die aufmerksam lauschend in einiger Entfernung standen. »Das ist besser als laufen, Burschen, nachdem ihr den ganzen Tag gelaufen seid. Wer will der erste sein?«

Zwei Männer kamen sofort herbei, um die Boote voneinander zu trennen und sich auf die Ruderbänke zu setzen. Sie legten noch vor Madog ab, steuerten das Boot in die Mitte des Stroms und begannen mit geübten Bewegungen zu rudern. Es mochte sein, dachte Cadfael, als er bemerkte, daß Bertred der Weber sich zurückgehalten hatte, daß der Heimweg vom nahe gelegenen Burgtor kaum länger war als der Weg vom Brückentor, wo die Boote festgemacht wurden. Wahrscheinlich hielt er es für nutzlos, sich anzubieten. Auch mochte es sein, daß er mit Ruderbooten keine Erfahrung hatte. Aber das alles erklärte nicht das kleine Lächeln und den zufriedenen Ausdruck seines hübschen jungen Gesichts, als er sich diskret zurückzog. Und ganz gewiß erklärte es nicht, was Cadfael als letztes von ihm sah, als er sich noch einmal aus der Strommitte umdrehte.

Bertred trödelte hinter Hugh und den Männern her, die sich rasch zur Straße und zum Osttor der Stadt aufgemacht hatten. Der Weber blieb einen Augenblick stehen und sah ihnen nach, wie sie den Hügel hinaufgingen. Dann drehte er sich um und ging zielstrebig, aber ohne besondere Eile, in die entgegengesetzte Richtung davon, in Richtung des nächsten Waldstückes, als hätte er dort etwas Wichtiges zu tun.

Bertred kehrte erst zum Essen nach Hause zurück, als schon der Abend dämmerte. Der normale Tagesablauf war durcheinander, die Diener hatten ihre Aufgaben, die Mahlzeiten und alles andere, was ein ordentlich geführtes Haus auszeichnete, vergessen. Miles rannte ein dutzendmal in der Stunde von der Werkstatt zur Straße hinaus, um jeden zufällig vorbeikommenden Soldaten der Garnison um Neuigkeiten anzugehen, die es natürlich nicht gab. Binnen zwei Tagen war er so nervös geworden, daß ihm sogar die Mutter, die endlich einmal vergleichsweise schweigsam war, lieber aus dem Weg ging. Die Mädchen im Spinnraum flüsterten und tuschelten mehr, als daß sie arbeiteten, und standen, sobald er den Rükken kehrte, tratschend mit den Webern zusammen.

»Wer hätte gedacht, daß er sich so um seine Cousine sorgt!« wunderte sich Branwen, die sein gespanntes und ängstliches Gesicht bemerkt hatte. »Natürlich macht man sich Sorgen um seine Verwandten, aber – wie er sich grämt, sollte man meinen, er hätte eine Braut verloren und nicht seine Cousine.«

»Um seine Isabel wäre er sicher weniger besorgt«, warf ein Weber zynisch ein. »Sie bringt ihm eine passable Mitgift, und er ist gewiß zufrieden mit diesem Handel, aber wenn sie ihm vom Haken geht, dann kann er noch bessere Fische fangen. Unsere Herrin Judith aber verspricht ihm für alle Zukunft einen guten Unterhalt. Außerdem verstehen die beiden sich recht gut, wie ich sehen konnte. Er hat wirklich allen Grund, sich Sorgen zu machen.«

Und Sorgen machte er sich wirklich. Er kaute an den Nägeln, rannte den ganzen Tag mit düsterem, sorgenvollem und ängstlichem Gesicht herum, um am Abend, als die Suche zwangsläufig unterbrochen werden mußte, in ein bedrücktes, niedergeschlagenes Schweigen zu verfallen und abzuwarten, bis am nächsten Morgen die Suche fortgesetzt werden konnte. Doch am Abend des zweiten Tages hatte man bereits dic ganze Stadt durchsucht und jedes Haus, jeden Garten und jede Weide in den Vororten zumindest in Augenschein genommen. Wo konnte man nun noch suchen?

»Sie kann nicht weit sein«, erklärte Agatha mühsam beherrscht. »Man wird sie ganz bestimmt finden.«

»Ob weit oder fern«, entgegnete Miles elend, »sie ist gut versteckt. Und es ist sicher, daß ein Schuft sie festhält. Was, wenn sie gezwungen wird, nachzugeben und ihn zu nehmen? Was wird dann aus dir und mir, wenn sie einen neuen Herrn ins Haus läßt?«

»Das würde sie niemals tun, wo sie doch so gegen eine neue Heirat ist. Nein, das tut sie bestimmt nicht. Und wenn ein Mann sie so schlecht behandelt hat, dann wird sie, sobald sie frei ist – und frei wird sie sein! –, erst recht das tun, was sie schon so lange überlegt. Sie wird ins Kloster gehen. Nur noch zwei Tage, bis die Pacht fällig ist!« fügte Agatha hinzu. »Was sollen wir nur tun, wenn dieser Tag vergeht und sie immer noch nicht da ist?«

»Dann ist der Vertrag gebrochen, und man muß die ganze Sache neu bedenken. Aber das kann nur sie selbst entscheiden. Solange sie nicht gefunden wird, können wir nichts weiter tun, und es gibt für uns keinen Trost. Morgen mache ich mich wieder selbst auf die Suche«, schwor Miles und schüttelte verzweifelt den Kopf, da der Sheriff des Königs und alle seine Männer versagt hatten.

»Aber wo? Wo kann man noch suchen, wo sie noch nicht waren?«

In der Tat eine schwer zu beantwortende Frage. In diese verzweifelte Atmosphäre kam Bertred in der Dämmerung geschlendert, still und kein Wort darüber verlierend, daß die Herrin noch nicht gefunden war, sondern so vergnügt und mit strahlenden Augen, daß Miles sehr grob und knapp mit ihm war. Er gab sich keineswegs so gutmütig wie sonst, sondern schoß Bertred einen langen, düsteren Blick hinterher, als dieser sich klugerweise in die Küche absetzte. An warmen Sommerabenden war es angenehmer, draußen zu sitzen als in dem düsteren, rauchigem Raum, der zusätzlich durch das Herdfeuer erhitzt wurde. Die Küche war fast verlassen, da alle Diener ihren eigenen Angelegenheiten nachgingen; nur Bertreds Mutter Alison, die Familie und Arbeiter bekochte, wartete recht ungeduldig auf ihren abtrünnigen Sohn, dem sie einen Topf auf dem noch brennenden Feuer warmgehalten hatte.

»Wo hast du dich nur herumgetrieben?« verlangte sie zu wissen und wandte sich mit der Kelle in der Hand zu ihm um, als er lebhaft hereingetrampelt kam und sich an seinen Platz am langen Eßtisch setzte. Im Vorbeigehen drückte er ihr wie gewohnt einen flüchtigen Kuß auf die volle, rote Wange. Sie war eine gemütliche, dicke Frau mit einigen letzten Spuren des guten Aussehens, das sie an ihren Sohn vererbt hatte. »Das ist aber das mindeste«, erklärte sie, indem sie die Holzschale krachend vor ihm abstellte, »nachdem du mich so lange hast warten lassen. Herumgetrieben hast du dich den ganzen Tag, denn sonst würdest du mir jetzt erzählen, daß du sie heimgebracht hast, und dich brüsten wie ein Pfau. Die anderen Männer sind schon vor mehr als zwei Stunden heimgekommen. Wo hast du dich danach herumgetrieben?«

In der düsteren Küche war sein kleines, selbstzufriedenes Lächeln kaum zu sehen, doch sein Tonfall verriet seine Gefühle. Er faßte ihren Arm und zog sie neben sich auf die Bank.

»Mach dir keine Gedanken, wo ich war, überlasse es nur mir! Es gab da eine Sache, auf die ich warten mußte, und sie war das Warten wert. Mutter . . .« Er beugte sich näher zu ihr und senkte seine Stimme zu einem vertraulichen Flüstern. ». . . wie würde es dir gefallen, in diesem Haus mehr als eine Dienerin zu sein? Eine angesehene Frau, eine feine Dame? Warte nur eine Weile, ich werde schon für unser Glück sorgen. Was sagst du dazu?«

»Ach, du und deine Luftschlösser«, erwiderte sie, nicht sonderlich beeindruckt, aber liebevoll, um ihn nicht zu verspotten. »Wie meinst du das überhaupt?«

»Ich will noch nichts verraten, ich sage es erst, wenn es getan ist. Keiner von diesen eifrigen Hunden, die den ganzen Tag herumgeschnüffelt haben, wissen das, was ich weiß. Mehr sage ich nicht, und ich sage es nur zu dir. Und . . . Mutter, ich muß heute nacht noch einmal fort, wenn es ganz dunkel ist. Mach dir keine Sorgen, ich weiß schon, was ich tue. Warte nur, du wirst dich noch wundern. Aber heute abend darfst du kein Wort sagen, zu niemand.«

Sie rückte zweifelnd ein Stück von ihm ab, um sein lächelndes, neckendes Gesicht genauer zu besehen. »Was führst du da im Schilde? Wenn nötig, kann ich schweigen wie ein Grab. Paß nur auf, daß du dich nicht in Schwierigkeiten bringst. Warum sagst du nichts, wenn du etwas weißt?«

»Damit andere davon profitieren? Nein, überlaß es nur mir, Mutter. Ich weiß schon, was ich mache. Morgen wirst du es selbst sehen. Aber verrate heute abend kein Wort. Versprich es mir!«

»Dein alter Herr war ganz genauso«, erwiderte sie und entspannte sich lächelnd. »Immer voll großer Pläne. Nun, wenn ich jetzt die ganze Nacht vor Neugierde nicht schlafen kann, dann muß es eben sein. Habe ich dir schon jemals im Weg gestanden? Ich verspreche dir, von mir wird niemand ein Wort erfahren.« Und da ihr eine ungute Vorahnung kam, fügte sie hinzu: »Paß nur auf dich auf! Heute nacht könnten noch mehr Leute mit gefährlichen Unternehmungen beschäftigt sein.«

Bertred lachte und nahm sie impulsiv in die Arme. Dann ging er pfeifend in der Dämmerung über den Hof davon.

Sein Bett stand bei den Webstühlen im Schuppen. Dort gab es keinen Gefährten, der aufwachen und ihn hören konnte, als er mehr als eine Stunde nach Mitternacht aufstand und sich anzog. Auch war es kein Problem, durch die schmale Pforte auf die Straße zu schlüpfen, ohne von einem anderen Mitglied des Haushaltes gesehen zu werden. Er hatte den Zeitpunkt bedachtsam gewählt. Es durfte nicht zu früh sein, denn sonst wären einige Leute noch wach. Auch nicht zu spät, denn irgendwann würde der Mond aufgehen, und Dunkelheit eignete sich für seine Absichten besser. Wirklich war es in den schmalen Straßen zwischen den überhängenden Dächern der Häuser und Geschäfte noch dunkel, als er sich über die Straße Maerdol der Burg näherte. Das Stadttor im Osten gehörte zu den Verteidigungsanlagen der Burg; es war verschlossen und auch während der Nacht bewacht. In den letzten Jahren war Shrewsbury zwar vor Bedrohungen aus dem Osten sicher gewesen – nur einige Überfalle aus Wales im Westen hatten den Frieden der Grafschaft gestört –, doch Hugh Beringar ließ in seiner Wachsamkeit nicht nach. Die Pforte ganz im Osten aber, durch die man direkt unter den Türmen der Festung den Fluß erreichen konnte, war unbewacht. Nur in Zeiten akuter Gefahr wurden auch diese Pforten versperrt, verriegelt und von Posten auf den Mauern bewacht. Reiter, Wagen, Karren für den Markt, alles mußte warten, bis die Tore am Morgen wieder geöffnet wurden, doch ein einzelner Mann konnte zu jeder Stunde hindurch.

Bertred kannte in der Dunkelheit den Weg so gut wie am Tage. Leicht und leise wie eine Katze konnte er auftreten und schleichen. Er schlüpfte durch die Pforte zur Böschung über dem Fluß hinaus und zog die Holztür hinter sich zu. Unter ihm spiegelte der Severn in flüchtigen Mustern das spärliche Licht, als leichtes Zittern in der Dunkelheit gerade wahrzunehmen. Der sternenlose, leicht verhangene Himmel war nur eine Spur heller als das massive Mauerwerk, als die Erde und die Bäume, deren Umrisse als tieferes Schwarz zu erkennen waren. Wenn in mehr als einer Stunde der Mond aufgehen würde, würde vielleicht auch der Himmel aufklaren. Er hatte genug Zeit, um einen Augenblick innezuhalten und sich zu überlegen, was zu tun war. Hier draußen wehte ein leiser Wind, auf den er achten mußte. Er mußte sich der Bulldogge des Wächters in der Färberei gegen den Wind nähern. So befeuchtete er einen Finger und prüfte die Windrichtung. Die leichte, gleichmäßige Brise kam von Südwesten. Deshalb schlug er einen weiten Bogen um die Burg, ging durch die Gärten an der Hauptstraße und erreichte dann im Windschatten die Rückseite des Lagerhauses.

Er hatte es am Nachmittag genau untersucht, genauso wie der Sheriff, seine Soldaten und die Helfer aus der Stadt. Aber sie kannten das Lagerhaus nicht wie Bertred, der zwei- oder dreimal Vliese für seine Herrin abgeholt hatte. Auch hatten sie nicht vor Judith Perles Verschwinden in der Küche gesessen und Branwen gehört, die von der Absicht ihrer Herrin berichtete, früh am Morgen zur Abtei zu gehen, um einen neuen Vertrag aufzusetzen und ihr Geschenk bedingungslos an die Abtei zu übergeben. Sie hatten nicht wie Bertred gesehen, daß Hyndes Diener Gunnar kurz darauf sein Bier ausgetrunken und seine Würfel eingesteckt hatte, um in einiger Hast aufzubrechen, obwohl er doch vorher so bequem in der Küche gesessen hatte. Wie Bertred hatte Gunnar also auch von der Absicht der Herrin erfahren. Und er war sicherlich so rasch verschwunden, um sein Wissen noch einem anderen zu verraten. Ob dieser andere alt oder jung war, spielte keine Rolle. Eigenartig war nur, daß Bertred so lange gebraucht hatte, um die Folgen dieses Verrats zu begreifen. Erst der Anblick der Luke des alten Kontors, die von außen fest verschlossen und versperrt und von innen wahrscheinlich ebenso gesichert war, hatte ihm am Nachmittag ein Licht aufgehen lassen. Um sich Gewißheit zu verschaffen, hatte er in der Deckung der Bäume bis zur Dämmerung gewartet und beobachtet, wer da aus der Pforte in der Stadtmauer schlüpfte und wohin er mit seinem Weidenkorb ging.

Er wollte nach Möglichkeit keinen Lärm machen, doch vorsichtshalber hatte er sich einen langen Meißel und einen Hammer in die Manteltasche gesteckt. Den Riegel über der Luke brauchte er nur zurückzuziehen. Vermutlich war die Luke aber zusätzlich vernagelt. Genau durch diese Luke war vor einem Jahr eine Ladung Vliese gestohlen worden, und da das kleine Kontor nicht mehr gebraucht wurde, hatte der alte Hynde das Fenster aus Angst vor weiteren Diebstählen verbarrikadieren lassen. Auch das konnte der Sheriff nicht wissen.

Den leichten Wind im Gesicht ging Bertred leise über die Wiese hinter dem Lagerhaus. Allmählich schälten sich die Umrisse der Gebäude, Schwarz vor tiefem Grau, aus der Dunkelheit. Der Schuppen lag zwischen ihm und Godfrey Fullers Fabrik, ein Stück zu seiner Linken schimmerte der Fluß. Und in doppelter Mannshöhe über ihm war die quadratische, verriegelte Luke, die er mit seinen inzwischen an die Dunkelheit gewöhnten Augen gerade noch erkennen konnte.

Der Aufstieg war kein Problem, das hatte er sich vorher überlegt. Das Gebäude war alt, und da die Rückseite dem Fluß zugewandt war, waren die Querstreben im Laufe der Jahre häufig feucht geworden und verfault. Der alte Hynde, immer geizig mit seinem Geld, hatte die schwachen Stellen mit Balken verstärkt, die Bertred nun beim Klettern einen guten Halt boten, bis er die dicke Schwelle unter der Luke packen konnte. Der Vorsprung war gerade breit genug, um sicher stehen zu können und ein Ohr an die Luke zu legen.

Er zog sich vorsichtig hinauf, legte eine Hand auf den Balken, der die Luke verschloß, drückte sich an die Holzwand und hielt den Atem an. Er hatte etwas Eigenartiges und Unerwartetes bemerkt. Die Luke paßte recht genau in die Öffnung, aber es gab doch einige Spalten. Knapp unter der Mitte, wo zwei Bretter aneinanderstießen, war eine dünne, helle Linie zu sehen, ein hauchdünner Faden aus blassem Gold, viel zu schmal, um hineinzublicken.

Vielleicht war es doch nicht so seltsam. Vielleicht hatten die Entführer wenigstens den Anstand besessen, Judith eine Kerze oder eine Lampe ins Gefängnis zu geben. Es konnte sich auszahlen, ihr in Kleinigkeiten soweit wie möglich entgegenzukommen, während man versuchte, ihren Widerstand zu brechen. Gewalt würde nur angewendet werden, wenn alles andere nichts nützte. Zwei Tage ohne Ergebnis, das sah schon sehr nach einem Fehlschlag aus.

Der Meißel in seinem Mantel drückte schmerzhaft gegen seine Rippen. Vorsichtig zog er die Werkzeuge heraus, um sie auf dem Sims bereitzulegen. Dann schob er sich näher an den Lichtfaden heran und legte das Ohr an den Riß.

Der Schreck warf ihn fast von seinem Hochsitz. Denn plötzlich erhob sich eine Stimme, klar und deutlich und recht nahe hinter der Luke: »Nein, Ihr könnt mich nicht umstimmen. Ihr hättet es gleich wissen sollen. Ich bin Euch zum Problem geworden. Ihr habt mich hergeschleppt, nun seht zu, was Ihr mit mir anfangt.«

Die hoffnungslose Stimme, die antwortete, war weiter entfernt, vielleicht auf der anderen Seite des Raumes. Die Worte waren nicht zu verstehen, aber die Stimme war die eines verzweifelt klagenden, abgewiesenen Menschen. Der Sprecher war ein Mann, doch konnte Bertred nicht erkennen, ob er alt oder jung war, Diener oder Herr.

Damit war Bertreds Plan ins Wasser gefallen. Er mußte warten, und wenn er zu lange wartete, würde der Mond aufgehen, und die Gefahr würde sich vergrößern. Der Ort war richtig, sein Verdacht hatte sich bestätigt, die Frau war wirklich hier. Nur die Zeit war schlecht gewählt, denn ihr Häscher war bei ihr.

8

»Ihr habt mich hergebracht«, erklärte sie, »und jetzt seht zu, was Ihr mit mir anfangt.«

In dem engen, leeren Raum, der einst Hyndes Kontor gewesen war, konnten sie einander im Licht der kleinen Lampe kaum sehen. Er war vor ihr zurückgewichen und stand in der hinteren Ecke, den Rücken zu ihr gewandt, den Kopf in der Armbeuge versteckt und die Stirn gegen die Wand gelehnt, während er mit der anderen Faust ohnmächtig und schmerzhaft gegen das Holz schlug. Seine Stimme klang gedämpft, die hilflose Wut ließ ihn jämmerlich klagen: »Was soll ich tun? Was soll ich nur tun? Es gibt keinen Ausweg!«

»Ihr könntet die Tür aufsperren«, erwiderte sie einfach, »und mich gehen lassen. Nichts leichter als das.«

»Für Euch!« protestierte er ungestüm und drehte sich wieder herum, um sie mit all dem Gift anzustarren, zu dem er fähig war. Besonders viel war es nicht. Er neigte nicht zu giftiger Wut. Sein Plan war gescheitert, und er hatte sich zum Narren gemacht. Er ermüdete sie, aber er machte ihr keine Angst. »Das wäre gut für Euch! Und ich wäre damit am Ende, ich würde verurteilt und ins Gefängnis geworfen, wo ich verfaulen würde. Ihr würdet mich, sobald Ihr heraus seid, anzeigen und Rache nehmen.«

»Das hättet Ihr Euch überlegen sollen«, gab sie zurück, »bevor Ihr mich entführtet, Ihr und Euer schurkischer Diener. Ihr habt mich in dieses elende Loch gesteckt, habt mich unbequem und würdelos hinter Wollballen eingesperrt, wo ich mir die Grobheiten Eures Dieners und Eure unverschämten Anmaßungen gefallen lassen muß, und da erwartet Ihr auch noch Dankbarkeit? Oder Mitleid?

Warum sollte ich Euch denn nicht anzeigen? Besser, Ihr denkt gründlich nach. Ihr müßt mich freilassen oder mich töten, und je länger die Verzögerung, desto schlimmer wird es für Euch. Für mich«, fügte sie bitter hinzu, »ist es schon schlimm genug. Was ist aus meinem guten Ruf geworden? In welche Lage werde ich kommen, wenn ich zu meiner Familie in mein Haus zurückkehre?

Vivian stürmte zu ihr zurück, warf sich neben der groben Holzbank, auf der sie soweit als möglich geruht hatte, auf die Knie. Sie saß jetzt aufrecht und bleich, die Hände im Schoß gefaltet, die Gewänder eng um sich gerafft, als wollte sie nicht nur seiner Berührung, sondern auch dem Staub und der Trostlosigkeit ihres Gefängnisses entgehen. Im Raum war nichts weiter außer dem zerbrochenen Schreibtisch, an dem einst der Schreiber seine Zahlen berechnet hatte, ein Steinkrug mit angeschlagenem Rand und in einer Ecke ein Haufen Abfall und Schutt. Die Lampe stand am Ende der Bank neben ihr und beschien jetzt Vivians zerzaustes Haar und sein verzweifeltes Gesicht. Er nahm flehend ihre Hände, doch sie fuhr so heftig zurück, daß er mit einem verzweifelten Laut von ihr abließ.

»Ich wollte doch nicht ein solches Unheil anrichten, ich schwöre es! Ich dachte, Ihr hättet mich auch gern, ich dachte, ich bräuchte Euch nur eine Weile für mich zu haben, und dann würden wir uns einig ... Mein Gott, ich wünschte, ich hätte nie damit angefangen. Aber wirklich, ich habe wirklich geglaubt, ihr könntet mich lieben ...«

»Nein! Nie im Leben!« Sie hatte es in den vergangenen beiden Tagen oft gesagt, und immer mit derselben unnahbaren Kälte. Er hätte schon bei ihrer ersten Antwort erkennen müssen, daß es keine Hoffnung gab. Aber es war ihm nicht einmal gelungen, sich selbst einzureden, daß er sie liebte. Was er wollte, war die Sicherheit und Behaglichkeit, die sie ihm geben konnte, die Bezahlung seiner Schulden und die Aussicht auf ein bequemes Leben. Vielleicht sogar die Schadenfreude, seinem knauserigen Vater eine Nase drehen zu können – knauserig wenigstens in Vivians Augen, weil er es schließlich müde geworden war, seinen Sohn aus Schulden und Ärger herauszukaufen. Zweifellos fand der junge Mann die Aussicht, Judith zu heiraten, auch für sich genommen recht angenehm, doch dies war nicht der Grund dafür, daß er just diesen Morgen für seinen Antrag gewählt hatte. Warum sollte er sich das halbe Vermögen durch die Finger gleiten lassen, wenn er mit einem kühnen Streich das Ganze haben konnte?

»Wie erklärt man übrigens mein Verschwinden?« erkundigte sie sich. »Vermutet man schon das Schlimmste? Sucht man überhaupt nach mir? Hält man mich für tot?«

Vivian verzog zornig und trotzig das Gesicht. »Nach Euch suchen? Die ganze Stadt wird auf den Kopf gestellt, der Sheriff und alle seine Männer, Euer Vetter und die Hälfte Eurer Arbeiter sind auf der Suche. Kein Haus, das sie nicht aufgesucht hätten, keine Scheune, die sie nicht auf den Kopf gestellt hätten. Gestern abend waren sie hier. Alan Herbard und drei Männer von der Garnison. Wir öffneten ihnen die Türen und zeigten ihnen die gebündelten Vliese, und sie gaben sich damit zufrieden. Warum habt Ihr da nicht gerufen, wenn Ihr gerettet werden wolltet?«

»Sie waren hier?« Judith erstarrte, als sie seine Bosheit sah. Aber er war am Ende, hatte das Schlimmste getan, was er tun konnte, und es würde nicht mehr lange dauern. »Ich habe sie nicht gehört!« gab sie resigniert und bitter zu.

»Nein.« Er sagte es tonlos, seine Wut war verpufft. »Sie gaben sich rasch zufrieden. Viele wissen gar nicht, daß es diesen Raum gibt, und die Stapel mit der Wolle dämpfen jedes Geräusch. Sie haben nicht weiter gefragt. Heute nachmittag waren sie noch einmal hier, aber sie haben nicht um die Schlüssel gebeten. Sie haben das Boot gefunden . . . Nein, wahrscheinlich habt Ihr sie nicht gehört. Hättet Ihr denn geschrien, wenn Ihr sie gehört hättet?«

Es war eine überflüssige Frage, auf die sie keine Antwort gab. Aber sie dachte darüber nach. Hätte sie wirklich um Hilfe gerufen, um sich aus diesem elenden Gefängnis holen zu lassen, unvorbereitet, staubig und verschmutzt, kompromittiert und bejammernswert? Wäre es nicht besser gewesen zu schweigen und aus eigener Kraft aus dieser schlimmen Lage herauszukommen? Denn nach der ersten Verwirrung, Empörung und Beunruhigung wurde ihr klar, daß sie keine Angst vor Vivian hatte. Es bestand keine Gefahr, daß sie ihm nachgeben könnte, und jetzt sehnte sie sich wie er nach einer Lösung, die es ermöglichte, alles unter den Teppich zu kehren. Sie wollte ihre Würde und Integrität bewahren und von niemand abhängig sein. Am Ende mußte er sie doch freigeben. Sie war die Stärkere.

Er faßte eine Falte ihres Rocks. Das Gesicht, das er zu ihr wandte, deutlich zu sehen in der gelben Flamme der Lampe, war eigenartig verletzlich und jung wie das eines ertappten Knaben, der für eine schreckliche Missetat um Entschuldigung bittet und nicht bereit ist, sich der Strafe zu stellen. Die Stirn, die er gegen die Wand gelehnt hatte, war vom Staub verschmiert, und als er sich mit dem Handrücken die Tränen oder den Schweiß oder beides abwischte, zog er sich einen langen Schmutzstreifen über die Wange. In seinem hellen, zerzausten Haar hingen ein paar Spinnweben. Die großen braunen Augen, vor Angst stark geweitet, funkelten golden im Licht der Lampe und blickten Judith flehend an.

»Judith, Judith, so seid doch nachsichtig mit mir! Ich hätte Euch Schlimmeres antun können . . . ich hätte Euch mit Gewalt nehmen können –«

Sie schüttelte verächtlich den Kopf. »Nein, hättet Ihr nicht. Dazu habt Ihr nicht die Nerven. Ihr seid viel zu vorsichtig – oder vielleicht zu anständig. Vielleicht auch beides. Es hätte Euch auch nichts genützt, wenn Ihr es getan hättet«, fügte sie entschlossen hinzu und wandte sich ab, um das verzweifelte, trostlose junge Gesicht nicht mehr sehen zu müssen, das sie so sehr an Bruder Eluric erinnerte, der schweigend, ohne Hoffnung und ohne Flehen, gelitten hatte. »Und jetzt sind wir beide hier, Ihr und ich, und Ihr wißt wie ich, daß dieses Spiel ein Ende haben muß. Ihr habt keine Wahl, als mich gehen zu lassen.«

»Und dann werdet Ihr mich vernichten«, flüsterte er und schlug die Hände vors Gesicht.

»Ich wünsche Euch nichts Böses«, erwiderte sie müde. »Aber Ihr habt uns in diese Lage gebracht, nicht ich.«

»Ich weiß es doch, ich gebe es zu. Und Gott weiß, daß ich wünschte, ich könnte es ungeschehen machen! O Judith, helft mir doch, helft mir.«

Und damit hatte er endlich eingestanden, daß er verloren hatte. Er war ihr Gefangener und nicht sie seine Gefangene, von ihr hing es ab, ob er aus der Falle gerettet wurde, die er sich selbst gestellt hatte. Er legte den Kopf in ihren Schoß und schüttelte sich vor Kälte. Und sie war so müde und verwirrt, daß sie resigniert eine Hand hob, um sie auf seinen Kopf zu legen und ihn zu beruhigen. Doch plötzlich ertönte hinter ihr ein reißendes, kratzendes Geräusch, das beide auffahren und erschrocken innehalten ließ. Kein lautes Geräusch war es, nur ein Schleifen, als wäre ein nicht allzu schweres Gewicht hinabgeglitten und mit einem dumpfen Aufprall im Gras gelandet. Vivian sprang zitternd auf.

»Um Himmels willen, was war das?«

Sie hielten den Atem an und lauschten. Es blieb einen Moment still, dann hörten sie aus der Richtung der Walkmühle das laute, wilde Bellen der angeketteten Bulldogge. Nach wenigen Augenblicken bekam das Gebell einen tieferen, zielstrebigeren Unterton, als die Jagd begann, nachdem der Hund von der Kette gelassen worden war.

Bertred hatte sich allzu leichtfertig dem alten, abgenutzten, vernachlässigten Holz anvertraut, das lange Zeit Wind und Wetter ausgesetzt gewesen war. Der Sims, auf dem er hockte, war mit langen Nägeln befestigt, doch an einer Seite waren die Nägel nach vielen Regenfällen stark verrostet und das Holz um sie herum verfault. Als er sein Gewicht verlagerte, um die verkrampften Beine zu entspannen und das Ohr dichter an den Spalt zu legen, splitterte und brach das Holz, vor ihm kippte der Sims nach unten weg und kratzte über die Planken der Wand. Er selbst rutschte hilflos auf den Boden. Der Sturz war nicht tief und nicht einmal sehr geräuschvoll, aber laut genug, um mitten in der Nacht bis zur Walkmühle gehört zu werden.

Er kam rasch wieder auf die Beine und lehnte sich einen Augenblick an die Wand, um Atem zu schöpfen und abzuwarten, bis seine vom Schreck zittrigen Beine sich beruhigt hatten. Dann hörte er, wie der Wachhund anschlug.

Seine erste Eingebung war es, bergauf zu den Häusern an der Hauptstraße zu rennen, und er schlug tatsächlich diese Richtung ein, nur um einen Augenblick später entsetzt festzustellen, daß der Hund viel schneller war als er und ihn einholen würde, bevor er diesen Schutz erreichte. Der Fluß war näher. Es war besser, zum Fluß zu laufen und zum lichten Wald am Ende der Gaye hinüberzuschwimmen. Im Wasser käme er schneller voran als der Hund, und der Wächter würde den Hund wohl nicht ins Wasser lassen.

Er machte kehrt, rannte in großen Hasensprüngen

bergab über das unebene Gelände und näherte sich in vollem Lauf dem Flußufer. Hund und Mann waren hinter ihm her und hetzten eifrig den vermeintlichen Dieb zu einer Stunde, da alle ehrbaren Leute im Bett liegen sollten und nur noch zwielichtige Gestalten unterwegs sein konnten. Leider hatte der Wächter sehr genau gehört, wo Bertred gestürzt war. Er wußte, daß jemand, der gewiß keine guten Absichten gehabt hatte, im Lagerhaus herumgeklettert war. Obwohl er seinen Beinen und Lungen das Äußerste abverlangte, fand Bertred noch die Zeit, sich zu wundern, wie der junge Hynde es geschafft hatte, in der Nacht ein und aus zu gehen, ohne den Hund aufzustören. Natürlich – der Wachhund kannte ihn. Der junge Mann war ein Verbündeter, der hierhergehörte, kein Feind und keine Bedrohung.

Flucht und Verfolgung machten in der Nacht seltsamerweise keinen großen Lärm. Bertred fühlte mehr als daß er sah, wie Hund und Mann sich trafen, um ihn gemeinsam zu verfolgen. Er hörte die Bewegungen und das Schnaufen dichter hinter sich. Der Wächter schlug mit einem langen Stecken nach ihm, traf ihn seitlich am Kopf und betäubte ihn beinahe. Bertred stolperte blindlings zum Ufer. Am Wächter war er vorbei, der Mann fiel zurück; nur der Hund, der ihm dicht auf den Fersen war, machte ihm noch angst. Und diese Angst gab ihm die Kraft für den letzten großen Sprung, der ihn von der Uferwiese ins Wasser bringen sollte.

Das Ufer war höher, der Wasserstand niedriger, als er geglaubt hatte. Einige Felsen lagen frei. Statt über sie hinweg ins tiefe Wasser zu springen, stürzte er krachend zwischen die kantigen Steine, und sein ausgestreckter Arm klatschte hilflos ins flache Wasser. Sein Kopf, der bereits vom Schlag des Wächters klingelte, schlug hart gegen eine Steinkante. Er blieb betäubt liegen, halb verborgen unter der überhängenden Böschung, und begann in der Dunkelheit zu versinken. Der Wachhund, der das Wasser nicht liebte, tappte unruhig am Ufer hin und her, ging aber nicht weiter.

Der Wächter hörte das Platschen, sah sogar ein kurzes Zittern in der sonst glatten Oberfläche des Flusses und blieb ein Stück vor dem Ufer stehen, um den Hund zurückzurufen. Der vermeintliche Dieb mußte inzwischen schon halb über den Fluß sein und würde ihm keine Sorgen mehr bereiten. Er war ziemlich sicher, daß es dem Burschen nicht gelungen war, irgendwo einzudringen, denn sonst hätte der Hund schon früher angeschlagen. Zur Sicherheit ging er trotzdem ins Lagerhaus und um die Färbeschuppen. Der gelöste Balken hing, eingereiht in die Planken des Schuppens senkrecht unter der Luke. Dem Wächter fiel daran nichts Besonderes auf. Am Morgen wollte er sich noch einmal gründlich umsehen, aber anscheinend war nichts passiert. Er ging zufrieden zu seiner Hütte zurück, der Hund tappte hinter ihm her.

Vivian stand stocksteif und lauschte, bis das Hundegebell leiser wurde und schließlich verstummte. Mit einem Ruck löste er sich aus seiner Starre.

»Da hat jemand herumgeschnüffelt! Jemand hat Verdacht geschöpft – oder weiß es schon!« Er wischte sich mit schmutziger Hand den Schweiß aus der Stirn und vergrößerte die Schmierstreifen, die schon dort waren. »Mein Gott, was soll ich nur tun? Ich kann Euch nicht freigeben, und ich kann Euch keinen Tag länger hierbehalten. Wenn jemand mißtrauisch wird . . .«

Judith beobachtete ihn schweigend. Gegen ihren Willen rührte sie der schmutzige und enttäuschte Junge an, wie er es, herausgeputzt und überheblich als schönster Hahn im Hühnerhof, nie vermocht hätte. Er hatte Angst, mit seinem allzu kühnen Plan fortzufahren, er konnte aber auch nicht von ihm lassen und wünschte dennoch zugleich verzweifelt, er hätte nie damit begonnen. So war er gefangen wie eine Fliege im Spinnennetz, und jedes Zucken verstrickte ihn tiefer.

»Judith ...« Wieder sank er zu ihren Füßen auf die Knie, packte ihre Hände, flehte, schmeichelte. Doch nun war er leidenschaftlich wie ein Kind, er hatte seinen Charme vergessen und war seiner Eitelkeit beraubt. »Judith, helft mir! Helft mir doch heraus! Wenn es einen Weg gibt, dann helft mir, ihn zu gehen. Wenn man Euch hier entdeckt, dann bin ich ruiniert, entehrt ... Aber wenn ich Euch gehen lasse, dann werdet Ihr mich vernichten –«

»Still!« sagte sie müde. »Ich wünsche Euch nichts Böses, ich will keine Rache, ich will nur zu den besten Bedingungen, die es geben kann, von Euch freikommen.«

»Aber wie hilft mir das? Glaubt Ihr, man wird nicht fragen, wenn Ihr plötzlich wiederauftaucht? Selbst wenn Ihr den Mund haltet, was nützt das mir? Die anderen werden keine Ruhe geben, bis Ihr alles erzählt habt, und das ist mein Ende. Oh, wenn ich doch nur wüßte, was ich tun kann!«

»Es würde mir ebensogut passen wie Euch«, erklärte Judith, »wenn wir diesen Skandal einfach vergessen könnten. Aber es braucht tatsächlich ein Wunder, um die letzten beiden Tage zu erklären. Und wenn eben möglich, muß ich mich selbst schützen. Ihr müßt schon auf Euch selbst achtgeben, aber wenn möglich, sollt Ihr meinetwegen ungeschoren davonkommen. Was ist?«

Er war aufgefahren, hielt erschrocken inne und lauschte angestrengt. »Da ist jemand«, flüsterte er. »Schon wieder – hört Ihr es nicht? Jemand spioniert draußen herum ... hört nur.«

Sie verstummte, aber sie war nicht überzeugt. Er war inzwischen so überspannt und verschreckt, daß er seine Feinde selbst erfand. Sie lauschte eine Weile, aber sie hörte nichts. Sogar das leise Seufzen der Brise, die durch die Ritzen in der Luke geweht hatte, war verstummt.

»Da ist niemand. Ihr habt es Euch eingebildet!« Sie faßte plötzlich seine Hände und zeigte deutlich, daß nun sie die Stärkere war, nachdem sie bisher seine Berührungen nur hingenommen hatte. »Hört zu! Vielleicht gibt es einen Weg! Als Schwester Magdalena mich besuchte, bot sie mir Godric's Ford als Rückzugsmöglichkeit an, falls ich einmal eine Zuflucht und eine Pause zum Atemholen bräuchte. Weiß Gott, ich brauchte beides schon vorher, und jetzt erst recht. Wenn Ihr mich insgeheim bei Nacht dorthin bringt, dann kann ich später zurückkehren und sagen, ich sei dort gewesen und hätte nichts von der Aufregung und der Suche nach mir gehört, was hoffentlich sogar wahr sein wird. Ich werde behaupten, ich wollte eine Weile aus meinem Leben entfliehen, um neuen Mut zu fassen und mit neuer Kraft zurückkehren zu können. Und ich hoffe bei Gott, daß auch dies wahr sein wird. Ich werde Euch nicht verraten, ich werde nicht verraten, was Ihr mir angetan habt.«

Er starrte sie großzügig an, wollte noch nicht ganz hoffen, konnte aber dem Ausweg, der ihm aufgezeigt worden war, auch nicht widerstehen. »Man wird Euch hart zusetzen und fragen, warum Ihr kein Wort gesagt habt, warum Ihr einfach fortgegangen seid und Eure Nächsten voller Angst zurückgelassen habt. Und das Boot – man wird von dem Boot erfahren, man wird wissen wollen –«

»Wenn man fragt«, erwiderte sie energisch, »dann werde ich antworten oder mich weigern, eine Antwort zu geben. Auch wenn Ihr Euch Sorgen macht, Ihr müßt jetzt alles mir überlassen. ich biete Euch einen Ausweg an. Nehmt ihn oder nehmt ihn nicht.«

Mit jedem Wort wurde seine Hoffnung stärker. »Mein Vater ist heute wieder zu seinen Herden gegangen, er wird mindestens zwei Tage bei seinen Schäfern bleiben.

In den Ställen steht noch ein gutes Pferd, das kräftig genug ist, um uns beide zu tragen, wenn Ihr im Damensitz mit mir reiten wollt. Ich könnte das Tier aus der Stadt bringen, bevor das Tor geschlossen wird. Besser, wir reiten nicht zusammen durch die Stadt, sondern nehmen einen anderen Weg. Ein Stück stromab gibt es eine Furt, durch die wir auf die andere Seite kommen und nach Süden reiten können, bis wir die Straße nach Beistan erreichen. In der Dämmerung – wenn wir morgen in der Dämmerung aufbrechen ... o Judith, wie könnt Ihr mir vergeben, nachdem ich Euch solches Unrecht angetan habe? Das habe ich nicht verdient!«

Es war etwas Neues, dachte sie belustigt, daß Vivian Hynde glaubte, er habe etwas nicht verdient oder es gebe etwas, auf das er kein Anrecht habe. Vielleicht hatte diese Angst, die er sich selbst eingebrockt hatte, sogar eine heilsame Wirkung auf sein ganzes Leben. Er war kein Unhold, nur ein schwacher und zügelloser Junge. Trotzdem ließ sie seine Frage unbeantwortet. Tatsächlich gab es etwas, das sie ihm kaum verzeihen konnte, nämlich daß er sie der groben Behandlung Gunnars ausgesetzt hatte, der es sichtlich genossen hatte, sie eng zu umfassen und sie in seiner Gewalt zu halten. Vor Vivian hatte sie keine Angst; vor Gunnar schon, und wenn sie Gunnar jemals ohne Vivian begegnete, dann hatte sie sicher auch allen Grund dazu.

»Ich tue dies ebenso für mich selbst wie für Euch«, entgegnete sie schließlich. »Ich habe Euch mein Wort gegeben, und ich werde es halten. Also morgen abend. Einverstanden. Es ist zu spät, um heute noch etwas zu unternehmen.«

Nun meldeten sich wieder seine Zweifel und seine Furcht. Er erinnerte sich an den Lärm draußen, an das Gebell des Wachhundes. »Aber was, wenn jemand mißtrauisch geworden ist? Was, wenn sie morgen wiederkommen und die Schlüssel verlangen? Judith, kommt mit mir in unser Haus. Es ist nicht weit von der Pforte entfernt, niemand wird uns jetzt sehen. Meine Mutter wird Euch verstecken, sie wird uns helfen und Euch dankbar sein, daß Ihr mich verschont. Mein Vater ist draußen in den Bergen, er wird es nicht erfahren. Dort könnt Ihr ruhen und in einem Bett schlafen und Wasser zum Waschen und alles bekommen, was Ihr zu Eurer Bequemlichkeit braucht . . .«

»Eure Mutter weiß, was Ihr getan habt?« fragte sie entsetzt.

»Nein, sie weiß nichts! Aber um meinetwillen wird sie uns jetzt helfen.« Er war schon an der schmalen Tür, die hinter den gebündelten Vliesen versteckt lag, drehte den Schlüssel herum, zog sie mit sich, fiebrig in seiner Eile, sie aus dem Gefängnis heraus und wohlbehalten in sein Heim zu bringen. »Ich werde Gunnar schicken, damit er hier alle Spuren verwischt. Wenn sie wirklich kommen, dann sollen sie diesen Raum leer und verlassen vorfinden.«

Sie blies den Docht der Lampe aus und folgte ihm. Sie stieg rückwärts die Leiter vom Speicher hinunter und trat durch die untere Tür in die Nacht hinaus. Gerade ging der Mond auf und tauchte den Hang in blaßgrünes Licht. Die Luft war süß und kühl auf ihrem Gesicht nach dem modrigen, staubigen Geruch ihres Gefängnisses und dem Qualm der Lampe in dem winzigen Raum. Es war kein weiter Weg bis zu den Schatten der Burgtürme und zur Pforte in der Mauer.

Ein Schatten umging die im Mondlicht liegende freie Fläche und näherte sich behende und still dem Flußufer. Der Überhang, wo Bertred versucht hatte, dem Wachhund mit einem Sprung zu entkommen, lag noch in tiefem Schatten. Bertred war noch immer bewußtlos, doch gerade begann er sich stöhnend zu regen. Er atmete schwer, denn allmählich wurden ihm die Schmerzen bewußt. Er bemerkte nicht den tieferen Schatten, der über seinen Körper fiel, als das Mondlicht den Fluß erreichte. Eine Hand wurde ausgestreckt und faßte sein Haar, drehte sein Gesicht herum, damit es betrachtet werden konnte. Bertred lebte und atmete, er würde wohl noch einige Stunden brauchen, um sich zu erholen, aber dann wäre er fähig, sich zu erklären und alles zu berichten, was er wußte.

Der über ihn gebeugte Schatten richtete sich auf, verharrte einen Augenblick reglos. Dann stieß er einen bestiefelten Fuß in Bertreds Seite, schob ihn über die Steine, auf denen er lag, und drückte ihn ins tiefe Wasser hinaus, wo der Strom sehr schnell war und den Körper zur Mitte des Flusses und zum anderen Ufer tragen würde.

Der zwanzigste Juni begann mit funkelnden Regenschauern, die am Vormittag nachließen und der Sonne wichen. In den Obstgärten der Gaye gab es eine Menge Arbeit, doch wegen des morgendlichen Regens mußte man bis zur Mittagshitze warten, ehe man sie in Angriff nehmen konnte. Die Süßkirschen waren reif und konnten gepflückt werden, doch dazu mußten sie trocken sein. Auch Erdbeeren gab es schon, aber auch diese mußten vor dem Pflücken von der Sonne getrocknet werden. In den offenen im Sonnenlicht liegenden Gemüsebeeten trocknete der Boden schneller. Dort säten einige Brüder Salat für die zweite Ernte ein und hackten und jäteten. Erst nach dem Mittagessen begannen die Brüder im hinteren Teil der Abteigärten mit der Obsternte.

Bruder Cadfael hatte keinen besonderen Grund, ihnen Gesellschaft zu leisten, aber er hatte im Herbarium nichts Dringendes zu tun, und seine wachsende Unruhe, nachdem sie drei Tage vergeblich nach Judith Perle gesucht hatten, ließ nicht zu, daß er sich mit einer normalen Alltagsbeschäftigung die Zeit vertrieb. Bisher hatte es keine neuen Nachrichten von Hugh gegeben, und als Niall kam, um besorgt nachzufragen, hatte Cadfael ihm nichts sagen können. Die Sache war zum Stillstand gekommen, selbst die Stunden des Tages schienen den Atem anzuhalten und sich zu endloser Länge zu dehnen.

Um sich wenigstens mit etwas körperlicher Arbeit abzulenken, ging Cadfael mit den anderen in die Obstgärten. Wie so oft am Ende der Jahreszeit hatte die Natur wettgemacht, was in den ersten Wochen des Frühlings durch die Kälte verloren worden war. Erdbeeren und die ersten kleinen harten Stachelbeeren an ihren dornigen Büschen waren fast zur üblichen Zeit herangereift. Cadfael war nicht bei der Sache. Die Obstgärten lagen direkt gegenüber der Stelle, an welcher die jungen Bogenschützen unter der steilen Stadtmauer und im Windschatten der Burgtürme an Markttagen ihre Zielübungen machten. Ein kurzes Stück dahinter in den ersten Ausläufern des Waldlandes lag die Walkmühle, ein Stück weiter stromab William Hyndes Ladekai.

Cadfael arbeitete eine Weile, war aber so zerstreut, daß er sich mehr Kratzer als üblich einhandelte. Nach einer Weile richtete er sich auf, um wieder einmal einen Dorn aus seinem Finger zu saugen, und ging bis zu den ersten Bäumen am Fluß entlang. Durch die hängenden Zweige betrachtete er die Krone der Stadtmauer auf der anderen Seite, den steilen grünen Hang darunter, die erste Bastion der Burg, die schmale Wiese davor. Cadfael ging weiter, drängte sich durch die Bäume und erreichte eine breite Wiese, die dicht am Ufer mit niedrigen Büschen bestanden war. Wo die Strömung nur sanft war und das Wasser flach, standen einige Schilfinseln. Er war jetzt gegenüber dem Trockenhof, auf dem Godfrey Fullers Männer arbeiteten. Sie hatten ein Stück braunes Tuch zum Trocknen auf den Rahmen gespannt.

Schließlich erreichte er die Stelle direkt gegenüber den überhängenden Büschen, wo sie das gestohlene Boot gefunden hatten. Friedlich und schläfrig lag die Flußlandschaft in der Sonne und schien zu leugnen, daß es in einer so lieblichen Welt Mord, Bosheit und Entführung geben könne.

Cadfael ging noch etwa hundert Schritt weiter. Hier beschrieb der Fluß eine Biegung. Das gegenüberliegende Ufer war unterspült und das Wasser darunter tief, während es auf dieser Seite flach war und sich in weichen, harmlosen Wellen kaum zu bewegen schien. Dies war einer jener Orte, die Madog sehr gut kannte, denn hier trieb manchmal an, was stromaufwärts in den Fluß geworfen worden war.

Und tatsächlich war hier in der Nacht etwas gestrandet. Es lag fast untergetaucht im Wasser und durchbrach kaum die Oberfläche. Ein dunkler Haufen, überspült von silbrig glänzendem Wasser, gestrandet im dunkelgelben Sand. Etwas Kleines, Bleiches, das sich leicht mit der Strömung bewegte und doch kein Fisch war, erregte Cadfaels Aufmerksamkeit. Die Hand eines Mannes, die herausragte aus einem dunklen, etwas aufgebauschten Ärmel, mit dem die Strömung spielte. Der braune Hinterkopf eines Mannes, der gerade eben die Wasseroberfläche durchbrach. Die Locken tanzten mit den Wellen und bewegten sich wie schläfrige Lebewesen.

Cadfael rutschte eilig das steile Ufer hinunter und watete ins Flachwasser hinaus, um den Körper ans Ufer zu ziehen. Zweifellos tot, wahrscheinlich schon einige Stunden, lag der Mann nun knapp außerhalb des Wassers auf dem Bauch. Winzige Rinnsale strömten aus jeder Falte seiner Kleidung und aus allen Locken seines Haars. Ein junger Mann, schmuck herausgeputzt und ansehnlich. Es war viel zu spät, um etwas anderes zu tun, als ihn heimzutragen und ihm ein anständiges Begräbnis zu verschaffen. Cadfael konnte ihn nicht allein die Uferböschung hinauf und durch die Gaye schleppen; er mußte sich beeilen und sofort Hilfe holen.

Nach seiner Statur, nach dem gewöhnlichen braunen Mantel und den Pantinen hätte er einer von hundert jungen Burschen aus Shrewsbury sein können. Es war eine verbreitete Arbeitskleidung, die er trug, und Cadfael konnte sein Gesicht nicht sehen. Er bückte sich noch einmal, um die schlaffen Arme zu packen und den toten Mann auf den Rücken zu drehen. Im gleichgültigen Sonnenlicht erkannte er das verschmierte, bleiche, aber immer noch hübsche Gesicht von Bertred, Judith Perles Vorarbeiter.

9

Auf seinen Ruf kamen sie aufgeregt und entsetzt herbeigerannt, wenn auch ein vom Severn angespülter ertrunkener Mann kein allzu seltenes Ereignis war und die jungen Brüder nicht mehr über die Angelegenheit wußten. Zweifellos raunten sich die älteren über die Probleme der Außenwelt einiges zusammen, doch die Novizen lebten im großen und ganzen in völliger Unschuld. Cadfael wählte die beiden Kräftigsten aus, die sich durch die Begegnung mit dem Tod wahrscheinlich nicht verstören lassen würden, und schickte die anderen an ihre Arbeit zurück. Aus Hacken, ihren Gürteln und ihren Tragbändern fertigten sie eine Bahre und gingen über den Uferweg zu dem Toten zurück.

In bedrücktem Schweigen luden sie ihre tropfnasse Last auf und trugen sie durch den Waldstreifen und durch die ganze Ebene der Gaye zum Weg, der zur Vorstadt hinaufführte.

»Wir bringen ihn am besten zur Abtei«, erklärte Cadfael, nachdem er einen Moment nachgedacht hatte. »Das ist der schnellste Weg, ihn der Neugierde der Leute zu entziehen, und wir können von dort aus nach seinem Herrn oder seinen Verwandten schicken.« Das war nicht der einzige Grund für diese Entscheidung, aber er hielt es nicht für angebracht, seine Beweggründe in diesem Augenblick offenzulegen. Der Tote gehörte zu Judith Perles Haus, und was ihm zugestoßen war, stand sicherlich in Zusammenhang mit den anderen Katastrophen, die das Haus und die Erbin der Vestiers heimgesucht hatten. In diesem Fall aber hatte nicht nur Hugh Beringar, sondern auch Abt Radulfus ein Interesse an der Angelegenheit und das Recht, informiert zu werden. Zwei Todesfälle und eine verschwundene Frau, alles mit Judith und dem Vertrag mit der Abtei verbunden, das erforderte eine eingehende Überprüfung. Sogar junge, vor Gesundheit strotzende und kräftige Männer können ertrinken. Aber Cadfael hatte bereits die Prellung an der rechten Schläfe des Mannes bemerkt, von der das Flußwasser das Blut abgewaschen hatte. »Lauf du voraus, Junge«, sagte er zu Bruder Rhun, dem jüngsten der Novizen, »und sage dem Vater Prior Bescheid, was für einen Gast wir mitbringen.«

Der Knabe neigte wie immer, wenn er von einem Älteren einen Befehl bekam, respektvoll den Kopf und machte sich bereitwillig und eifrig auf den Weg. Rhun um etwas zu bitten war eher ein Akt der Freundlichkeit als eine Zumutung, denn nichts erfreute ihn mehr, als die Gewandtheit und Anmut einzusetzen, die er erst seit knapp einem Jahr besaß, nachdem er verkrüppelt und unter Schmerzen zu St. Winifreds Feier gekommen war. Sein Novizenjahr war fast vorbei, und bald würde er als Bruder in die Gemeinschaft aufgenommen werden. Keine Kraft der Welt konnte ihn verleiten, vom Dienst für die Heilige, die ihn geheilt hatte, abzulassen. Gehorsam, für Cafael immer noch eine schwere Last und ein Stolperstein, war für Rhun eine Gunst, die er so glücklich hinnahm wie Sonnenlicht im Gesicht.

Cadfael sah dem hellen Kopf und den flinken Füßen auf dem Weg eine Weile nach, dann bedeckte er das Gesicht des Toten mit einer Ecke eines Tragriemens. Wasser tropfte aus dem vollgesogenen Tuch, als sie Bertred zur Straße hinauf, über die Hauptstraße und zum Torhaus der Abtei trugen. Natürlich blieben die Leute stehen und begafften den Trauerzug, stießen sich an und tuschelten, als die Prozession vorbeikam. Es war ein ewiges Geheimnis, woher die Rangen der Vorstadt plötzlich kamen, sobald es etwas Ungewöhnliches anzustarren gab, und wie sich mit jedem Augenblick ihre Zahl verdoppelte. Auch die Hunde, ihre unzertrennlichen Spielgefährten, trieben sich in der Nähe herum und begleiteten den Trauerzug mit dem gleichen neugierigen Gesichtsausdruck wie die Jungen. Bald würden wilde Vermutungen die Runde machen, aber wenigstens konnte niemand das Gesicht des Toten erkennen. Die kurze Spanne, die vergehen würde, bis allgemein bekannt wurde, wer der Tote war, konnte für Hugh Beringar sehr nützlich und für die Mutter des Toten eine Gnade sein. Auch sie war Witwe, erinnerte Cadfael sich, als sie zum Torhaus einbogen und einen Kreis Neugieriger zurückließen, die sich draußen in respektvoller Entfernung gesammelt hatten.

Prior Robert eilte der Prozession entgegen, dichtauf gefolgt von Bruder Jerome. Bruder Edmund aus der Krankenstation und Bruder Denis aus dem Gästehaus trafen gleichzeitig bei Trägern und Bahre ein. Ein halbes Dutzend Brüder, die, ihren eigenen Geschäften nachgehend, den großen Hof überquert hatten, blieben stehen, sahen zu und rückten allmählich näher, um ja nichts zu verpassen.

»Ich habe Bruder Rhun geschickt, den Abt zu unterrichten«, erklärte Robert, indem er den edlen silbernen Kopf über den reglosen Körper auf der improvisierten Bahre beugte. »Das ist eine schlimme Sache. Wo habt Ihr den Mann gefunden? Habt Ihr ihn auf unserem Grund und Boden ans Ufer gebracht?«

»Nein, es war ein Stück dahinter«, erwiderte Cadfael. »Er wurde ans Ufer gespült. Er ist schon einige Stunden tot, würde ich sagen. Ich konnte nichts mehr für ihn tun.«

»War es denn nötig, ihn herzubringen? Wenn seine Familie in der Stadt oder in der Vorstadt lebt, dann soll die sich um sein Begräbnis kümmern.«

»Nicht unbedingt notwendig«, gab Cadfael zurück, »aber ich hielt es trotzdem für geraten, ihn herzubringen.

Der Vater Abt wird sicher meiner Meinung sein. Es gibt gute Gründe dafür. Auch der Sheriff dürfte sich für diese Angelegenheit interessieren.«

»Ach, wirklich? Warum denn, wenn der Mann ertrunken ist? Das ist doch eine Todesart, die hier nicht eben unbekannt ist.« Mit spitzen Fingern nahm er das Tragband vom gebleichten, bläulichen Gesicht, in dem das Leben so gesund und stark gestrahlt hatte. Das Gesicht sagte ihm nichts. Wenn er den Mann überhaupt je gesehen hatte, dann nur flüchtig im Vorbeigehen. Die Häuser in der Straße Maerdol gehörten zur Gemeinde von St. Chad, und weder als Kirchgänger noch beruflich hatte Bertred häufig die Vorstadt aufgesucht. »Kennt Ihr diesen Mann?«

»Vom Sehen, ja, aber viel mehr weiß ich nicht. Er ist einer von Frau Perles Webern und wohnt in ihrem Haus.«

Prior Robert, der sich gewöhnlich aus den unschönen weltlichen Dingen heraushielt, die manchmal das wohlgeordnete Leben in der Enklave störten und für Unruhe sorgten, riß nun doch die Augen auf. Natürlich wußte er, welch garstige Ereignisse mit jenem Haus verbunden waren, und er konnte sich nicht der Schlußfolgerung entziehen, daß jede neue Katastrophe nur ein neues Mosaikstück in einem schrecklichen Muster war. Natürlich gab es Zufälle, aber sie geschahen nicht dutzendweise im Zusammenhang mit dem gleichen Haus und dem gleichen Namen.

»Nun denn!« Er holte tief Luft und war anscheinend froh, sich heraushalten zu können. »Dann war es richtig, den Abt zu unterrichten.« Und mit einiger Erleichterung fügte er hinzu: »Da kommt er schon.«

Abt Radulfus trat aus seinem Garten und kam, Rhun an seiner Seite, mit raschen Schritten näher. Wortlos legte er Bertreds Kopf und Schultern frei und betrachtete ihn lange und nachdenklich. Dann bedeckte er das Gesicht des Toten wieder und wandte sich an Cadfael.

»Bruder Rhun berichtete mir, wo und unter welchen Umständen er gefunden wurde, aber er wußte nicht, wer der Tote war. Wißt Ihr es?«

»Ja, Ehrwürdiger Vater. Sein Name ist Bertred, er war in Judith Perles Laden der Vorarbeiter der Weber. Ich habe ihn gestern gesehen, als er den Männern des Sheriffs bei der Suche nach der vermißten Frau half.«

»Die noch nicht gefunden wurde?« fragte Radulfus zurück.

»Nein. Die Suche dauert jetzt drei Tage an, aber Judith wurde noch nicht gefunden.«

»Statt dessen wird einer ihrer Männer tot aufgefunden.« Es war unnötig, eigens auf die ohnehin offensichtlichen Zusammenhänge hinzuweisen. »Seid Ihr sicher, daß er ertrunken ist?«

»Ehrwürdiger Vater, das erfordert einiges Nachdenken. Ich glaube schon, aber er bekam auch einen Schlag an den Kopf. Ich würde seine Leiche gern näher untersuchen.«

»Das würde der Sheriff sicher auch gern tun«, erwiderte der Abt knapp. »Ich lasse sofort nach ihm schicken, und einstweilen werden wir den Toten hier aufbahren. Wißt Ihr, ob er schwimmen konnte?«

»Nein, Ehrwürdiger Vater, aber hier gibt es nur wenige Jungen, die nicht schwimmen können. Das können uns aber gewiß seine Verwandten sagen.«

»Richtig. Auch nach ihnen müssen wir schicken. Aber vielleicht erst später, nachdem Hugh ihn gesehen und mit Euch zusammen alles herausgefunden hat, was es herauszufinden gibt.« Zu den Trägern, die ihre Last inzwischen abgesetzt hatten und ein wenig abseits schweigend warteten, sagte er: »Bringt ihn in die Friedhofskapelle. Entkleidet ihn und bahrt ihn anständig auf. Zündet Kerzen für ihn an. Wie und aus welchem Grund auch immer er starb, er ist unser sterblicher Bruder. Ich schicke einen

Burschen nach Hugh Beringar. Wartet bei mir, Cadfael, bis er eintrifft. Ich will alles wissen, was mit der armen vermißten Frau zusammenhängt.«

Sie hatten Bertred in der Friedhofskapelle nackt aufgebahrt und mit einem Leichentuch zugedeckt. Seine nassen Kleider lagen zusammengefaltet daneben, auch die Stiefel hatten sie ihm von den Füßen gezogen. Da es in der Kapelle düster war, hatte man auf hohen Ständern, die bewegt werden und jede Stelle ausleuchten konnten, Kerzen entzündet.

Abt Radulfus, Bruder Cadfael und Hugh Beringar versammelten sich vor dem Toten. Der Abt schlug das Leichentuch zurück und entblößte den Mann, der mit ordentlich auf der Brust gefalteten Händen ausgestreckt und würdevoll auf dem kalten Stein lag. Jemand hatte ihm die Augen zugedrückt, die Cadfael offen gefunden hatte, als wäre der Mann gerade aufgewacht, aber viel zu spät, um sich zu erheben.

Der jugendliche Körper eines hübschen, vielleicht etwas zu muskulösen Mannes, der kaum älter als zwanzig geworden war. Mit regelmäßigen, schönen Gesichtszügen war er gesegnet gewesen, aber im Gesicht gab es entweder zuviel Fleisch oder zuwenig Knochen. Waliser erwarten gewöhnlich starke, kräftige Knochen in den Gesichtern ihrer Mitmenschen und sehen etwas verächtlich auf allzu dicke Polster hinab. Dennoch war er ein gutaussehender junger Mann. Gesicht, Hals, Schultern und die Arme von den Ellbogen bis zu den Fingerspitzen waren sonnengebräunt, wenn auch seine Haut jetzt blaß und stumpf wirkte.

»Keine Verletzung«, erklärte Hugh, indem er ihn vom Kopf bis zu den Füßen betrachtete, »abgesehen von dem Schlag auf die Stirn. Und daraus dürfte nicht mehr entstanden sein als ein Kopfschmerz.«

Die Haut war unter dem Haaransatz aufgerissen, aber es war im Grunde nicht mehr als ein schmerzhafter Kratzer. Cadfael nahm den Kopf mit dem dichten braunen Haar, das auf der breiten Stirn klebte, in die Hände und tastete den Schädel ab. »Hier auf der linken Seite unter dem Haar, dicht über dem Ohr, ist eine zweite Delle. Etwas mit einer langen, scharfen Kante hat trotz des dichten Haars die Kopfhaut verletzt. Durch diese Verletzung hat er wohl eine Weile das Bewußtsein verloren, aber sie konnte ihn nicht umbringen. Nein, er ist sicher ertrunken.«

»Was mag der Mann getan haben?« grübelte der Abt. »An dieser Stelle und zu dieser Nachtzeit? Da unten ist doch nichts, kein Weg, der irgendwohin führt, kein Haus, das man besuchen könnte. Schwer einzusehen, was ein Mann dort im Dunkeln zu suchen hat.«

»Was er dort zu suchen hatte«, erwiderte Hugh, »und was er gestern den ganzen Tag gesucht hat, ist seine Herrin. Er stand in Frau Perles Diensten, er wohnte bei ihr und bot seine Hilfe an, und wie ich sah, schonte er sich dabei nicht und meinte es ernst. Wenn er nun auf eigene Faust weitergesucht hat?«

»Des Nachts? Und dort draußen? Da gibt es nichts als ein paar offene Wiesen und ein paar Haine«, widersprach Radulfus. »Jenseits unserer Gärten steht weit und breit keine Hütte, in der man eine entführte Frau verstecken könnte. Wäre er am anderen Ufer gefunden worden, dann wäre es einleuchtender, denn von dort aus kann man wenigstens die Stadt und die Häuser der Vorstadt der Burg erreichen. Aber trotzdem – in der Nacht, und noch dazu in einer dunklen Nacht . . .«

»Wie hat er zwei Schläge auf den Kopf bekommen und ist im Fluß gelandet? Im Dunkeln mag man auf eine überhängende Böschung treten und ausgleiten«, sagte Hugh kopfschüttelnd, »aber bei einem Jungen aus Shrewsbury wage ich das zu bezweifeln. Diese Jungen kennen den Fluß. Wir müssen herausfinden, ob er wie die meisten Jungen schon früh schwimmen lernte. Cadfael, wir wissen, wo er angeschwemmt wurde. Ist es möglich, daß er auf der anderen Seite ins Wasser ging? Könnte er, wenn er nach den Verletzungen halb betäubt den Fluß überqueren wollte, an dieser Stelle angetrieben worden sein?«

»Das müssen wir Madog fragen«, erklärte Cadfael. »Er wird es wissen. An vielen Stellen gibt es Strömungen und Gegenströmungen. Es ist durchaus möglich.« Er strich beinahe abwesend das nasse Haar des Mannes auf dem Kopf glatt und zog das Leinen wieder über das Gesicht. »Weiter kann er uns nichts verraten. Nun müssen wir seine Verwandten unterrichten. Vielleicht könnten die uns sagen, wann sie ihn das letzte Mal gesehen haben und ob er sich für die Nacht etwas vorgenommen hatte.«

»Ich habe nach Miles Coliar geschickt, habe ihm aber den Grund noch nicht sagen lassen. Besser, er teilt es der Mutter nach seiner Rückkehr mit. Es wird für sie leichter sein, wenn sie es daheim erzählt bekommt – wie ich weiß, arbeitet sie dort in der Küche. Und Coliar muß dafür sorgen, daß die Leiche überführt und für die Beerdigung vorbereitet wird, wenn ihr sie hier nicht mehr braucht.«

»Wir brauchen sie nicht mehr«, entgegnete Cadfael, indem er sich seufzend von dem Toten abwandte. »Ich bin fertig.« Er verließ die Kapelle als letzter. An der Tür hielt er noch einmal inne und warf einen letzten langen Blick auf die reglose Gestalt unter dem weißen Tuch auf dem kalten Stein. Ein junger Mann, vor seiner Zeit gestorben. Eine traurige Verschwendung des Lebens. »Armer Kerl«, sagte Cadfael und schloß sachte die Tür.

Miles Coliar kam hastig und allein aus der Stadt. Warum man ihn gerufen hatte, wußte er nicht, aber gewiß mußte es ernste Gründe geben, und nach seinem Gesicht zu urteilen, spekulierte er bereits ängstlich und besorgt über diese Gründe. Sie erwarteten ihn im Vorraum des Torhauses. Miles grüßte höflich Abt und Sheriff und blickte besorgt von einem Gesicht zum anderen, während er sich fragte, was der Ernst der Männer zu bedeuten habe.

»Mylord, gibt es Neuigkeiten? Meine Cousine? Habt Ihr etwas über sie erfahren, daß Ihr nach mir geschickt habt?« Er wurde mit jedem Wort bleicher, und sein Gesicht verzerrte sich zu einer Maske der Angst, denn anscheinend mißverstand er ihr Schweigen und ihre düsteren Blicke. »Mein Gott, nein! Nein ... sie kann doch nicht ... sie ist doch nicht ...« Seine Stimme weigerte sich, das Wort ›tot‹ auszusprechen, aber seine Lippen bewegten sich stumm.

»Nein, nein!« beeilte Hugh sich, ihn zu beruhigen. »Nein, so ist es nicht! Nein, über sie wissen wir nichts Neues. Es gibt keinen Grund, das Schlimmste zu befürchten. Es geht um etwas anderes, doch auch diese andere Sache ist schlimm genug. Die Suche nach Eurer Cousine geht weiter und wird weitergehen, bis wir sie gefunden haben.«

»Gott sei Dank!« Miles holte tief Luft, und die scharfen Falten in seinem Gesicht entspannten sich. »Verzeiht mir, wenn ich nur langsam denke, rede und verstehe und allzu eilig darin bin, das Schlimmste zu befürchten. Ich habe in den letzten Tagen kaum Ruhe gefunden oder geschlafen.«

»Es tut mir leid, Eure Sorgen noch vergrößern zu müssen«, erklärte Hugh, »aber was sein muß, muß sein. Es geht aber nicht um Frau Perle. Habt Ihr heute einen Eurer Männer an den Webstühlen vermißt?«

Miles starrte ins Leere, kratzte sich den braunen Wuschelkopf zugleich erleichtert und verwirrt. »Die Weber arbeiten heute nicht, die Webstühle sind seit gestern morgen verlassen. Die meisten Männer helfen bei der Suche. Die Frauen arbeiten im Spinnraum, denn es wäre sinnlos, wenn sie mit den Soldaten und den Männern von der Garnison auf die Suche gingen. Warum fragt Ihr, Mylord?«

»Wann habt Ihr Bertred zum letztenmal gesehen? Wie ich weiß, arbeitet und lebt er bei Euch.«

»Das stimmt«, erklärte Miles stirnrunzelnd. »Heute habe ich ihn noch nicht gesehen, und das ist auch kein Wunder, da an den Webstühlen nicht gearbeitet wird. Er ißt immer in der Küche. Wahrscheinlich hilft er bei der Suche, aber weiß Gott, wir haben ja schon an jede Tür geklopft, jeden Hof und Garten in der Stadt durchstöbert, und alle Frauen und Männer sind gehalten, auf jedes Zeichen und jedes Wort zu achten, das uns zu ihr führen könnte. Aber was können wir tun, außer weiterzusuchen und immer wieder zu fragen? Inzwischen sind die Männer wahrscheinlich draußen in den Weilern und dehnen die Suche auf die ganze Umgebung aus, wie Ihr selbst ja am besten wißt, Mylord. Bertred ist sicher draußen mit ihnen unterwegs. Er hat unermüdlich an der Suche teilgenommen, das muß ich ihm lassen.«

»Und seine Mutter – macht sie sich keine Sorgen um ihn? Hat sie ein Wort darüber verloren, was er beabsichtigte? Hat sie nicht mit Euch über ihn gesprochen?«

»Nein!« Wieder starrte Miles verwirrt von einem Gesicht zum anderen. »Ihr werdet in unserem Haus kaum jemand finden, der nicht besorgt ist, aber an seiner Mutter fiel mir nichts auf, was nicht auch für alle anderen gilt. Warum? Was hat das zu bedeuten, Mylord? Wißt Ihr etwas über Bertred, das ich nicht weiß? Er ist doch nicht der Schuldige! Das ist unmöglich! Er hat sich auf der Suche nach meiner Cousine die Füße wundgelaufen ... ein anständiger Mann ... Ihr könnt doch nicht *ihn* für den Schuldigen halten ...«

Eine verständliche Annahme, nachdem der Sheriff so peinliche Fragen über den Mann gestellt hatte. Hugh nahm ihm die Aufregung.

»Ich weiß nichts Nachteiliges über Euren Mann, nein. Er ist das Opfer eines Übels, nicht der Täter. Wir haben schlechte Neuigkeiten für Euch, Herr Coliar.« Sein Tonfall hatte bereits genug verraten, aber er sprach es dennoch aus. »Vor einer Stunde zogen die Brüder, die in der Gaye arbeiteten, Bertred aus dem Fluß und brachten ihn her. Er ist tot. Ertrunken.«

Miles stand wie vor den Kopf geschlagen. Nach einer Weile regte er sich wieder und leckte seine Lippen.

»Wo ist er?«

»Er ist in allen Ehren in der Friedhofskapelle aufgebahrt«, erklärte der Abt. »Der Sheriff kann Euch zu ihm führen.«

In der düsteren Kapelle starrte Miles das bekannte Gesicht an, das jetzt so seltsam unvertraut war, und schüttelte mehrmals heftig den Kopf, als könnte er, wenn schon nicht den Tod, dann wenigstens den Schreck über seine Plötzlichkeit abschütteln. Allmählich kehrten seine Ruhe und seine Gelassenheit zurück. Einer seiner Weber war tot, und Miles als sein Dienstherr mußte sich darum kümmern, ihn fortzuschaffen und mit aller gebotenen Achtung zu beerdigen. Was von ihm verlangt wurde, das würde er tun.

»Wie konnte das nur geschehen?« sagte er. »Gestern kam er spät zum Essen, aber es war weiter nichts dabei, denn er war den ganzen Tag mit Euren Männern unterwegs gewesen, Mylord. Bald darauf ging er zu Bett. Er wünschte mir noch eine gute Nacht; es muß etwa die Stunde der Komplet gewesen sein. Das Haus war still, nur wenige waren noch auf. Seitdem habe ich ihn nicht mehr gesehen.«

»Dann wißt Ihr also nicht, ob er in der Nacht noch einmal hinausging?«

Miles hob erschrocken den Kopf und riß die blauen

Augen weit auf. »Das muß er wohl getan haben. Aber warum, in Gottes Namen? Er muß doch nach dem langen Tag müde gewesen sein. Ich wüßte keinen Grund, warum er sich vor dem Morgen noch einmal hätte rühren sollen. Ihr sagtet, Ihr hättet ihn vor einer Stunde aus dem Severn gezogen ...«

»Ich habe ihn herausgezogen«, erklärte Cadfael, der unauffällig in einer dunklen Ecke der Kapelle gestanden hatte. »Aber er muß schon einige Stunden dort gelegen haben. Meiner Meinung nach seit dem frühen Morgen. Man kann nicht genau sagen, wie lange.«

»Seht nur, er ist am Kopf verletzt!« Die breite, niedrige Stirn war jetzt trocken, nur die Haare waren noch etwas feucht. Die Haut hatte sich zusammengezogen, und die Wunde war entblößt. »Bruder, seid Ihr sicher, daß er ertrunken ist?«

»Ich bin ziemlich sicher. Wir wissen nicht, wer ihm diesen Schlag versetzte, aber er bekam ihn mit Sicherheit, bevor er ins Wasser fiel. Wißt Ihr etwas, das uns helfen könnte?«

»Ich wünschte, ich könnte es«, erklärte Miles aufrichtig. »Mir kam er unverändert vor, er ließ kein Wort verlauten, das Eure Fragen beantworten könnte. Ich verstehe es nicht. Ich kann es nicht erklären.« Über die Leiche hinweg blickte er zweifelnd zu Hugh. »Darf ich ihn heimbringen? Ich muß zuerst mit seiner Mutter sprechen, aber sie wird ihn daheim haben wollen.«

»Natürlich«, stimmte Hugh resigniert zu. »Natürlich, Ihr könnt ihn jederzeit holen. Braucht Ihr Hilfe dabei?«

»Nein, Mylord, das können wir selbst tun. Ich bringe einen Karren und eine Plane mit. Und ich danke Euch und diesem Haus für die Sorge, die Ihr ihm habt angedeihen lassen.«

Etwa eine Stunde später kam er zurück. Nachdem er der

Witwe berichtet hatte, daß sie nun auch noch ihren Sohn verloren hatte, wirkte er erschöpft. Zwei seiner Weber folgten ihm mit einem einfachen Handkarren mit hohen Seitenwänden. Sie warteten stumm und bedrückt im großen Hof, bis Bruder Cadfael kam, um sie zur Friedhofskapelle zu führen. Zu viert trugen sie Bertreds Leiche im frühen Abendlicht hinaus, legten sie auf einer ausgebreiteten Decke in den Wagen und bedeckten sie vor den Blicken Neugieriger. Plötzlich wandte Miles sich an Cadfael und fragte: »Was ist mit seiner Kleidung? Sie wird auch die Kleidung haben wollen, die ihm gehörte. Ein schwacher Trost, aber sie wird sie haben wollen. Vielleicht verkauft sie sie, denn womöglich wird die arme Seele das Geld brauchen. Allerdings ist sie im Augenblick noch versorgt, dafür wird Judith sorgen . . . wenn sie gefunden wird. Wenn . . .« Abermals brach er ab, schien sich das Schlimmste auszumalen und hatte sichtlich Mühe, die Gedanken zurückzuweisen.

»Ich habe sie vergessen«, gab Cadfael zu. Die Kleider, die man Bertred ausgezogen hatte, hatte er noch nicht untersucht. »Wartet, ich bringe sie.«

Seine Sachen lagen so ordentlich zusammengefaltet, wie es die Eile und die Nässe erlaubt hatten, in einer Ecke. Inzwischen waren sie fast trocken. Cadfael nahm das Bündel auf den Arm und ergriff mit der anderen Hand die Stiefel, die daneben standen. Er trug die Sachen in den Hof zu Miles, der gerade die Decke über Bertreds Füße zog. Der junge Mann wandte sich um und nahm Cadfael das Bündel ab. Als er sich vorbeugte, um die Kleidung unter der Decke zu verstauen, kippte der Wagen etwas, und die Stiefel, die aufrecht gestanden hatten, fielen auf das Pflaster.

Cadfael bückte sich, um sie aufzuheben und zurückzustellen. Erst jetzt betrachtete er sie im hellen, klaren Tageslicht von nahem. Er hielt mitten in der Bewegung inne, in jeder Hand einen Stiefel, und drehte langsam den linken herum, um die Sohle zu betrachten. So lange starrte er ihn an, daß Miles ihn offenen Mundes verwundert beobachtete, den Kopf auf die Seite gelegt wie ein verwirrter Hund, der die Fährte verloren hat.

»Ich glaube«, sagte Cadfael langsam, »ich muß den Abt um Erlaubnis bitten, Euch in die Stadt zu begleiten. Ich muß noch einmal mit dem Sheriff sprechen.«

Es war nur ein kurzer Gang von der Burg zum Haus in der Maerdol-Straße. Der Junge, der eilig ausgeschickt worden war, um Hugh zu suchen, kehrte nach einer Viertelstunde mit ihm zurück. Bei anderen wichtigen Dingen gestört, fluchte Hugh verhalten, doch seine Neugierde war erwacht, denn für nichts und wieder nichts hätte Cadfael nicht so bald schon wieder nach ihm geschickt.

In der Halle lamentierte Frau Agatha mit der in Tränen aufgelösten Branwen wortreich über die Serie von Katastrophen, die das Haus der Vestiers heimgesucht hatte. Die beraubte Alison weinte in der Küche bitterlich über den Verlust ihres Sohnes, und die Spinnerinnen begleiteten im Chor ihren Klagegesang. Im Webschuppen aber, wo Bertreds Leiche aufgebahrt auf Martin Bellecote, den Meistertischler aus der Wyle, wartete, herrschte eine bedrückende Stille, obwohl sich dort drei Männer mit sparsamen, leisen Worten unterhielten.

»Es gibt keinen Zweifel«, erklärte Cadfael, indem er die Stiefelsohle ins Licht einer kleinen Lampe hielt, die ein Mädchen ans Kopfende des Tisches gestellt hatte. Draußen war das Licht fast noch so hell wie am Nachmittag, aber da an den Webstühlen nicht gearbeitet wurde, waren die Läden des Schuppens halb geschlossen. »Dies ist der Stiefel, dessen Abdruck ich unter Nialls Weinstock vom Boden nahm. Der Mann, der ihn trug, ist auch der Mann, der versuchte, den Rosenstrauch umzuhacken. Und es ist der Mann, der Bruder Eluric tötete. Ich nahm den Abdruck selbst, und ich weiß, daß ich mich nicht irre. Hier ist er, ich habe ihn mitgebracht. Wie Ihr seht, stimmt er mit dem Stiefel überein.«

»Wenn Ihr es sagt, wird es stimmen«, erklärte Hugh. Aber als Mann, der jedes Beweisstück selbst überprüfen mußte, nahm er Stiefel und Wachsabdruck, ging zur Tür und hielt die beiden nebeneinander.

»Kein Zweifel.« Sie stimmten überein wie Siegel und Prägestempel. Am Außenrand und am großen Zeh war die Sohle abgetreten, und auch der Riß, der sich quer über die Sohle zog, war da. »Anscheinend«, sagte Hugh schließlich, »hat uns der Severn die Kosten für ein Gerichtsverfahren erspart und ihm ein schlimmeres Schicksal als das Ertrinken.«

Miles hatte sich etwas abseits gehalten und sah mit dem gleichen verwunderten Gesicht, mit dem er schon Bertreds Leiche in der Friedhofskapelle betrachtet hatte, von einem zum andern. »Ich verstehe es nicht«, sagte er schließlich zweifelnd. »Wollt Ihr damit sagen, daß Bertred in den Garten des Schmieds eingedrungen sei, um Judiths Rosenstrauch zu zerstören? Und daß er dabei einen Mord . . .« Wieder ein heftiges Kopfschütteln, als versuchte er, die unwillkommene Wahrheit abzustreifen, gleich einem Bullen, der einen Hund loszuwerden sucht, der ihn an der weichen Nase gepackt hat. Es gelang ihm nicht. Allmählich machte sich die Gewißheit breit, er ergab sich resigniert und zeigte sogar einen Funken Interesse. Miles hatte ein sehr beredtes Gesicht; Cadfael konnte jede Veränderung seiner Stimmung ablesen.

»Warum hat er das nur getan?« sagte er schließlich langsam. Aber es klang fast so, als wüßte er die Antwort bereits.

»Den Mord hatte er sicher nicht geplant«, erklärte Hugh sachlich. »Aber was die Zerstörung des Strauchs angeht – Ihr selbst habt uns einen guten Grund dafür genannt, daß ein Mann es tun könnte.«

»Aber was hätte es Bertred genützt? Er hätte doch damit nur verhindert, daß meine Cousine die Rose erhält. Was hatte das mit ihm zu tun? Er hatte doch kein Recht auf das Haus.« Miles hielt inne und dachte abermals nach. »Ich weiß nicht – es scheint mir sehr weit hergeholt. Er hat sich eine kleine Chance bei ihr ausgerechnet. Manchmal war er ziemlich von sich selbst eingenommen. Vielleicht glaubte er sogar, ihre Gunst gewinnen zu können, solche Dinge geschehen manchmal. Wenn er so hochfliegende Pläne hatte, dann wird es verständlich . . . das Haus in der Vorstadt machte gut die Hälfte ihres Vermögens aus, und es war den Versuch wert, es zurückzubekommen.«

»Das mögen alle ihre Freier gedacht haben«, ergänzte Hugh, »nicht nur Bertred. Hat er hier geschlafen?«

»Ja.«

»Dann konnte er Tag und Nacht jederzeit ein und aus gehen, ohne einen anderen Menschen zu stören?«

»Das konnte er. Und letzte Nacht hat er es anscheinend getan, denn niemand im Haus hörte ein Geräusch.«

»Aber angenommen, wir haben nun den Beweis, der ihn mit dem Mord an Bruder Eluric in Verbindung bringt«, sagte Hugh stirnrunzelnd, »dann wissen wir immer noch nicht, was er mit Judith Perles Verschwinden zu tun hat. Nichts verbindet ihn damit, und wir müssen immer noch einen zweiten Missetäter finden. Bertred war einer der eifrigsten Helfer bei der Suche nach ihr. Er hätte kaum soviel Energie auf die Suche verwendet, wenn er gewußt hätte, wo sie zu finden war, so angebracht es auch scheinen mochte, großen Eifer an den Tag zu legen.«

»Mylord«, sagte Miles langsam, »ich hätte Bertred niemals eine solche Schandtat zugetraut, aber nun habt Ihr mir seine Schuld bewiesen, und ich muß den nächsten Schritt tun. Eigenartig ist es schon. Als wir ihn heimbrachten, hat seine Mutter uns erzählt, was er gestern abend zu ihr sagte. Fragt sie selbst, Mylord, sie wird es für Euch gewiß wiederholen. Um keine Verwirrung zu stiften, will ich lieber schweigen. Wenn es etwas zu bedeuten hat, soll sie es Euch selbst sagen.«

Die tränenüberströmte Witwe, umgeben von ihren Trösterinnen, hatte trotz ihres Schluchzens immer noch genug Luft, um viele Worte zu machen und auch vor dem Sheriff ihren Klagegesang fortzusetzen. Hugh trieb ihre Gefährtinnen eine Weile hinaus, um sich die beraubte Frau allein vorzunehmen.

»So ein guter Sohn war er mir immer, ein guter Arbeiter für seine Herrin, er war gut zu ihr, und sie hat es ihm gut vergolten. Aber große Pläne hatte er, genau wie sein Vater früher, und was hat ihm das eingebracht? Wie es mir gefallen würde, hat er mich gestern abend gefragt, wie es mir gefallen würde, in diesem Haus etwas Besseres als eine Dienerin zu sein – eine feine Dame, die in der Halle lebt und nicht in der Küche. Warte nur einen Tag oder so, hat er gesagt, dann wirst du sehen. Ich werde schon für unser Glück sorgen, hat er gesagt. Niemand weiß, hat er gesagt, was ich weiß. Warum sagst du nichts, wenn du etwas weißt, habe ich ihn gefragt. Aber das wollte er nicht. Damit andere davon profitieren? meinte er. Nein, überlaß nur alles mir.«

»Und hat er etwas darüber gesagt, was er in dieser Nacht vorhatte?« fragte Hugh.

»Er sagte, er müßte im Dunkeln noch einmal hinaus, aber er wollte nicht sagen wohin oder warum und was er wollte. Warte nur bis morgen, sagte er, und sage niemand ein Wort. Aber was spielt das jetzt noch für eine Rolle? Ob ich spreche oder schweige, es nützt ihm nichts. Paß nur auf, daß du dich nicht in Schwierigkeiten bringst, habe ich ihm gesagt. Heute nacht könnten noch mehr

Leute mit gefährlichen Unternehmungen beschäftigt sein.«

Der Strom ihrer Worte war keineswegs versiegt, doch sie begann sich zu wiederholen, denn sie hatte alles erzählt, was sie wußte. Sie überließen sie den Frauen und ihrem Kummer, der sich allmählich in Erschöpfung auflöste. Das Haus der Vestiers, versicherte Miles ihnen, als sie sich verabschiedeten, würde nicht zulassen, daß es einer alten Dienerin an etwas mangelte. Alisons Zukunft sei gesichert.

10

»Kommt mit mir«, sagte Hugh, indem er sich abrupt umwandte und den Hügel zum High Cross hinaufging. Mit einiger Erleichterung verließ er das aufgeregte Haus und den Tuchmacherladen. »Da Ihr mit Erlaubnis des Abtes unterwegs seid, könnt Ihr mich auch auf dem Gang begleiten, von dem Ihr mich vorhin abgehalten habt. Ich war schon fast aus dem Stadttor hinaus, als Euer Bote auf der Burg eintraf und Will Warden mir hinterherrannte, um mir zu sagen, daß ich zu den Vestiers kommen solle. Ich habe ihn mit ein paar Männern vorausgeschickt, er müßte inzwischen schon dort sein. Aber natürlich will ich es am liebsten selbst sehen.«

»Wohin gehen wir denn?« erkundigte sich Cadfael, der sich nicht lange überreden ließ und neben seinem Freund die steile Straße hinaufging.

»Ich will mit Fullers Wächter reden. Die Walkmühle ist der einzige Ort außerhalb der Stadtmauern, wo auch nachts ständig jemand Wache hält. Obwohl der Junge auf Eurer Seite angetrieben wurde, kann er durchaus auf dieser Seite des Flusses ins Wasser gelangt sein, denn Walkmühle und Lager liegen ein Stück stromauf von der Stelle, an der Ihr ihn gefunden habt. Fullers Wächter ist für das Gelände verantwortlich. Vielleicht hat er etwas gehört. Und unterwegs könnt Ihr mir erzählen, was Euch zu Bertreds nächtlichem Ausflug und dem Vermögen, das er machen wollte, einfällt.«

»Er hat etwas gewußt, das niemand sonst wußte – hm! Übrigens bemerkte ich, daß er zurückblieb, als Eure Männer gestern abend nach Hause gingen. Er wartete, bis Ihr Euch entfernt hattet, dann schlich er allein in die Bäume.

Er kam zu spät zum Abendessen und sagte seiner Mutter, daß sie eine angesehene Frau und keine Köchin mehr sein würde. In der Nacht machte er sich auf, sein Wort einzulösen. Miles behauptet, Bertred habe seine Herrin nicht nur gemocht, sondern sei auch sicher gewesen, daß sie seine Zuneigung erwiderte.«

»Aber wie wollte er sie gewinnen?« fragte Hugh mit einem spröden Lächeln. »Durch Entführung und Gewalt oder durch eine edelmütige Rettung?«

»Oder durch beides«, erwiderte Cadfael.

»Jetzt habt Ihr meine Neugierde geweckt! Wer versteckt hat, kann leicht wiederfinden! Wenn er die Frau entführt hat und sie nicht merken ließ, wer dafür verantwortlich war – es dürfte Bertred nicht schwergefallen sein, Schurken zu finden, die so etwas für ihn taten, das ist nur eine Frage der Gier und des Geldes –, wer wäre dann wohl gekommen, um sie zu retten? Selbst wenn ihre Dankbarkeit nicht so weit ginge, ihn zu heiraten, so konnte es doch sein Schaden nicht sein.«

»Das würde einiges erklären«, räumte Cadfael ein. »Wir wissen, daß Branwen in der Küche herausplapperte, was ihre Herrin vorhatte. Bertred aß in der Küche und hat es wahrscheinlich gehört. Es wurde in der Küche bekannt, und am nächsten Tag, als Judith vermißt wurde, wußten es alle. Aber es gibt noch andere Möglichkeiten. Jemand anders kann sie entführt haben, und Bertred fand heraus, wo sie festgehalten wurde. Er hat kein Wort zu Euch oder Euren Männern gesagt, weil er sie selbst retten wollte. Das scheint mir eine einfachere und kleinere Schandtat für einen zu sein, der wahrscheinlich nicht in der Lage war, einen schrecklichen Plan zu entwerfen.«

»Ihr vergeßt«, widersprach Hugh grimmig, »daß er allem Anschein nach wahrscheinlich schon einen Mord begangen hatte, und ob von Anfang an geplant oder nicht, es bleibt ein Mord. Danach mag er gezwungen gewesen sein, Dinge zu tun, die er sonst nie getan hätte, um seine Spur zu verwischen und seine Ziele wenigstens teilweise zu erreichen.«

»Ich habe es nicht vergessen«, wandte Cadfael störrisch ein. »Ich sagte Euch, was für Eure Geschichte spricht. Hier etwas, das dagegen spricht: Wenn er sie so gut versteckt hatte, daß Ihr und Eure Männer sie nicht finden konntet, dann hätte er die Rettung doch mühelos bewerkstelligen können. Aber der Mann ist tot! Und die Tatsache, daß ihm selbst etwas zugestoßen ist, spricht eher dafür, daß er die Pläne eines anderen durchkreuzt hat.«

»Auch das ist wahr! Aber sicher sind wir nicht, denn sein Tod könnte auch ein Unfall gewesen sein. Beides ist möglich. Wenn er der Entführer und der Mörder Elurics war, dann brauchen wir keinen zweiten Übeltäter zu suchen, aber leider wird die Frau immer noch vermißt, und der einzige Mann, der uns zu ihr führen könnte, ist tot. Wenn Mörder und Entführer zwei verschiedene Männer sind, dann müssen wir Entführer und Gefangene noch finden. Und da sie wahrscheinlich durch die Entführung zu einer Heirat bewegt werden sollte, müssen wir hoffen und glauben, daß sie noch lebt und daß der Entführer sie letzten Endes freilassen muß. Ich gebe allerdings zu, daß ich dem gern zuvorkommen und sie selbst aus der Gefangenschaft befreien würde.«

Sie hatten das High Cross erreicht und wandten sich jetzt wieder bergab, vorbei an der Zufahrt, die zum Torhaus der Burg führte. Weiter ging es an hohen Mauern entlang, bis die Stadtmauer zu ihrer Linken und die Burgmauer zu ihrer Rechten in einem niedrigen Turm zusammenliefen, unter dem die Hauptstraße vorbeiführte. Jenseits des Tores war die Straße ein kurzes Stück weit von kleinen Häusern und Gärten gesäumt. Hinter dem tiefen, trockenen Burggraben wandte Hugh sich noch vor den Häusern nach rechts und schlug die Richtung zum Flußufer ein. Cadfael folgte ihm gedankenverloren.

Godfrey Fullers Walkmühle lag verlassen, das trocknende Tuch war aus den Rahmen genommen worden und zusammengerollt. Die meisten Männer hatten ihr Tagewerk bereits beendet, nur einige wenige waren geblieben, um die Ankunft des Sheriffs und seiner Männer zu beobachten, bevor sie zu ihren Häusern in der Stadt heimkehrten.

An der Walkmühle zwischen der Färberei und dem Lagerhaus hatte sich eine kleine Gruppe gesammelt. Godfrey Fuller war da, der seine sonst so gute Kleidung gegen derbe Arbeitskleidung vertauscht hatte, denn er war sich keineswegs zu schade, sich zusammen mit seinen Arbeitern die Hände schmutzig zu machen. Er war stolz darauf, alles selbst und wahrscheinlich sogar besser zu können, was er von seinen Mitarbeitern verlangte. Neben ihm stand der Nachtwächter, ein vierschrötiger, kräftiger Kerl von fünfzig Jahren, der seine Bulldogge an der Leine hatte. Hughs ältester Soldat Will Warden, mit zottigem Bart, groß und kantig, war bei ihnen, und zwei Männer von der Garnison standen ein paar Schritte entfernt und beobachteten aufmerksam die Szene. Als Hugh mit langen Schritten die Wiese herunterkam, verließ Warden die Gruppe und kam ihm entgegen.

»Mylord, der Wächter sagt, daß sich in jener Nacht hier ein Einbrecher herumgetrieben habe. Der Hund habe angeschlagen.«

Im Bewußtsein, seine Pflicht getan zu haben, ergriff der Nachtwächter selbst das Wort. »Mylord, in der Nacht kam ein Dieb geschlichen, es war schon nach Mitternacht. Er ist von hinten zur Luke von Herrn Hyndes Lager hochgeklettert. Da wußte ich aber noch nicht, daß er so weit gekommen war. Der Hund schlug an, wir liefen hinaus und hörten ihn zum Fluß rennen. Ich wollte ihm den Weg abschneiden, aber er war zu schnell an mir vorbei, und ich konnte ihm nur noch einen Schlag versetzen, als er vorbeistürmte. Ich traf ihn, aber ihm geschah weiter nichts, denn er rannte weiter zum Ufer und sprang ins Wasser. Ich hörte das Platschen, als er hineinsprang, und rief den Hund zurück. Ich ging dann nachzusehen, ob er ins Lager eingedrungen wäre. Aber im Dunkeln konnte ich nichts erkennen, und da ich ihn inzwischen schon auf der anderen Seite des Flusses vermutete, hielt ich es für unnötig, seinetwegen noch viel Aufhebens zu machen. Ich habe erst jetzt erfahren, daß am anderen Ufer ein Toter angetrieben wurde. Das wollte ich nicht.«

»Er ist nicht Eure Schuld«, beruhigte Hugh ihn. »Der Schlag, den Ihr ihm versetzt habt, hat keinen großen Schaden angerichtet. Er ist ertrunken, als er hinüberschwimmen wollte.«

»Aber Mylord, das ist noch nicht alles! Als ich mich heute morgen beim Tageslicht am Lagerhaus umsah, fand ich im Gras unter der Luke zwei Werkzeuge. Ich habe sie Eurem Soldaten hier gegeben.« Will Warden hielt eine Zange und einen langen Meißel in den Händen und zeigte beides dem Sheriff. »An einer Seite ist der Balken unter der Luke aus den Nägeln gerissen und hängt herab. Wahrscheinlich hat der Dieb da oben gehockt und versucht, die Klappe aufzubrechen, um an die Vliese zu kommen. Vor ein paar Jahren sind schon einmal Diebe eingedrungen und haben ein paar Ballen gestohlen. Der alte William Hynde war außer sich vor Wut. Kommt und seht es Euch an, Mylord.«

Cadfael folgte den Männern langsam und nachdenklich um das Lagerhaus zur Rückseite, wo die verschlossene Luke unbeschädigt schien, wenn auch der kräftige Balken darunter senkrecht herabhing. Wo sich der Balken aus den Nägeln gelöst hatte, war das zerfetzte Holz faul und weich.

»Der Balken hat unter seinem Gewicht nachgegeben«, erklärte der Wächter, indem er nach oben blickte. »Und der Hund hat den Sturz gehört. Diese Werkzeuge sind auch heruntergefallen, und er hatte keine Zeit mehr, sie wieder aufzuheben, denn hätte er noch einen Augenblick gezögert, dann hätten wir ihn erwischt. Sie beweisen jedenfalls, daß er einbrechen und stehlen wollte. Das Beste ist aber«, erklärte der Wächter, während er über die Dummheit der allzu Klugen den Kopf schüttelte, »daß er gar nicht an die Vliese herangekommen wäre, wenn er durch die Luke eingedrungen wäre.«

»Nein?« fragte Hugh scharf und sah den Mann aufmerksam an. »Warum denn nicht? Was hätte ihn daran hindern sollen?«

»Da drin gibt es noch eine zweite versperrte Tür, die ihn von den Vliesen abgehalten hätte. Das könnt Ihr natürlich nicht wissen. William Hyndes Schreiber hat früher in dem kleinen Raum da oben gearbeitet. Er wurde als Kontor benutzt, bis Diebe auf diesem Wege eindrangen. Inzwischen kauft der Wollhändler hier auch für das Ausland ein, und der alte Hynde hielt es für besser, den Händler im Haupthaus zu empfangen. So wurde das Kontor nicht mehr gebraucht. Er ließ die Tür versperren und verrammeln und eine zusätzliche Barriere wegen der Diebe anbringen. Es hätte diesem Dieb hier nichts genützt, wenn er eingedrungen wäre.«

Hugh sah sich um und dachte nach, nagte zweifelnd an der Unterlippe. »Dieser Dieb, mein Freund, war selbst im Wollgeschäft und kannte den Schuppen sehr genau. Er hat die Vliese für die Vestiers hier abgeholt, er war mehr als einmal im Lager. Natürlich hat er vom Kontor gewußt. Mein Stellvertreter ließ das Lager erst vor zwei Tagen öffnen und sah, daß der obere Boden bis fast zur Leiter mit Vliesen gefüllt war. Wenn es dort eine Tür gibt, dann war sie hinter der Wolle versteckt.«

»So war es, Mylord. Warum auch nicht? Ich glaube, seit die Tür versperrt wurde, war keine Menschenseele mehr dort hinten. Da gibt es nichts Interessantes.«

Nicht mehr, dachte Cadfael. Aber war gestern jemand dort? Bertred hatte es anscheinend vermutet, auch wenn er sich vielleicht geirrt hatte. Er hatte den unbenutzten Raum gekannt, er konnte es für der Mühe wert gehalten haben, auch ohne konkreten Verdacht nachzusehen. Er hatte einen hohen Preis dafür bezahlt. All die Träume, sein Los durch eine galante Rettungstat zu verbessern, die Dankbarkeit einer Frau über die Maßen zu beanspruchen und seine eigene Stellung Schritt um Schritt einschmeichelnd und vorsichtig zu verbessern, alles war dahin, fortgespült von den Wirbeln des Severn. Hatte er wirklich etwas gewußt, das keiner der anderen Sucher wußte, oder hatte er diesen versteckten Raum nur als Möglichkeit betrachtet?

»Will«, sagte Hugh, »schickt einen Mann zu Hyndes Haus und bittet ihn oder seinen Sohn, mit den Schlüsseln herzukommen. Mit allen Schlüsseln. Es ist Zeit, daß ich selbst nachsehe. Das hätte ich schon früher tun sollen.«

Doch es war weder William Hynde noch sein Sohn Vivian, der nach zehn oder fünfzehn Minuten mit den Soldaten die Wiese heruntergelaufen kam. Es war ein Diener in selbstgewebtem Tuch und Leder, ein großer, muskulöser Bursche mit kühnem Gesicht von etwa dreißig Jahren. Er hatte einen kurz geschnittenen Bart, der einen breiten Mund und ein kräftiges Kinn umrahmte und ihm die überhebliche Eleganz eines normannischen Adligen gab, wenn er auch dem Körperbau und seinem rötlichen Haar nach eher ein Angelsachse war. Er grüßte Hugh flüchtig und richtete sich sofort wieder auf, um ihm in die Augen zu sehen wie ein Gleichgestellter. Eisige helle Augen hatte er, in denen nur eine winzige Spur von Blau zu entdecken war.

»Mylord, meine Herrin schickt Euch die Schlüssel. Ich stehe Euch zu Diensten.« Er hatte einen großen Schlüsselbund in der Hand. Seine Stimme klang laut und etwas barsch, doch er war höflich. »Mein Herr ist schon seit gestern draußen bei seinen Schafen in Forton, und der junge Herr ist ihm heute gefolgt, um ihm zu helfen. Wenn Ihr ihn braucht, kann er morgen zurück sein. Einstweilen dürft Ihr nach Belieben über mich verfügen.«

»Ich habe Euch schon in der Stadt gesehen«, erwiderte Hugh, während er ihn mäßig interessiert musterte. »Ihr steht also in Hyndes Diensten? Wie ist Euer Name?«

»Gunnar, Mylord.«

»Und er vertraut Euch die Schlüssel an. Nun, Gunnar, dann öffnet uns die Türen. Ich will sehen, was dort drin ist.« Und als der Mann gehorchte und sich bereitwillig umdrehte, fragte er: »Wann wird denn der Frachtkahn erwartet, wenn Herr Hynde die Zeit hat, persönlich zu seinen Herden zu gehen?«

»Noch vor dem Ende des Monats, Mylord. Der Händler schickt aus Worcester immer einen Boten voraus. Die Vliese werden auf dem Wasserweg nach Bristol befördert, dann über Land bis Southampton, wo sie abermals verschifft werden. Damit wird der Weg verkürzt. Die Schiffsreise um den ganzen Südwesten soll ja sehr ungemütlich sein.« Während er redete, löste er zwei große Vorhängeschlösser vom Balken vor den Türen des Lagerhauses und zog die Türflügel auf, um das Licht auf den saubergefegten, etwas erhöhten Bretterboden fallen zu lassen, auf dem die minderwertigen Vliesen gestapelt wurden. Diese Ebene war jetzt leer. Links hinter der Tür führte eine Holzleiter durch eine breite offene Luke in das Stockwerk darüber.

»Ihr seid über die Geschäfte Eures Herrn gut im Bilde, Gunnar«, bemerkte Hugh freundlich, während er über die Schwelle trat.

»Er vertraut mir. Einmal, als ein Mann verletzt war und ein Helfer gebraucht wurde, begleitete ich den Kahn sogar nach Bristol. Wollen wir hinaufsteigen, Sir? Soll ich Euch führen?«

Ein sehr selbstsicherer und wortgewandter Mann, dieser Gunnar, dachte Cadfael. Der Inbegriff eines klugen, vertrauenswürdigen Dieners in einem Handelshaus, den man auch auf Reisen schicken konnte und der aus jeder Erfahrung lernte. Statur, Betragen und Hautfarbe verrieten seine nördlichen Ahnen. Die Dänen waren in dieser Grafschaft nur bis Brigge gekommen, aber sie hatten einige Sprößlinge zurückgelassen. Cadfael folgte Hugh und Gunnar ohne große Eile die Leiter hinauf und trat in das obere Stockwerk. Hier war es düster, nur ein schwacher Widerschein des Lichtes aus den weiten Türen drang herauf, aber es war hell genug, um die gestapelten Ballen zu erkennen, die den ganzen Lagerraum ausfüllten.

»Wir könnten etwas Licht brauchen«, sagte Hugh.

»Wartet, Mylord, ich öffne die Tür.« Ohne ein weiteres Wort packte Gunnar einen Ballen und zerrte ihn beiseite, und nachdem einige weitere verschoben waren, hatte er die kräftigen Holzplanken einer schmalen Tür freigelegt. Unter leisem Klimpern suchte er am Schlüsselbund den richtigen Schlüssel aus und steckte ihn ins Schloß. Zusätzlich waren zwei Eisenriegel über die Tür gelegt, die rostig knirschten, als er sie aus den Halterungen zog. Der Schlüssel quietschte, als er ihn drehte. »Wir haben die Kammer schon lange nicht mehr benützt«, erklärte Gunnar munter. »Es kann sicher nicht schaden, etwas Luft hereinzulassen.«

Die Tür ging nach innen auf. Er stieß sie weit auf, ging zur verschlossenen Luke hinüber und öffnete sie unter lautem Klappern von Riegeln und Balken. Er schob sie auf, bis das Sonnenlicht schräg hereinfiel. »Es ist staubig hier, Mylord«, warnte er hilfsbereit und trat zurück, damit sie den kleinen Raum untersuchen konnten. Eine Bö wehte herein und ließ die Spinnweben am groben Holz der Luke flattern.

Ein kleiner, öder Raum, eine alte Bank an der Wand, ein Haufen aus weggeworfenen Pergamentfetzen, Tuchstücken, Wollresten, Holz und unkenntlichem Schutt in einer Ecke, ein großer Krug mit abgebrochenem Rand, ein schiefer alter Schreibtisch. Alles von Staub bedeckt, nachdem die Kammer versiegelt, vergessen und seit zwei Jahren nicht mehr benutzt worden war.

»Einmal ist ein Dieb hier hereingekommen«, berichtete Gunnar eifrig. »Das darf kein zweites Mal geschehen. Ich muß alles wieder sichern, bevor wir hinausgehen, denn mein Herr würde mir den Kopf abreißen, wenn ich auch nur vergesse, einen Riegel vorzulegen oder ein Schloß nicht zu verschließen.«

»Erst letzte Nacht wollte ein Dieb auf diesem Weg eindringen«, sagte Hugh beiläufig. »Wißt Ihr das noch nicht?«

Gunnar drehte sich um und starrte ihn erstaunt an. »Ein Dieb? Letzte Nacht? Kein Wort habe ich davon gehört, und auch die Herrin weiß nichts davon. Wer sagt das?«

»Der Wächter unten kann es Euch erzählen. Es war ein gewisser Bertred, ein Weber, der für Frau Perle arbeitete. Betrachtet nur den Balken vor der Luke, Gunnar. Ihr könnt sehen, daß er unter dem Gewicht des Diebes nachgegeben hat. Der Hund jagte ihn in den Fluß«, erklärte Hugh gleichmütig, während er sich nachdenklich im so lange verlassenen Raum umsah. Aus den Augenwinkeln beobachtete er dabei Gunnars Gesicht. »Dabei ist er ertrunken.«

Es folgte ein kurzes, aber tiefes Schweigen. Gunnar stand stocksteif und starrte ins Leere. Seine Leichtigkeit war bleierner Schwere gewichen.

»Habt Ihr denn nichts davon gehört?« fragte Hugh verwundert, den Blick auf den staubigen Boden gerichtet, auf dem Gunnar mit eifrigen Schritten die einzig sichtbaren Fußabdrücke zwischen Tür und Luke hinterlassen hatte.

»Nein, Mylord – nichts.« Die zuvor so laute, selbstsichere Stimme klang jetzt gespannt, wachsam und verhalten. »Ich kenne den Mann. Warum wollte er nur Vliese stehlen? Er ist doch gut versorgt – er war . . . und er ist *tot*?«

»Ertrunken, Gunnar. Ja.«

»Möge Gott seiner Seele gnädig sein!« sagte Gunnar langsam und leise, eher zu sich selbst als zum Sheriff. »Ich kannte ihn. Gott weiß, daß weder ich, noch irgend jemand, den ich kenne, Bertred etwas Böses wollte.«

Wieder gab es ein Schweigen. Es war, als hätte Gunnar den Raum verlassen und sich an einen anderen Ort zurückgezogen. Die eisblauen Augen waren verhangen, als hätte er einen Vorhang davor zugezogen. Kurz darauf riß er sich aus seiner Versunkenheit und fragte gleichmütig: »Seid Ihr hier fertig, Mylord? Darf ich alles wieder verschließen?«

»Das dürft Ihr«, entgegnete Hugh ebenso knapp. »Ich bin hier fertig.«

Auf dem Rückweg zur Stadt waren sie beide schweigsam und nachdenklich. Plötzlich bemerkte Hugh: »Wenn Judith wirklich in diesem staubigen Loch gesteckt hat, dann hat jemand sich große Mühe gegeben, alle Spuren zu verwischen.«

»Bertred hat es geglaubt«, erwiderte Cadfael. »Natürlich kann er sich geirrt haben. Gewiß war er dort, um sie zu befreien, aber er kann sich geirrt haben. Er wußte von dem Raum, er wußte, daß der Raum nicht allgemein bekannt war und deshalb zu einem solchen Zweck benutzt werden konnte. Und er wußte, daß der junge Hynde als Entführer sehr wohl in Frage kam, da er eitel und hartnäkkig ist und dringend Geld braucht, um seinen aufwendigen Lebenswandel zu halten. Aber war es mehr als eine Vermutung? Hat Bertred etwas entdeckt, das die Vermutung für ihn zur Gewißheit machte?«

»So viel Staub!« sagte Hugh. »Keine Fußspuren außer Gunnars, jedenfalls keine, die ich sehen konnte. Und der junge Bursche, dieser Vivian – ich wußte bereits, daß er heute morgen aufgebrochen ist. Will hat es mir berichtet. Also ist niemand mehr da außer der Mutter. Ob sie lügen würde? Er würde es doch seiner Mutter kaum verraten, wenn er eine Frau versteckt hielte. Wenn er nach der nächtlichen Aufregung das Mädchen an einen anderen Ort gebracht hat, dann doch kaum zu seiner Mutter. Ich werde trotzdem das Haus noch einmal aufsuchen. Bertred hat wohl sein Glück auf die Probe gestellt – und dabei hat es ihn im Stich gelassen. Kein Glück bei den Rosen, kein Glück bei der Rettung. Kein Glück bei allen seinen Plänen.«

Wieder ein langes Schweigen, während sie hinter dem Stadttor die Steigung nahmen und sich der Zufahrt zur Burg näherten. »Und er hat es nicht gewußt!« sagte Hugh. »Er hat es wirklich nicht gewußt.«

»Was hat er nicht gewußt? Und wer?«

»Dieser Gunnar. Vorher hatte ich noch meine Zweifel. So selbstbewußt und sicher, so gleichmütig, bis der Todesfall erwähnt wurde. Da war ich sicher, daß es ihm neu war. Er hat sich nicht verstellt. Was meint Ihr, Cadfael?«

»Ich sage, daß Gunnar jederzeit lügen könnte, wenn er es für nötig hält. Aber in diesem Augenblick hat er nicht gelogen. Seine Stimme hat sich ebenso verändert wie sein Gesicht. Nein, er wußte es nicht. Er war zutiefst erschüttert. An welchen Missetaten er auch beteiligt war, mit einem Todesfall hat er nicht gerechnet. Und ganz bestimmt nicht damit, daß Bertred der Tote ist!« Sie hatten die Zufahrt erreicht und blieben stehen. »Ich muß zurück«, erklärte Cadfael, indem er zum Himmel aufblickte, der im beginnenden Zwielicht verschleiert und weich wurde. »Heute können wir nichts mehr tun. Aber was habt Ihr morgen vor?«

»Morgen«, antwortete Hugh nachdenklich, »werde ich Vivian Hynde zu mir rufen, sobald er in die Stadt kommt. Ich will sehen, was ich aus ihm über das alte Kontor seines Vaters herausbekomme. Nach allem, was ich über ihn weiß, dürfte er leichter einzuschüchtern sein als dieser Gunnar. Selbst wenn er völlig unschuldig ist, kann ihm ein kleiner Schreck nicht schaden.«

»Und Ihr werdet bekanntgeben«, fragte Cadfael, »daß zumindest Bruder Elurics Mörder entlarvt und tot ist?«

»Nein, noch nicht. Vielleicht überhaupt nicht. Die arme Frau soll ihren Frieden haben, bis ihr Sohn unter der Erde ist. Welchen Sinn hat es, eine Schuld hinauszuposaunen, wenn es keine Sühne mehr geben kann?« Hugh starrte stirnrunzelnd ins Leere. Er bedauerte, daß Miles bei der Enthüllung im Webschuppen zugegen gewesen war. »Wenn ich die scharfen Ohren und die gesprächigen Zungen von Shrewsbury richtig kenne, dann ist auch ohne ein Wort von mir morgen ohnehin alles bekannt. Vielleicht auch nicht; vielleicht hält Coliar auch um der Mutter willen den Mund. Auf jeden Fall aber wird es keine offizielle Schuldzuweisung geben, solange wir Judith Perle nicht gefunden haben. Und das müssen und werden wir. Laßt sie tratschen und spekulieren. Vielleicht bekommt es jemand mit der Angst und begeht den Fehler, auf den ich warte.«

»Der Ehrwürdige Vater wird alles wissen wollen, was ich weiß«, sagte Cadfael.

»Er soll es erfahren, aber das ist eine andere Angelegenheit. Er hat das Recht und Ihr habt die Pflicht. Macht

Euch am besten sofort auf den Rückweg«, sagte Hugh seufzend. »Ich gehe in die Burg und erkundige mich, ob einer meiner Männer, die draußen das Land abgesucht haben, etwas Nützliches gefunden hat.«

Entschlossen, ihre Pflicht zu tun, aber nicht allzu hoffnungsvoll trennten sie sich.

Cadfael traf zu spät am Torhaus ein, um noch an der Vesper teilzunehmen. Die Brüder saßen im Chorgestühl, der Gottesdienst war fast vorbei. An einem einzigen kurzen Nachmittag war eine Menge geschehen.

»Hier wartet jemand auf Euch«, sagte der Pförtner, als Cadfael durch die Pforte trat und an der Wachstube vorbeikam.

»Niall der Bronzeschmied. Kommt nur herein. Wir haben uns zusammen die Zeit vertrieben, aber er will so bald als möglich wieder fort.«

Niall hatte genug gehört, um zu wissen, wer gekommen war, und erschien, einen Sack aus grobem Leinen unter dem Arm, in der Türe. Ein Blick auf Cadfaels Gesicht, und Niall wußte, daß es nichts zu berichten gab. Dennoch fragte er:»Kein Wort von ihr?«

»Nichts Neues. So leid es mir tut. Ich komme gerade vom Sheriff, aber ich bringe keinen Trost.«

»Ich habe gewartet und gehofft«, sagte Niall, »daß Ihr Neuigkeiten bringt. Schon die kleinste Spur wäre mir willkommen. Und ich kann überhaupt nichts tun! Nun, dann will ich wieder aufbrechen.«

»Wohin wollt Ihr heute abend?«

»Zu meiner Schwester und ihrem Mann nach Pulley, um mein kleines Mädchen zu besuchen. Außerdem muß ich bei Mortimer Schmuck für das Zaumzeug eines seiner Pferde abliefern. Das hätte noch ein paar Tage warten können, aber das Kind erwartet mich schon ungeduldig. Dies ist der Abend, an dem ich sie sonst auch immer besuche, sonst würde ich keinen Schritt tun. Aber ich werde nicht über Nacht bleiben. Ich werde im Dunkeln heimkehren. Wenigstens will ich auf die Rosen achtgeben, wenn ich für Judith schon nichts tun kann.«

»Ihr habt mehr getan als alle anderen«, sagte Cadfael bedrückt, »denn Ihr habt den Busch am Leben gehalten. Und sie wird rechtzeitig zurückkommen, um übermorgen die Blume aus Eurer Hand entgegenzunehmen.«

»Darf ich das als Versprechen verstehen?« erkundigte sich Niall mit einem wehmütigen und etwas mürrischen Lächeln.

»Nein, als Gebet. Mehr kann ich nicht tun. Auf den drei Meilen nach Pulley und den drei Meilen zurück«, fuhr Cadfael fort, »habt Ihr ebenfalls Zeit für einige Gebete. Vergeßt nicht, welches Fest wir in zwei Tagen feiern! St. Winifried wird Euch erhören. Wer sonst, wenn nicht sie? Auch sie hat einen ungewollten Freier abgewiesen und ihre Tugend bewahrt. Sie wird ihre Schwester nicht im Stich lassen.«

»Nun . . . ich muß jetzt gehen. Gott sei mit Euch, Bruder.«

Niall warf sich den Sack mit den Bronzerosetten und Schnallen für das Zaumzeug über den Rücken und schritt durch die Vorstadt davon zu dem Weg, der vor der Brücke nach Südwesten abzweigte. Eine kantige, aufrechte Gestalt, die energisch in den perlmuttgrauen Abend, der allmählich kühl wurde, davonschritt. Cadfael sah dem Mann nach, bis er hinter dem Mühlteich abbog und nicht mehr zu sehen war.

Kein Mann, der große Gesten oder viele Worte machte, war Niall, der Bronzeschmied. Aber Cadfael hatte sehr wohl die Enttäuschung bemerkt, die dem Mann das Herz auffraß, da er in der einzigen Sache auf der Welt, die ihm wirklich etwas bedeutete, nichts tun konnte.

11

Kurz vor Mitternacht machte Niall sich auf den Rückweg von Pulley nach Shrewsbury. Cecily hatte ihn eingeladen, über Nacht zu bleiben, und ihm erklärt, daß es doch nichts änderte, wenn er zurückkehrte. Sie hatte unumwunden gesagt, was Cadfael für sich behalten hatte: Der Rosenstrauch würde wohl kaum noch einmal attackiert, solange die Frau in ihrem Gefängnis saß, einfach weil es unnötig war. Niemand konnte einer vermißten Frau eine Rose übergeben. Wenn jemand plante, einen Vertragsbruch zu arrangieren und sich das Haus in der Vorstadt anzueignen, wie inzwischen jedermann glaubte, dann hatte er bereits alles Nötige getan und brauchte kein weiteres Risiko einzugehen.

Niall hatte seiner Schwester über die Angelegenheit sehr wenig und über seine tiefen Gefühle überhaupt nichts erzählt, aber sie schien es instinktiv zu erfassen. Der Klatsch aus Shrewsbury kam hier draußen gemildert und harmlos als eine Art interessante Geschichte an, die mit dem wirklichen Leben kaum etwas zu tun hatte. Die Wirklichkeit bestand hier aus dem Anwesen, aus den Äkkern, aus den paar Arbeitern, aus der mit einem Graben geschützten Schonung, aus welcher die Kinder die Ziegen ins Weideland zurückscheuchten, aus den Zugochsen und dem umgebenden Wald. Die beiden kleinen Mädchen, die mit großen Augen den Gesprächen der Erwachsenen lauschten, stellten sich Judith Perle als eine jener verwunschenen Prinzessinnen vor, die in alten Ammenmärchen immer von bösen Zauberern verhext wurden. Cecilys wuschelköpfige braungebrannte Jungen, die in allen Beschäftigungen des Waldlandes so geschickt waren, hatten bisher nur zwei- oder dreimal die Türme der Burg von Shrewsbury aus der Ferne gesehen. Drei Meilen sind keine große Entfernung, aber groß genug, wenn keine Notwendigkeit besteht, sie zu überwinden. John Stury kam etwa zweimal im Jahr zum Einkaufen in die Stadt, ansonsten versorgte sich das kleine Anwesen selbst. Manchmal hatte Niall den Eindruck, daß er seine Tochter zu sich in die Stadt nehmen sollte, wenn er nicht Gefahr laufen wollte, sie ganz zu verlieren. Zugegebenermaßen an ein glückliches Haus, an ein friedliches, einfaches Leben in Gesellschaft anständiger Menschen, aber trotzdem wäre es für ihn ein schlimmer Verlust gewesen.

Jetzt schlief sie mit den drei anderen Kindern droben im Nest auf dem Speicher. Er hatte sie selbst zu Bett gebracht, als sie müde wurde. Ein schönes Geschöpf war sie mit einem hellen, goldenen Schimmer im duftigen Haar, genau wie die Mutter, und mit einer Haut wie Milch und Honig. Cecilys Kinder hatten das dunkelbraune Haar des Vaters, geschmeidige, schlanke Körper und schwarzen Augen. Sie dagegen war rund, weich und sanft. Fast von Geburt an hatte sie hier bei ihren Vettern gelebt, und es wäre schlimm, sie herauszureißen.

»Du wirst im Dunkeln gehen«, sagte John, indem er von der Türschwelle aus hinauslugte. Aus dem Wald drang in der stillen Sommernacht ein kräftiger, würziger Duft. »Der Mond geht erst in ein paar Stunden auf.«

»Das macht mir nichts aus. Ich kenne den Weg inzwischen gut genug.«

»Ich bringe dich bis zum Weg«, bot Cecily an. »Es ist warm, und ich bin noch nicht müde.«

Schweigend begleitete sie ihn durch das Tor in Johns Palisadenzaun über eine grasbewachsene Lichtung bis zum Waldrand. Dort blieben sie stehen.

»Irgendwann«, sagte sie, als hätte sie seine Gedanken erraten, »wirst du uns die Kleine wieder wegnehmen. Das ist nur recht und billig, wenn wir sie dir auch neiden werden. Und wir sind ja auch nicht so weit entfernt, daß wir sie nicht ab und zu wieder bei uns haben könnten. Besser, du wartest nicht mehr lange damit, Niall. Sie war wie ein Geschenk, und ich habe mich darüber gefreut, aber sie ist dein und Avotas Kind, und in diesem Wissen soll sie auch aufwachsen.«

»Sie ist noch so klein«, wehrte Niall ab. »Ich habe Angst, sie zu verwirren.«

»Sie ist jung, aber sie ist klug. Sie beginnt schon zu fragen, warum du sie immer allein läßt und will wissen, wie du allein zurechtkommst und wer für dich kocht und wäscht. Du könntest sie doch zu Besuch mitnehmen und ihr zeigen, wie du lebst und was du arbeitest. Sie will es wirklich wissen, sie wird es begierig aufnehmen. Und so gern sie auch mit meinen Kindern spielt, sie mag es nicht, dich mit ihnen zu teilen. Eine richtige kleine Frau ist sie geworden«, erklärte Cecily überzeugt. »Aber das Beste, was du überhaupt für sie tun kannst, ist, ihr eine neue Mutter zu geben. Eine Mutter, die sie ganz für sich allein hat ohne andere Kinder, die ihre Rivalen wären. Denn sie ist klug genug, mein Lieber, um genau zu wissen, daß ich nicht ihre Mutter bin, sosehr ich sie auch liebe.«

Ohne einen weiteren Kommentar abzugeben, wünschte Niall ihr eine gute Nacht und ging mit raschen Schritten in den Wald. Sie kannte ihn gut genug, um nichts weiter zu erwarten, und kehrte ins Haus zurück, als er zwischen den Bäumen verschwunden war. Er hatte zugehört und würde darüber nachdenken. Das Leben als Tochter eines respektierten Handwerkers in der Stadt, die einiges zu erben hatte und den gesellschaftlichen Umgang mit anderen Menschen lernen mußte, war zwangsläufig ganz anders als das einer Aufseherstochter auf dem Lande. Ihr Zukünftiger mußte aus einer ganz anderen Gruppe von Bewerbern ausgesucht werden, ihre Erziehung sollte sie auf einen ganz anderen Haushalt mit ganz anderen Pflichten vorbereiten. Ihrem Alter voraus, mochte das Kind sogar zu glauben beginnen, daß ein Vater, der von ihr getrennt lebte, sie nicht wirklich wollte, sondern sie nur aus Pflichtbewußtsein besuchte. Jung war sie wirklich, zu jung, um in ein Haus aufgenommen zu werden, in dem keine Frau für sie sorgen konnte. Wenn es doch nur etwas Hoffnung auf diese verwitwete Frau gäbe, über die er sich ausschwieg! Oder auf eine andere anständige Frau mit einem warmen Herzen, kühlem Kopf und Geduld genug für die beiden!

Niall wanderte in der dunkelgrünen Nacht, die voll schwerer, reicher Düfte war, über den schmalen Pfad zwischen den Bäumen. Die Stimme seiner Schwester klang in seinen Ohren nach. Hier war der Wald dicht und stark gewachsen und der Boden so schattig, daß es kaum Unterholz gab. Die verflochtenen Zweige droben sperrten das Licht aus. Manchmal führte der Pfad ein kurzes Stück weiter durch offenes, höheres Gelände, wo die Bäume dünner standen und Heideflecken sich breitmachten. Immerhin war dieses Gebiet der Nordrand des großen Waldes, aus dem sich die Leute legal oder illegal Holz holten und wo sie ihre Schweine mit Eicheln und Bucheckern mästeten. Größere Siedlungen gab es nicht, unterwegs würde er kaum mehr als ein paar kleine Kotten sehen, bevor er den Weiler Brace Meole etwa auf halbem Wege nach Hause erreichte.

Bei diesem Gedanken hielt er einen Augenblick inne. Vielleicht käme er schneller voran, wenn er auf einem anderen Pfad nach Osten abböge, um schon ein Stück vor Brace Meole die Hauptstraße zu erreichen – falls die Wagenspur durch den Wald überhaupt den Namen Hauptstraße verdiente. Jeder Weg und Umweg dieser Reise war ihm vertraut. Der Weg, an den er jetzt dachte, kreuzte den, auf dem er im Augenblick ging. Die Stelle, wo sich die beiden Pfade trafen, war eine kleine offene Lichtung, der einzige freie Platz in einem dichten Streifen Waldland.

Dort angekommen, blieb er einen Augenblick unschlüssig stehen und nahm die Stille der Nacht in sich auf. Doch plötzlich wurde das Schweigen durch kleine, sich ständig wiederholende Geräusche durchbrochen. In der Windstille klang jeder Ton, so leise er auch war, verblüffend laut. Instinktiv zog Niall sich von der offenen Lichtung in die Deckung der Bäume zurück und lauschte mit gerecktem Kopf und gespitzten Ohren, um die Geräusche zu deuten.

Fast immer waren irgendwelche Nachttiere in der Dunkelheit unterwegs, aber sie raschelten leise und verstohlen auf dem Boden herum und erstarrten, sobald sie in der Nähe einen Menschen witterten, da Menschen ihre Feinde waren. Diese Geräusche brachen jedoch nicht ab, sondern kamen sogar allmählich näher; das dumpfe, schwere, aber etwas gedämpfte Tappen von Hufen auf dem tiefen Waldboden. Von der Straße kam das Pferd in raschem Schritt näher, begleitet vom leichten Rascheln und Rauschen der elastischen Zweige, die sein großer Körper streifte. Das sommerliche Wachstum hatte seinen Höhepunkt erreicht, die Bäume griffen mit frischen, zarten Trieben von beiden Seiten über den Weg.

Was hatte ein Reiter an diesem Ort und zu dieser Stunde, und nach dem Klang der Schritte offenbar schwer beladen, zu suchen? Niall blieb, wo er war, gut verborgen zwischen den Bäumen, und starrte zur Lichtung hinaus, wo noch ein wenig graues Licht war. Es gab keinen Mond, und ein hoher, leichter Wolkenschleier lag zwischen der Erde und den Sternen – eine Nacht für dunkle Unternehmungen. Herrenlose Männer wagten sich selten näher als zehn Meilen an Shrewsbury heran, und das Schlimmste, mit dem er rechnen mußte, war vielleicht ein

Wilddieb. Doch immer war Schlimmeres denkbar. Seit wann gingen Wilddiebe ihrem Geschäft beritten nach?

Auf der rechten Seite erschien zwischen den dunklen Mauern des Waldes ein verschwommener bleicher Umriß. Die jungen Blätter streiften über den Rumpf eines Pferdes und den Arm eines Reiters. Ein weißes Pferd, ein heller Apfelschimmel oder ein Falbe, dessen Fell fast aus sich selbst heraus zu leuchten schien. Zuerst wirkte die Gestalt auf dem Pferderücken massig und unglaublich breit, bis sie durch eine Unebenheit im Boden schwankte und deutlich wurde, daß das Pferd nicht nur einen, sondern zwei Menschen trug. Vorn ein Mann, dahinter eine Frau im Damensitz. Aus einem unkenntlichen Schatten wurden plötzlich zwei, die dennoch nicht eindeutig zu erkennen waren, als Pferd und Reiter vorbeikamen, den Weg kreuzten und gemächlich nach Südwesten ritten. Ein langer Rock flatterte, kleine helle Punkte bewegten sich in der Dunkelheit: Eine Hand, die sich am Gürtel des Reiters festhielt, ein ovales Gesicht, das zum Himmel gehoben wurde, befreit von der Haube, die auf die Schultern der Frau gefallen war.

Mehr war nicht zu sehen, und doch erkannte er sie. Vielleicht an der Neigung des Kopfes mit dem üppigen Haar, der vor einem nur wenig helleren Himmel vorbeizog, vielleicht an der aufrechten Haltung ihres Körpers; vielleicht auch, weil eine gespannte Saite in ihm durch ihre Nähe angeschlagen wurde. Nicht einmal in der Dunkelheit und ohne ihn zu bemerken, konnte diese Frau vorbeikommen, ohne von ihm erkannt zu werden.

Was hatte Judith Perle hier mitten in der Nacht zu suchen, nachdem sie vor drei Tagen aus ihrem Haus verschwunden war? Warum ritt sie im Damensitz hinter einem Mann nach Südwesten, anscheinend nicht unter Zwang, sondern freiwillig?

Er blieb reglos und still stehen, bis die kleinen Nachtgeschöpfe jede Furcht vor ihm verloren oder ihn sogar vergaßen. Irgendwo jenseits der Lichtung, wo der Pfad, über den er gekommen war, weiterging, raschelte ein Tier eilig von einem Busch in den nächsten und floh nach Westen in die sichere Dunkelheit. Niall riß sich aus seiner Starre und folgte den gedämpften Huftritten über den grasbewachsenen Reitweg.

Er konnte nicht glauben und ebensowenig verstehen, was er gesehen hatte. Was steckte dahinter? Wohin ging sie und wer war ihr Gefährte? Was hatte sie vor? Geheimnisse waren es, aber es waren ihre Geheimnisse, und Nialls Glaube an sie war so stark, daß auch dieses seltsame nächtliche Ereignis ihn nicht erschüttern konnte. Sicher war nur, daß er sie durch die Gnade Gottes gefunden hatte. Nun durfte er sie nicht wieder verlieren, nur darauf kam es an. Wenn sie ihn nicht brauchte, wenn sie nicht in Gefahr schwebte, dann würde er sie nicht belästigen. Aber er mußte ihr einfach folgen und sich vergewissern, daß ihr kein Haar gekrümmt wurde, bis dieses dunkle Zwischenspiel beendet war und sie erlöst ins Licht zurückkehren konnte. Er fürchtete, sie für immer zu verlieren, wenn er sie jetzt verlor.

Er verließ seine Deckung und überquerte den Weg, den sie genommen hatten. Es bestand keine Gefahr, den Weg zu verfehlen; der Wald war so dicht, daß das Pferd jetzt im Dunkeln auf dem Pfad bleiben mußte, und in dieser Dunkelheit konnten sie nicht schneller reiten als im Schritt. Ein Mann, der die Wälder kannte wie Niall, hätte sie zu Fuß leicht überholen können. Doch ihm reichte es für den Augenblick, die Geräusche nicht zu verlieren, die ihn führten. Er mußte nahe genug sein, um einspringen zu können, falls ihr eine Gefahr drohte. Diese Gegend war ihm weniger vertraut als die Wege, die nach Pulley führten, das sie jetzt links liegen ließen, aber das Land war das gleiche, und er fand neben dem Pfad mühelos einen Weg durch die Bäume, schneller als das Pferd vorankam. Bald hörte er dicht vor sich das leise, gleichmäßige Tappen der Hufe und das leise Klingeln des Zaumzeuges, wenn das Pferd, aufgeschreckt durch ein Geräusch im Unterholz, den Kopf schüttelte. Zweimal vernahm er auch das kurze, helle Klingeln der Glocken, fast wie ein Ruf zum Gottesdienst. Er war nahe genug und konnte rasch eingreifen, falls es nötig war.

Sie ritten in gleichmäßigem Tempo nach Südwesten und drangen tiefer in den großen Wald ein. Hier gab es kaum noch Lichtungen und Flecken mit Heide und Felsen. Weiter als eine Meile ging es so, und immer noch behielten die Reiter ihre Richtung bei und bewegten sich in der gleichen Geschwindigkeit weiter. Wolken sammelten sich, der Himmel wurde dunkler. Wenn Niall aufblickte, konnte er gerade noch die höchsten Äste der Bäume vor dem Himmel erkennen. Er breitete die Hände aus, um seinen Weg zwischen den Bäumen zu ertasten, und hielt sich ständig in Hörweite des Pferdes. Einmal überholte er es sogar. Er spürte eher die Bewegung auf dem Pfad zu seiner Rechten, als daß er etwas sah. Er wartete, bis die bleichen Umrisse wieder vor ihm waren. Mit größerer Vorsicht machte er sich dann wieder geduldig an die Verfolgung.

Er hatte keine Vorstellung, wie lange diese nächtliche Wanderung durch den Wald dauerte. Etwa eine Stunde, schätzte er, und wenn die Reiter aus der Stadt gekommen waren, dann mußten sie noch eine Stunde früher aufgebrochen sein. Wohin sie wollten, konnte er sich nicht denken. In diesem Teil des Waldes gab es nichts, abgesehen höchstens von einer einsamen, erst vor kurzem gebauten Hütte. Sie mußten jetzt in der Nähe der Quelle des Meole-Bachs sein und ritten stromaufwärts. Aus dem höheren Gelände zur Linken kamen zwei oder drei kleine Nebenbäche, die quer über den Weg liefen. Sie stellten kein Hindernis dar, man konnte sie trockenen Fußes überschreiten. Die kleinen Schlangen aus Wasser zischten leise und schläfrig zwischen den Steinen. Drei Meilen waren sie gegangen, schätzte Niall, seit er die Verfolgung aufgenommen hatte.

Irgendwo nicht weit entfernt zur Rechten raschelte es im Wald und wurde wieder still. Der regelmäßige Schritt des Pferde brach ab, Hufe scharrten, dann klapperten sie auf härterem Boden, wo Gestein dicht unter der Erde lag, dann kam wieder weiche Erde, und schließlich hielten sie inne. Niall schlich näher heran, tastete sich von Baum zu Baum und zog vorsichtig und leise die hinderlichen Äste beiseite. Hier schien es eine Spur heller zu sein. Anscheinend näherte er sich einer Lichtung, die vom bewölkten Himmel ein wenig erhellt wurde. Dann sah er durch das Blattwerk einen bleichen Fleck: Das Pferd, das gezügelt worden war. Und jetzt hörte er auch eine Männerstimme, die zischend flüsterte. Niall konnte die Worte deutlich verstehen.

»Ich bringe Euch lieber bis zum Tor.«

Der Reiter war schon aus dem Sattel. Niall konnte auf der Lichtung eine Bewegung erkennen. Ein Schatten bewegte sich vor dem hellen Pferd wie eine Wolke vor dem Mond.

»Nein«, erwiderte Judith kalt und klar. »Das war nicht abgemacht. Ich wünsche es nicht.«

Das Tänzeln des Pferdes und einige raschelnde Bewegungen verrieten Niall, daß der Mann sie aus dem Sattel hob, während er leise und zaghaft protestierte: »Ich kann Euch doch nicht allein gehen lassen.«

»Es ist nicht weit«, erwiderte sie, »und ich habe keine Angst.«

Er nahm ihre Weigerung hin. Abermals bewegte sich das Pferd, und das Zaumzeug klingelte. Der Reiter stieg wieder auf. Während er sein Pferd wendete, sagte er noch etwas, daß Niall nicht verstand. Er ritt nicht auf dem gleichen Weg zurück, sondern wandte sich auf einem anderen Weg nach links bergauf, um durch das rauhe Hochland den kürzesten Weg zur Straße zu suchen. Anscheinend ging es ihm jetzt eher um Geschwindigkeit als um Verstohlenheit. Nach einigen hastigen Schritten zügelte er sein Pferd, um nochmals anzubieten, was sie abgelehnt hatte, obwohl er wußte, daß sie abermals nein sagen würde.

»Es gefällt mir nicht, Euch allein zu lassen . . .«

»Ich finde den Weg jetzt«, erwiderte sie einfach. »Kehrt nach Hause zurück, bevor es hell wird.«

Darauf wandte er sich endgültig ab und ritt einen ebenen Hang hinauf, auf dem er rasch vorankam. Bald begann das Pferd sogar leicht zu traben. Anscheinend wollte der Mann jetzt so schnell wie möglich heim. Judith blieb eine Weile stehen, wo er sie abgesetzt hatte. Am Waldrand war sie kaum zu sehen, doch Niall würde es bemerken, wenn sie sich rührte. Er schlich noch etwas näher heran, bereit, ihr zu folgen, sobald sie sich bewegte. Sie kannte den Weg, es war nicht weit, sie hatte keine Angst. Doch er wollte sie heimlich bewachen, bis sie ihre Zuflucht erreicht hatte, wo immer sie war.

Sie wartete, bis die letzten Geräusche des Reiters verklungen waren. Niall hörte, daß sie sich nach rechts wandte, aus dem Zwielicht des offenen Fleckens heraus in den dichten, dunklen Wald. Ein Zweig knackte unter ihrem Fuß. Er überquerte den Weg und folgte ihr. Über einen schmalen Pfad ging es bergab zu einem etwas größeren Nebenfluß des Meole-Baches; unten flüsterte leise das Wasser.

Er war kaum zwanzig Schritte vorangekommen, sie war etwa zwanzig Schritte vor ihm, als rechts, im dichten Unterholz, plötzlich die Büsche heftig raschelten. Dann schrie Judith auf, es war ein kurzer, wilder Schrei voller

Furcht und Schrecken. Unter dem Eindruck, daß vor ihm in der Dunkelheit ein fast lautloser, aber heftiger Kampf begonnen habe, rannte Niall Hals über Kopf los. Seine ausgebreiteten Arme ertasteten zwei Körper, die sich ineinander gekrallt hatten. Er riß sie auseinander. Judiths langes Haar fiel, aus dem Knoten gerissen, über ihr Gesicht. Er nahm sie am Handgelenk, um sie hinter sich in Sicherheit zu bringen. Ein langer Arm fuhr an ihm vorbei, um sie zu treffen, und ein winziger Lichtfunke blitzte einen Moment bläulich auf einer Messerklinge.

Niall packte den herabstoßenden Arm und zog ihn zur Seite, hakte mit den Instinkten eines Ringers sein Bein um das Knie des Angreifers und stürzte zusammen mit ihm auf den Boden. Sie rollten herum und kämpften, Zweige knackten unter ihnen in der Dunkelheit, Schultern prallten schmerzhaft gegen Baumstämme, sie rangen und wanden sich, der eine, um sein Messer freizubekommen, der andere, um die Klinge von sich abzuhalten oder sie in seinen Besitz zu bringen. Sie konnten gegenseitig ihren keuchenden Atem spüren, blieben in der Dunkelheit jedoch füreinander unsichtbar. Der Angreifer war stark, muskulös und entschlossen und kannte eine Menge hinterhältiger Tricks. Er kämpfte mit Kopf und Zähnen und Knien, doch er konnte sich nicht befreien und wieder auf die Beine kommen. Niall hatte sein rechtes Handgelenk gepackt, den linken Arm um den Körper des Mannes geschlungen und ihn eingeklemmt, so daß sein Gegner nur noch mit den Fingernägeln auf seinen Hals und sein Gesicht einhacken und schmerzhafte Kratzer reißen konnte. Mit einem Grunzen bäumte er sich auf, sie rollten herum und prallten heftig gegen einen Baum. Die Bewegung sollte Niall betäuben und seinen Griff lockern, weil der Angreifer das Messer freibekommen wollte, doch erreichte er genau das Gegenteil. Sein Arm, bereits geschwächt durch Nialls Griff um das Handgelenk, prallte hart vor das Holz. Vom Ellbogen bis zu den Fingern lief ein Krampf durch den Arm. Die Hand öffnete sich, das Messer entglitt ihr und fiel ungesehen ins Gras.

Niall erhob sich benommen auf die Knie. Sein Gegner keuchte und stöhnte, während er im Laub nach seiner Waffe tastete. Er fluchte verhalten, weil er sie nicht finden konnte. Als Niall lossprang, um ihn abermals zu packen, zog sich der Gegner zurück, kam auf die Beine und rannte fort, bahnte sich krachend einen Weg durchs Unterholz und verschwand auf dem Weg, auf dem er gekommen war. Die peitschenden Äste und die raschelnden Blätter ließen erkennen, daß er tief in den Wald eindrang, bis schließlich die Geräusche in der Ferne verklangen. Er war fort.

Niall rappelte sich auf, schüttelte seinen benommenen Kopf und lehnte sich an einen Baum. Er hatte die Orientierung verloren und wußte nicht, wo Judith war. Doch dann sagte sie leise und gefaßt: »Ich bin hier!« Eine kaum wahrnehmbare, bleiche Hand winkte ihm und schloß sich um die Hand, die er ihr entgegenstreckte. Ihre Haut war kühl und fest. Ob sie ihn kannte oder nicht, sie hatte keine Angst vor ihm. »Seid Ihr verletzt?« fragte sie. Behutsam kamen sie zusammen, vorsichtig eher aus Respekt als aus Furcht, bis ihre warmen Körper einander nahe waren.

»Und Ihr? Er schlug nach Euch, bevor ich ihn packen konnte. Hat er Euch verletzt?«

»Er hat meinen Ärmel aufgeschlitzt«, erwiderte sie, indem sie nach ihrer linken Schulter tastete. »Wahrscheinlich nur ein Kratzer – nichts Schlimmes. Ich bin nicht verletzt, ich kann laufen. Aber Ihr . . .«

Sie legte die Hände auf seine Brust, tastete ihn von den Schultern bis zu den Unterarmen ab und spürte Blut. »Ihr habt einen Schnitt abbekommen – am linken Arm . . .«

»Nicht schlimm«, erwiderte Niall. »Wichtig ist nur, daß wir ihn los sind.«

»Töten wollte er«, erklärte Judith ernst. »Ich wußte nicht, daß sich Gesetzlose so nahe an der Stadt herumtreiben. Manchmal werden nächtliche Reisende schon wegen der Kleider, die sie am Leib tragen, niedergemacht, ganz zu schweigen vom Geld, das sie vielleicht bei sich haben.«

Erst jetzt, verspätet, begann sie vor Furcht zu zittern. Er nahm sie in die Arme, um mit seiner Wärme ihre Furcht zu vertreiben, und nun erkannte sie ihn auch. Seine Stimme hatte die Erinnerung geweckt, die Berührung verschaffte ihr Gewißheit. »Niall der Bronzeschmied? Was tut Ihr hier? Welch ein Glück für mich! Aber warum seid Ihr hier?«

»Das spielt jetzt keine Rolle«, entgegnete Niall. »Ich will Euch zuerst dorthin bringen, wohin Ihr wollt. Wenn solche Schurken unterwegs sind, könnte uns immer noch etwas geschehen. Wie weit ist es noch?«

»Nicht weit«, sagte sie. »Es geht zum Bach hinunter, höchstens noch eine halbe Meile. Eigenartig, daß sich hier ein Strauchdieb herumgetrieben hat. Ich will zu den Benediktinernonnen in Godric's Ford.«

Er schwieg. Es war ihr Wille, und er konnte nichts weiter tun als dafür zu sorgen, daß sie nicht aufgehalten wurden. Er nahm sie in den Arm, und sie gingen den Weg hinunter, der sich bald darauf zu einem grasbewachsenen Reitweg erweiterte, über dem schwaches Licht wie Nebel lag. Unsichtbar hinter den Bäumen ging endlich der Mond auf. Irgendwo vor ihnen schimmerte fließendes Wasser, geheimnisvolle, zitternde Lichttupfer, die auftauchten und wieder verschwanden. Hinter dem Wasser schälten sich die scharfen Kanten von Dächern, einem Zaun und einem kleinen Glockenturm aus der dunstigen Luft.

»Ist es hier?« fragte Niall. Er hatte von der Klause gehört, doch er war noch nie in ihrer Nähe gewesen.

»Ja.«

»Dann bringe ich Euch bis zum Tor und sehe zu, daß Ihr wohlbehalten aufgenommen werdet.«

»Nein, Ihr müßt mit hereinkommen. Ihr dürft jetzt nicht allein zurückkehren. Morgen im Tageslicht werden wir sicher sein.«

»Es gibt hier keinen Platz für mich«, widersprach er zweifelnd.

»Schwester Magdalena wird schon einen Platz finden.« Und ganz plötzlich und leidenschaftlich fügte sie hinzu: »Laßt mich jetzt nicht allein!«

Sie blieben vor dem hohen Holzzaun, der Klause und Gärten einfriedete, stehen. Auch wenn der Mond noch hinter dem waldbestandenen Hochland vor ihren Blicken verborgen war, nahm sein Licht mit jedem Augenblick zu: Gebäude, Bäume, Büsche, die Biegung des Baches und üppige Wiesen an dessen Ufern, alles tauchte langsam aus der Schwärze auf und nahm verschiedene Grautöne an, die sich bald, wenn der Mond aufgegangen war, in Silber verwandeln würden. Eine Hand ans Seil der Glocke gelegt, zögerte Niall, bevor er mit dem lauten Geräusch die Stille störte. Dann zog er am Strick, und das Klingeln hallte weit über das Wasser und durch die Bäume. Es dauerte nicht lange, bis die Pförtnerin murrend und gähnend ans Tor kam und die Klappe öffnete, um zu ihnen hinauszulugen.

»Wer ist da? Wurdet Ihr von der Nacht überrascht?« Sie sah einen Mann und eine Frau, beide unbekannt und anscheinend des Nachts im Wald verirrt. Sie nahm sie für das, was sie zu sein schienen, ehrbare Reisende, die sich verlaufen hatten und auf ein Haus gestoßen waren, das ihnen willkommenen Schutz für die Nacht bot. »Braucht Ihr ein Nachtquartier?«

»Mein Name ist Judith Perle«, sagte Judith. »Schwester Magdalena kennt mich. Sie bot mir eine Zuflucht an, falls ich sie brauchte. Schwester, jetzt brauche ich sie. Und hier bei mir ist ein guter Freund, der mich aus großer Gefahr gerettet und mich wohlbehalten hergebracht hat. Ich bitte auch für ihn um Schutz für die Nacht.«

»Ich rufe Schwester Magdalena«, sagte die Pförtnerin mit kluger Vorsicht und entfernte sich. Die Klappe in der Tür ließ sie offen. Ein paar Minuten später kehrten die beiden zusammen zurück. Schwester Magdalenas helle, kluge, braune Augen blickten voller Neugierde durchs Gitter heraus. Trotz der nächtlichen Stunde war sie hellwach.

»Ihr könnt öffnen«, sagte sie fröhlich. »Da steht eine Freundin, und der Freund einer Freundin ist willkommen wie sie selbst.«

Ohne Aufhebens und große Fragen kümmerte Schwester Magdalena sich im winzigen Sprechzimmer zunächst um das Naheliegende. Sie erwärmte einen kräftigen Wein, um Kälte, Schreck und Furcht aus ihren Knochen zu treiben, rollte Nialls blutigen Ärmel hoch, badete und verband den langen Schnitt in seinem Unterarm und versorgte den Kratzer auf Judiths Schulter mit einer Salbe. Dann flickte sie den langen Riß in Judiths Hemd.

»Sehr ordentlich ist es nicht«, entschuldigte sie sich. »Mit Nadel und Faden konnte ich noch nie gut umgehen. Aber es wird halten, bis Ihr wieder daheim seid.« Sie nahm die Schale mit dem blutigen Wasser und brachte sie fort. Im Kerzenlicht blieben die beiden allein und blickten sich ernst und verwundert an.

»Ihr habt keine Fragen gestellt«, begann Judith langsam. »Ihr habt nicht gefragt, wo ich in den letzten Tagen war, warum ich mitten in der Nacht zu dieser Klause ritt, von einem Mann begleitet. Ihr habt nicht gefragt, wie ich verschwunden bin und wie ich meine Freiheit wiedererlangte. Ich verdanke Euch so viel und habe mich noch nicht bedankt. Aber das will ich jetzt tun, aus ganzem Herzen! Ohne Euch würde ich jetzt tot im Wald liegen. Er wollte mich töten!«

»Ich weiß genau«, erwiderte Niall ernst, »daß Ihr uns aus freien Stücken gewiß nicht so verzweifelt und verängstigt zurückgelassen hättet. Und wenn Ihr jetzt den Mann schont, der Euch in diese Lage brachte, dann tut Ihr es in bester Absicht und aus der Güte Eures Herzens. Was sonst müßte ich wissen?«

»Ich will die Angelegenheit am liebsten sofort begraben«, sagte sie traurig. »Was gäbe es zu gewinnen, wenn ich ihn anzeigte? Aber es gibt viel zu verlieren. Er ist kein großer Schurke, nur von sich eingenommen, eitel und dumm. Er hat mir nichts angetan, es ist nichts Böses geschehen. Besser, es wird so schnell wie möglich vergessen. Habt Ihr ihn nicht erkannt?« fragte sie und sah ihn mit ihren scharfen, grauen Augen an, die vor Müdigkeit etwas gerötet waren.

»Es war Euer Entführer, der mit Euch ritt? Nein, ich könnte nicht sagen, wer er war. Und wenn ich es könnte, würde ich dennoch Eurem Wunsch entsprechen. Vorausgesetzt, es war nicht der Entführer«, fügte Niall scharf hinzu, »der zu Fuß zurückkam, um Euch endgültig zum Schweigen zu bringen. Allerdings, er wollte Euch töten!«

»Nein, nein, das war er nicht. Er war fort, Ihr habt ihn fortreiten gehört. Außerdem würde er so etwas nicht tun. Wir waren uns einig, er wußte, daß ich mein Wort halten würde. Nein, dieser andere war ein Schurke, der von dem lebt, was er auf der Straße rauben kann. Wir müssen Hugh Beringar warnen, sobald wir zurück sind. Diese Gegend ist sehr einsam, und er muß es erfahren, wenn es hier herrenlose Männer gibt.«

Ihr Haar fiel lose wie ein Tuch auf ihre Schultern. Sie

war müde und erschöpft, ihre Augenlider bleischwer. Im Kerzenlicht und bleich wie sie war, schien sie wie aus Perlmutt geschnitzt. Er sah sie an, und sein Herz tat einen Sprung.

»Wie kam es nur«, fragte sie verwundert, »daß Ihr zur Stelle wart, als ich Euch so dringend brauchte? Ich mußte nur einmal rufen, und Ihr wart da. Es war die Gnade Gottes, ein auf der Stelle erfülltes Bittgebet.«

»Ich war auf dem Heimweg von Pulley«, erwiderte Niall, einen Augenblick erschüttert und gelähmt durch ihre Nähe und ihre zärtlichen Worte. »Ich sah Euch vorbeireiten – nein, ich sah Euch nicht, ich spürte es in meinem Blut. Ich wollte Euch nicht belästigen, ich wollte Euch nur sicher an dem Ort eintreffen sehen, den Ihr erreichen wolltet.«

»Dann habt Ihr mich erkannt?« wunderte sie sich.

»Ja, ja, ich habe Euch erkannt.«

»Aber den Mann nicht?«

»Nein, den Mann nicht.«

»Ich glaube«, sagte sie, plötzlich wieder energisch und entschlossen, »Ihr habt es verdient, alles zu erfahren. Euch und Schwester Magdalena will ich alles erzählen – auch das, was die Welt nicht wissen darf, was ich für mich zu behalten versprochen habe.«

»So seht Ihr«, erklärte sie energisch, zum Ende ihrer Geschichte kommend, die nur wenige Minuten gedauert hatte, »wie schamlos ich Euch nun ausnutze, Schwester, indem ich herkomme. Ich war verloren und wurde drei Tage lang überall gesucht. Morgen muß ich zurück und all jenen entgegentreten, die sich meinetwegen so große Sorgen gemacht und so viel Mühe gegeben haben. Ich will ihnen sagen, daß ich hier bei Euch Zuflucht suchte, weil mir meine Sorgen zu schwer wurden. Daß ich, ohne ein Wort verlauten zu lassen, in Eure Klause ging, die Ihr mir als Schutz vor der Welt angeboten habt. Nun, ganz gelogen ist es nicht, denn ich bin hier, wenn auch nur für eine halbe Nacht. Dennoch bin ich beschämt, Euch so zu benutzen. Trotzdem, morgen muß ich zurück.« Morgen, das war schon heute, erinnerte sie sich, vor Müdigkeit und Erleichterung benommen. »Ich darf sie nicht länger in Zweifeln und Sorgen lassen, da ich jetzt frei bin und zurückkehren kann. Weiß Gott, ich würde gern bleiben!«

»Macht Euch deshalb keine Vorwürfe«, erwiderte Schwester Magdalena gelassen. »Wenn Ihr dadurch Euch selbst und diesen Narren schont, dem Ihr vergeben habt, und wenn außerdem die Klatschmäuler gestopft werden, dann soll es mir recht sein. Euer Bedürfnis nach Stille und Rat könnt Ihr als Erklärung vorbringen, ohne zu erröten, denn es ist nicht gelogen. Außerdem dürft Ihr jederzeit zurückkommen, wann immer Ihr es wünscht. Ihr habt natürlich recht, es ist an der Zeit, Eure Nächsten zu beruhigen und die Suche nach Euch abzublasen. Später, wenn Ihr geruht habt, könnt Ihr zurückkehren und ihnen entgegentreten und sagen, daß Ihr zu mir gekommen seid, um vor der Welt und der Dummheit der Männer zu fliehen – Anwesende natürlich ausgenommen. Aber zu Fuß zurückschleichen, nein, das sollt Ihr nicht. Nie würde ich eine Frau so schlecht gerüstet aus meinem Schutz davonziehen lassen. Ihr sollt Mutter Marianas Maultier bekommen – die arme Seele ist bettlägerig und wird ihr Reittier nicht brauchen. Ich werde Euch begleiten, um Eure Geschichte zu bestätigen. Ich muß ohnehin den Abt in einer gewissen Sache aufsuchen.«

»Und wenn sie fragen, wie lange ich bei Euch war?« zweifelte Judith.

»Während ich neben Euch stehe? Man wird nicht fragen. Und wenn, dann geben wir keine Antwort. Fragen sind wie Weidenzweige«, erklärte Schwester Magdalena, indem sie energisch aufstand, um sie zu ihren Schlafgemächern zu führen. »Man kann sie leicht beiseite schieben und hindurchgleiten, ohne hängenzubleiben.«

12

Die Brüder verließen nach dem Hochamt gerade die Kirche, und die Sonne stieg in einen hellblauen Himmel hinauf, als Schwester Magdalenas kleine Gesellschaft ins Torhaus der Abtei einbog. Morgen sollte St. Winifreds Prozession stattfinden, denn nicht einmal durch Morde, Entführungen und Katastrophen ließ sich der Ablauf des Kirchenjahres aus dem Takt bringen. In diesem Jahr würde es keine feierliche Prozession von St. Giles am Stadtrand zur Abtei geben, um die Reliquien auf Winifreds Altar auszustellen. Man wollte einige Messen feiern, und die Pilger, die besondere Gebete an sie zu richten hatten, durften den ganzen Tag lang ihren Schrein besuchen und um ihre Fürsprache bitten. Viele waren es heuer nicht, aber trotzdem war das Gästehaus gut besetzt, und Bruder Denis war vollauf damit beschäftigt, die Ankömmlinge zu versorgen, während Bruder Anselm sich um die Musik kümmerte, die er zu Ehren der Heiligen geschrieben hatte. Novizen und Kinder verstanden kaum, was Stadt und Vorstadt in den letzten Tagen in Atem gehalten hatte. Die jüngeren Brüder, selbst jene, die Bruder Eluric nahegestanden hatten und von seinem Tod tief erschüttert waren, hatten ihn angesichts der freudigen Aussicht auf ein Fest, das ihnen zusätzliche Köstlichkeiten bei den Mahlzeiten und einige Freiheiten bescheren würde, fast vergessen.

Ganz anders Bruder Cadfael. Sosehr er versuchte, sich auf die Gottesdienste zu konzentrieren, seine Gedanken schweiften immer wieder ab. Er fragte sich unablässig, wo Judith Perle versteckt sein mochte und ob nach derart schlimmen Ereignissen Bertreds Tod tatsächlich nur ein

Unglücksfall war oder ob auch hier ein Mord vermutet werden mußte. Aber wenn es ein Mord war, dann blieb die Frage nach dem Warum und nach dem Mörder. Zweifellos hatte Bertred Bruder Eluric umgebracht, aber alles wies darauf hin, daß er seine Herrin nicht selbst entführt hatte. Er hatte eigene Nachforschungen angestellt, wollte Judith selbst befreien und danach die gebührende Belohnung in Empfang nehmen. Fraglos hatte der Wächter die Wahrheit berichtet, wie er sie kannte. Bertred war von der Luke heruntergefallen, vom Wachhund zum Flußufer gehetzt worden und hatte einen Schlag auf den Kopf bekommen, der ihm Beine gemacht hatte. Eine Verletzung hatte er durch den Schlag bekommen, doch als die Leiche am anderen Ufer aus dem Fluß gezogen worden war, hatte sein Kopf noch eine zweite, viel schlimmere Verletzung aufgewiesen, wenn auch keine der beiden für sich genommen tödlich gewesen sein konnte. Ob ihn jemand mit dem zweiten Schlag, nachdem der Wächter seinen Hund zurückgerufen hatte, ins Wasser befördert hatte?

Wer konnte dieser Fremde sein, wenn nicht der Entführer, der durch Bertreds Erscheinen erschreckt worden war und sein Verbrechen vertuschen wollte?

Vivian Hynde half also seinem Vater bei den Herden in Forton. Nun, nicht mehr lange! Wenn er nicht vor Mittag von den Wächtern an den Stadttoren beim Heimritt aufgegriffen würde, dann würde Hugh Bewaffnete ausschikken, um ihn zu holen.

Cadfaels Überlegungen hatten gerade diesen Punkt erreicht, als Schwester Magdalena auf ihrem alten braunen Maultier gemächlich und dennoch zielstrebig im Morgenlicht zum Torhaus hereingeritten kam. Beim Reiten zeigte sie die gleiche gelassene Sicherheit wie bei allem anderen, was sie tat. Ohne Aufhebens und Getue kam sie herein und sah sich mit klaren, aufmerksamen Augen um. Neben ihrem Maultier ging der Müller von der Furt, ihr treuer Verbündeter in allen Dingen. Schwester Magdalena würde es nie an Helfern mangeln, die taten, was sie verlangte.

Doch es folgte noch ein zweites Maultier, ein größeres, weißes Tier. Auch auf diesem Tier saß eine Frau, die allerdings nicht die Benediktinertracht, sonder ein dunkelgrünes Gewand trug und sich ein Tuch über das Haar gelegt hatte. Eine große, schlanke Frau, die aufrecht und anmutig im Sattel saß und sehr würdevoll wirkte. Sie kam ihm plötzlich bekannt vor.

Cadfael blieb so abrupt stehen, daß der Bruder hinter ihm in ihn hineinrannte und stolperte. Auch der Abt, der die Brüder angeführt hatte, blieb plötzlich stehen und starrte hinüber.

Also war sie aus eigenem Willen zurückgekehrt. Frei, ruhig und kaum verändert kam sie und brachte alle aus der Fassung. Judith Perle zügelte ihr Maultier neben Magdalena. Sie war blasser, als Cadfael sie in Erinnerung hatte. Schon von Natur aus war ihre Haut hell und schimmernd wie Perlmutt, doch jetzt schien das Weiß etwas matt. Ihre Lider waren ein wenig geschwollen und schwer von Schlafmangel, bleich und bläulich wie Schnee. Andererseits aber strahlte sie Ruhe und eine stille Heiterkeit aus. Sie hatte sich in der Gewalt, sie erwiderte die erstaunten und fragenden Blicke, ohne die Augen niederzuschlagen.

John Miller kam, um ihr aus dem Sattel zu helfen. Sie legte ihm die Hände auf die Schultern und sprang mit einer Leichtigkeit, die dennoch nicht ganz ihre Müdigkeit verbergen konnte, aufs Pflaster des großen Hofes. Abt Radulfus atmete durch und machte sich auf, die Frau zu begrüßen, die ihm schon entgegenkam, vor ihm das Knie beugte und sich verneigte, um seine ausgestreckte Hand zu küssen.

»Meine Tochter«, begann Radulfus erschüttert und erfreut, »wie ich mich freue, Euch wohlbehalten und gesund wiederzusehen. Wir haben uns große Sorgen um Euch gemacht.«

»Man hat es mir berichtet, Ehrwürdiger Vater«, erwiderte sie leise, »und ich mache mir deshalb Vorwürfe. Bei Gott, es war nie mein Wunsch, daß irgend jemand sich meinetwegen Sorgen mache. Es tut mir leid, Euch, dem Sheriff und so vielen braven Männern solche Schwierigkeiten bereitet zu haben. Ich will es nach Kräften wiedergutmachen.«

»Oh, mein Kind, die Mühe, die man sich um einer guten Sache willen macht, erfordert keine Entlohnung. Das Wichtigste ist, daß Ihr gesund und munter zurückgekehrt seid. Aber was ist geschehen? Wo wart Ihr nur die ganze Zeit?«

»Ehrwürdiger Vater«, sagte sie und holte nach kurzem Zögern tief Luft, »wie Ihr seht, ist mir nichts geschehen. Ich bin geflohen vor einer Last, die mir zu schwer geworden war, um sie allein zu tragen. Ihr müßt entschuldigen, daß ich kein Wort verlauten ließ, aber mein Bedürfnis, es war geradezu ein Zwang, kam plötzlich und drängend. Ich mußte irgendwo Stille und Frieden finden und Zeit zum Nachdenken. All dies hatte Schwester Magdalena mir angeboten, falls ich je der Welt eine Weile entfliehen müßte. Ich ging zu ihr, und sie wies mich nicht ab.«

»Und Ihr kommt geradewegs von Godric's Ford?« sagte Radulfus staunend. »Die ganze Zeit, während der man Euch für entführt hielt, wart Ihr wohlbehalten und sicher dort untergebracht? Nun, Gott sei Dank! Und die ganze Zeit sind Euch keine Nachrichten über die Aufregung hier zu Ohren gekommen?«

»Kein Wort, Ehrwürdiger Vater«, schaltete Schwester Magdalena sich ein. Sie war abgestiegen und kam ohne Eile näher, während sie mit großen, wohlgeformten und nicht mehr jungen Händen die Falten vom Reiten aus ihrem Gewand strich. »Wir leben da draußen ganz für uns und haben nur selten das Verlangen, diese Welt hier zu sehen. Neuigkeiten erreichen uns nur langsam. Seit ich das letzte Mal hier war, hat uns niemand aus Shrewsbury besucht. Gestern abend erst kam ein Mann aus der Vorstadt vorbei. Darauf brachte ich Judith sofort heim, um der Ungewißheit ein Ende zu setzen und die besorgten Seelen zu beruhigen.«

»Wie ich hoffe«, erklärte der Abt, indem er Judiths bleiches, gefaßtes Gesicht eingehend musterte, »habt Ihr nach den Sorgen, die Euch ins Versteck trieben, ebenfalls die gewünschte Ruhe gefunden. Drei Tage sind allerdings keine lange Zeit, um ein schmerzendes Herz zu heilen.«

Sie erwiderte aus großen grauen Augen seinen Blick und lächelte leicht. »Ich danke Euch, Ehrwürdiger Vater, und ich danke Gott. Ich habe meinen Mut wiedergefunden.«

»Ihr hättet gewiß keinen besseren Ort wählen können«, gab der Abt warm zurück. »Auch ich danke Gott, daß wir alle unsere Sorgen um Euch so glücklich fortschieben können.«

Es gab ein kurzes, tiefes Schweigen. Die Brüder, hinter dem Abt zwangsläufig zum Halten gekommen, bogen und verrenkten die Hälse, um jene Frau zu begaffen, die als Entführte gesucht worden war. Man hatte ja sogar schon von einem Skandal getuschelt. Jetzt aber war sie unversehrt und unschuldig in Begleitung der Unterpriorin einer Benediktinerklause zurückgekehrt, erstickte jeden Kommentar und jede Spekulation im Keim und stellte sich mit unerschütterlicher Fassung und Würde der Welt. Selbst Prior Robert vergaß sich und gaffte, statt die Brüder mit herrischen Gesten durch den Kreuzgang an die Arbeit zu scheuchen.

»Sollen wir Eure Tiere versorgen, während Ihr Euch

ausruht und eine Erfrischung zu Euch nehmt?« bot der Abt an. »Ich will unterdessen einen Diener zur Burg schicken und den Sheriff unterrichten, daß Ihr gesund und munter bei uns eingetroffen seid. Denn Ihr müßt so bald wie möglich mit ihm sprechen und ihm Eure Abwesenheit erklären, wie Ihr sie mir erklärt habt.«

»Das würde ich gern tun, Ehrwürdiger Vater«, erwiderte Judith, »aber ich muß nach Hause. Meine Tante, mein Vetter und alle meine Leute machen sich Sorgen um mich. Ich muß sofort heim, mich ihnen zeigen und ihnen die Sorgen nehmen. Ich werde aber sofort einen Burschen zur Burg schicken, um Hugh Beringar zu unterrichten, und dann mag er zu mir kommen oder nach mir schicken, wie es ihm beliebt. Wir konnten jedoch nicht einfach in die Stadt reiten, ohne zunächst Euch zu unterrichten.«

»Das war sehr rücksichtsvoll, und ich bin Euch dankbar. Schwester Magdalena, ich hoffe doch, daß wenigstens Ihr unser Gast sein werdet?«

»Heute will ich Judith begleiten, sie wohlbehalten zu ihrer Familie zurückbringen und ihr beim Gespräch mit dem Sheriff zur Seite stehen, so sie mich braucht. Womöglich ist der Sheriff, was verschwendete Zeit und Mühe angeht, weit weniger nachsichtig als Ihr, Ehrwürdiger Vater. Ich will bei ihr übernachten. Morgen aber hoffe ich, mit Euch reden zu können. Ich habe die Altardecke mitgebracht, an der Mutter Mariana gearbeitet hat, seit sie bettlägerig wurde. Ihre Hände besitzen noch die alte Geschicklichkeit, und ich glaube, Ihr werdet zufrieden damit sein. Aber das Tuch ist sorgfältig in meiner Sattelrolle verstaut, und ich würde mich nicht gern aufhalten und es jetzt auspacken. Dürfte ich darum bitten, daß Bruder Cadfael uns zur Stadt begleitet? Hugh Beringar wird sicher froh sein, ihn bei unserem Gespräch dabeizuhaben. Auf dem Rückweg könnte Cadfael dann das Altartuch mitbringen.«

Abt Radulfus kannte sie inzwischen gut genug, um zu wissen, daß sie gute Gründe für ihre Bitte haben mußte. Er sah sich nach Cadfael um, der sich bereits aus der Reihe der Brüder löste.

»Ja, geht mit unserer Schwester. Ihr habt meine Erlaubnis, so lange wie nötig zu bleiben.«

»Wenn Ihr erlaubt, Ehrwürdiger Vater«, sagte Cadfael sofort, »und wenn Schwester Magdalena einverstanden ist, dann könnte ich selbst zur Burg gehen und Hugh Beringar unterrichten, nachdem wir Frau Perle heimgebracht haben. Seine Männer sind gewiß noch im Land unterwegs, und je eher er sie zurückruft, desto besser.«

»Ja, einverstanden!« Er ging zu den Maultieren voraus, bei denen John Miller geduldig wartete. Die Brüder, deren Weg jetzt frei war, verstreuten sich pflichtbewußt, nicht ohne über die Schulter zuzusehen, wie die beiden Frauen aufsaßen und davonritten. Radulfus zog Cadfael noch einmal zur Seite und sagte leise: »Wenn die Neuigkeiten so langsam nach Godric's Ford vordringen, dann mag es noch einige andere Dinge geben, die sie nicht weiß und die zu hören für sie keine Freude sein wird. Einer ihrer Männer ist tot. Noch schlimmer, er ist schuldig . . .«

»Ich habe daran gedacht«, gab Cadfael genauso leise zurück. »Sie soll es erfahren, bevor wir ihr Haus erreichen.«

Als sie im bedächtigen Maultierschritt, der sich nicht beschleunigen ließ, die Brücke erreichten, schob Cadfael sich neben Judith und sagte behutsam: »Drei Tage wart Ihr fort. Muß ich Euch, bevor Ihr Euer Haus betretet, von den Dingen berichten, die in diesen drei Tagen geschehen sind?«

»Das ist nicht nötig«, erwiderte sie einfach. »Ich bin im Bilde.«

»Vielleicht wißt Ihr nicht alles, denn nicht alles ist allgemein bekannt. Es gab noch einen weiteren Todesfall. Gestern nachmittag fanden wir unten jenseits der Gaye auf unserer Seite des Flusses eine Leiche. Ein Ertrunkener – einer Eurer Weber, ein junger Mann namens Bertred. Ich sage es Euch lieber jetzt«, fuhr er leise fort, als sie scharf und schmerzlich einatmete, »weil er bereits im Sarg liegt und in Eurem Haus die Vorbereitungen für das Begräbnis getroffen werden. Ich wollte Euch nicht unvorbereitet heimkehren lassen.«

»Bertred ertrunken?« flüsterte sie erschrocken. »Aber wie ist das möglich? Er konnte schwimmen wie ein Fisch. Wie konnte er ertrinken?«

»Er bekam einen Schlag auf den Kopf, der aber nicht mehr ausgerichtet hat, als ihn eine Weile zu betäuben. Und irgendwie zog er sich noch einen zweiten Schlag zu, bevor er ins Wasser stürzte. Wie auch immer, es geschah in der Nacht. Der Wächter in der Walkmühle hat es uns erzählt«, berichtete Cadfael und wiederholte fast Wort für Wort die Aussage des Wächters. Sie hörte die Geschichte in tiefem Schweigen an, und er spürte, wie sie die Nachtstunde, den Ort und gewiß auch den engen, staubigen halbvergessenen Raum hinter den Wollballen mit der Geschichte in Verbindung brachte. Es würde ihr schwerfallen, ihr Schweigen zu wahren und ihr Wort zu halten. Abermals war ein junger Mann gestorben, zerstört durch ihre verhängnisvolle Nähe, und es gab noch einen dritten, den sie vielleicht nicht retten konnte, da man inzwischen der Wahrheit so nahe war.

Sie hatten das Stadttor erreicht und ritten durch den Torbogen. Auf der steil ansteigenden Wyle wurden die Maultiere noch langsamer, doch niemand versuchte, sie anzutreiben.

»Es gibt noch mehr zu berichten«, sagte Cadfael. »Ihr erinnert Euch sicher an den Morgen, als wir Bruder Eluric fanden. Ich nahm von der Stiefelspur im Boden einen Wachsabdruck. Bertred trug Stiefel, als wir ihn in die Abtei brachten und auszogen. Der linke Stiefel hat diesen Abdruck hinterlassen . . .«

»Nein!« klagte sie verzweifelt und ungläubig. »Das ist unmöglich! Es kann nur ein Irrtum sein.«

»Es ist kein Irrtum. Hier ist kein Fehler möglich. Abdruck und Stiefel stimmen überein.«

»Aber warum? Warum nur? Welchen Grund konnte Bertred haben, meinen Rosenstrauch umzuhacken? Welchen Grund, den jungen Bruder zu erstechen?« Leiser und gedankenverloren fuhr sie fort: »Davon hat er mir nichts gesagt!«

Cadfael schwieg, aber sie wußte, daß er es gehört hatte. Nach einer Weile sagte sie: »Ihr sollt es wissen, Ihr sollt es erfahren. Wir müssen uns beeilen. Ich muß mit Hugh Beringar reden.« Energisch trieb sie ihr Maultier die Hauptstraße hinauf. Aus Nischen und Eingängen von Geschäften wurden neugierige Köpfe gesteckt. Man erkannte sie, ein Nachbar stieß den anderen Nachbarn an, und bald, als sie ihrem Haus nahe waren, wurden ihr Grüße zugerufen, die sie jedoch kaum zur Kenntnis nahm. Bald würde die Neuigkeit die Runde machen, daß Judith Perle wieder daheim sei. Beritten und in respektabler Gesellschaft sei sie gekommen, nachdem man schon fast sicher gewesen war, ein Schurke habe sie durch Vergewaltigung zur Ehe zwingen wollen.

Schwester Magdalena blieb dicht hinter ihr und ließ keinen Zweifel daran, daß sie zusammengehörten. Sie hatte bisher kein Wort gesagt, doch sie hatte scharfe Ohren und einen behenden Geist. Wahrscheinlich hatte sie den größten Teil der Unterhaltung gehört und verstanden. Der Müller war, wahrscheinlich aus Höflichkeit, ein Stück zurückgefallen. Ihm war nur wichtig, was Schwester Magdalena für gut und richtig hielt, und dem durfte nichts und niemand entgegenstehen. Neugierde kannte er kaum. Was er wissen mußte, um ihr nützlich zu sein, das sagte sie ihm. So lange war er schon ihr treuer Helfer, daß zwischen den beiden manches ohne ein Wort mitgeteilt und verstanden werden konnte.

Sie hatten inzwischen die Maerdol Straße erreicht und hielten vor dem Haus der Vestiers an. Cadfael half Judith aus dem Sattel, denn der Hofeingang war zwar breit genug, aber zu niedrig, um hindurchzureiten. Sie hatte kaum den Fuß auf den Boden gesetzt, da lugte schon ihr Nachbar, der Sattler, mit großen, erstaunten Augen aus der Türe und verschwand ebenso rasch wieder, um die Neuigkeit einem Kunden mitzuteilen. Cadfael nahm das Zaumzeug des weißen Maultiers und folgte Judith durch den düsteren Gang in den Hof. Aus dem Schuppen zur Rechten drang das rhythmische Klappern der Webstühle, und in der Halle waren gedämpfte Stimmen zu hören. Die Frauen saßen niedergeschlagen und bedrückt an ihren Spinnrädern, niemand sang in diesem Trauerhaus.

Branwen lief gerade über den Hof zur Haustür. Als sie das Knirschen der kleinen Hufe auf der festgetretenen Erde im Durchgang hörte, fuhr sie herum. Sie stieß einen hohen, schrillen Schrei aus, wollte schon auf ihre Herrin zurennen, während sie staunend und freudig zu lachen begann, doch dann besann sie sich, machte abermals kehrt und rannte ins Haus, um Agatha, Miles und alle Diener herbeizurufen, damit auch sie sehen konnten, wer da gerade gekommen war. Hals über Kopf kam Miles aus dem Haus gestürzt. Sein Gesicht erhellte sich, und mit offenen Armen kam er gerannt, um seine Cousine zu umarmen.

»Judith ... Judith, du bist es! Oh, meine Liebe, wo warst du nur so lange? Wo warst du nur? Wir haben geschwitzt und uns gesorgt und in jedem Graben und in jeder Gasse nach dir gesucht. Bei Gott, ich fürchtete schon, ich würde dich nie wiedersehen. Wo warst du nur, was ist geschehen?«

Kaum hatte er ausgesprochen, da war seine Mutter zur Stelle, übersprudelnd vor tränenvollen Beteuerungen und Dankgebeten, da ihre Nichte gesund und munter wieder daheim war. Judith ließ geduldig alles über sich ergehen und schenkte sich die Antworten einstweilen, bis ihnen die Fragen ausgingen. Unterdessen waren auch alle Spinnerinnen draußen im Hof, die Weber hatten die Webstühle verlassen. Ein Dutzend gleichzeitig sprechender Menschen verwandelte den Hof in ein Babel, in dem sie ohnehin nicht verstanden worden wäre. Die Freude fuhr durch das Trauerhaus wie ein frischer Wind und ließ nicht einmal nach, als Bertreds Mutter herauskam und wie die anderen starrte.

»Es tut mir leid«, erklärte Judith, als der Sturm einen Augenblick innehielt, »daß Ihr Euch solche Sorgen um mich gemacht habt. Das war nicht meine Absicht. Aber Ihr seht ja, daß ich wohlauf bin, also macht Euch keine Sorgen mehr. Ich werde Euch nicht wieder verlorengehen. Ich war in Godric's Ford bei Schwester Magdalena, die so freundlich war, mich auf dem Rückweg zu begleiten. Tante Agatha, würdest du ihr ein Bett richten? Schwester Magdalena wird bei uns übernachten.«

Agatha blickte zwischen Nichte und Nonne hin und her, während ein leises Lächeln um ihre Lippen spielte und ihre blauen Augen etwas verschlagen glänzten. Das Mädchen war mit ihrer Ratgeberin aus dem Kloster zurückgekehrt. Gewiß hatte ihre Sehnsucht nach Frieden und Verzicht auf die Welt die Oberhand gewonnen. Warum sonst war sie zu einer Benediktinerklause geflohen?

»Von Herzen gern!« sagte Agatha eifrig. »Schwester, Ihr seid willkommen. Bitte, kommt doch ins Haus, ich will Euch Wein und Haferkuchen auftischen, denn Ihr müßt nach dem Ritt müde und hungrig sein. Verfügt über uns und unser Haus, wir stehen alle in Eurer Schuld.« Selbstbewußt wie eine Schloßherrin übernahm sie die Führung. In den drei Tagen, dachte Cadfael, der sich etwas abseits hielt und beobachtete, hatte sie sich recht gut an die Rolle der Hausherrin gewöhnt. Nun fiel es ihr schwer, die neue Gewohnheit wieder abzulegen.

Judith wollte ihr folgen, doch Miles legte ihr eine Hand auf den Arm und hielt sie zurück. »Judith«, flüsterte er ihr drängend und ängstlich ins Ohr, »du hast ihr doch nichts versprochen? Der Nonne? Du hast dich doch nicht überreden lassen, ins Kloster zu gehen?«

»Bist du wirklich so dagegen, daß ich ins Kloster gehe?« gab sie zurück, während sie ihn nachsichtig musterte.

»Nicht, wenn du es wirklich willst – aber warum bist du zu ihr gelaufen, wenn du nicht . . .«

»Nein«, entgegnete sie. »Ich habe nichts versprochen.«

»Aber du bist zu ihr gegangen – nun gut!« sagte er und schüttelte seine Sorgen ab. »Tu nur das, was du wirklich willst. Komm, laß uns hineingehen!« Er wandte sich ab, um einen Weber zu rufen, der den Müller und die Maultiere versorgen und unterbringen sollte. Dann scheuchte er nicht unfreundlich die Spinnerinnen an ihre Spinnräder zurück. »Bruder, kommt herein, seid uns willkommen. Weiß man in der Abtei schon Bescheid, daß Judith heimgekehrt ist?«

»Ja«, sagte Cadfael. »Man weiß es. Ich bin nur mitgekommen, um ein Geschenk mitzunehmen, das Schwester Magdalena für unsere Marienkapelle mitgebracht hat. Und ich habe im Auftrag von Frau Perle auf der Burg zu tun.«

Miles schnippte mit den Fingern, sofort wieder ernst werdend. »Mein Gott, ja! Der Sheriff kann die Jagd abblasen, die Suche ist vorbei. Aber – Judith, ich habe es ganz vergessen! Hier ist einiges geschehen, das du sicher noch nicht weißt. Martin Bellecote ist mit seinem Jungen hier. Geh nur nicht in die kleine Kammer, dort wird gerade für Bertreds Sarg Maß genommen. Er ist vor zwei Nächten im Severn ertrunken. Ich wünschte, ich müßte dir nicht mit so schlimmen Neuigkeiten den Tag verderben.«

»Ich bin bereits im Bilde«, erwiderte Judith ruhig. »Bruder Cadfael wollte mich nicht unvorbereitet heimkehren lassen. Wie ich hörte, war es ein Unfall.« Die Knappheit ihrer Worte und die Leere in ihrer Stimme veranlaßten Cadfael, innezuhalten und sie von nahem zu betrachten. Sie war so beunruhigt wie er selbst. Es war ihr nicht möglich, irgend etwas, das in diesen Junitagen in Verbindung mit ihrer Person und ihren Angelegenheiten geschah, als bloßen Zufall abzutun.

»Ich gehe jetzt zu Hugh Beringar«, erklärte er auf der Schwelle und trat auf die Straße hinaus.

In ernstem Gespräch saßen sie, nachdem die Begrüßungen ausgetauscht waren, in etwas gezwungener Förmlichkeit in Judiths Kammer beisammen: Hugh, Schwester Magdalena, Judith und Cadfael. Miles hatte bleiben und die gerade zurückgewonnene Cousine nicht allein lassen wollen. Er hatte eine Hand beschützend auf Judiths Schulter gelegt, wie um sie zu verteidigen, und Hugh respektvoll angesehen. Er erwartete wohl, vom Sheriff fortgeschickt zu werden, doch Judith selbst wies ihn hinaus. Sie sah ihn liebevoll an und sagte sanft: »Nein, laß uns allein, Miles. Wir können später noch reden, und du sollst alles erfahren, was du wissen willst. Aber jetzt kann ich keine Ablenkung brauchen. Der Sheriff hat nicht viel Zeit, und nach der Mühe, die ich ihm gemacht habe, bin ich ihm meine ganze Aufmerksamkeit schuldig.«

Immer noch zögerte er stirnrunzelnd, doch dann nahm er ihre Hand. »Verschwinde nur nicht wieder!« sagte er, verließ leichtfüßig den Raum und schloß hinter sich die Tür.

»Das Erste und Dringendste, was ich Euch mitzuteilen habe«, begann Judith schließlich, indem sie Hugh anblickte, »sollen weder er noch meine Tante hören. Sie haben sich schon genug Sorgen um mich gemacht, und sie brauchen nicht zu erfahren, daß ich in Lebensgefahr war. Mylord, keine Meile von Godric's Ford entfernt treiben sich Wegelagerer im Wald herum, die des Nachts Reisende überfallen. Nur ein Mann hat mich angegriffen, aber ich glaube, gewöhnlich jagen sie zu zweit. Er hatte ein Messer und wollte mich töten, aber zum Glück bekam ich nur einen Kratzer am Arm ab. Der nächste Reisende könnte weniger glücklich davonkommen.«

Hugh hörte mit unbewegtem Gesicht aufmerksam zu. Draußen ging Miles pfeifend zur Werkstatt.

»Das war auf dem Weg zu Godric's Ford?« erkundigte sich Hugh.

»Ja.«

»Wart Ihr etwa nachts allein im Wald? Ihr seid am frühen Morgen auf dem Weg zur Abtei aus Shrewsbury verschwunden.« Er wandte sich an Schwester Magdalena. »Wißt Ihr davon?«

»Judith erzählte es mir«, antwortete Magdalena ruhig. »ansonsten weiß ich nichts. Nein, wir haben so nahe bei unserer Klause keine weiteren Spuren von Gesetzlosen gefunden. Ich hätte es gewiß erfahren, wenn einer der Waldbewohner davon gehört hätte. Aber wenn Ihr meint, ob ich die Geschichte glaube, dann sage ich jawohl, ich glaube sie. Ich habe ihren Arm verbunden und auch den Mann versorgt, der ihr zur Hilfe kam und den Gesetzlosen vertrieb. Ich weiß, daß sie die Wahrheit sagt.«

»Dies ist der vierte Tag seit Eurem Verschwinden«, sagte Hugh, indem er sich mit täuschender Harmlosigkeit wieder an Judith wandte. »War es denn klug, so lange zu warten, ehe Ihr mich vor herrenlosen Männern warntet, die sich so nahe an der Stadt herumtrieben? Die womöglich sogar die Schwestern in Gefahr bringen konnten? Einer von Schwester Magdalenas Nachbarn im Wald hätte sicher gern die Nachricht überbracht. Und auf diesem Wege hätten wir gleichzeitig erfahren, daß Ihr in Sicherheit wart und wir uns nicht mehr um Euch zu sorgen brauchten. Ich hätte meine Männer ausschicken können, um die Wälder von den Plagegeistern zu befreien.«

Judith zögerte einen Augenblick, aber eher um ihre Gedanken zu klären als um sich eine Täuschung zu überlegen. Etwas von Schwester Magdalenas zuversichtlicher Gelassenheit war auf sie übergegangen. Sorgfältig ihre Worte wählend, sagte sie schließlich: »Mylord, meine Geschichte für die Welt ist, daß ich vor meinen Sorgen geflohen bin und bei Schwester Magdalena Zuflucht gesucht habe. Ich war die ganze Zeit bei ihr, und niemand sonst hat mit meinem Fortgehen oder meiner Rückkehr zu tun. Meine Geschichte für Euch aber, wenn Ihr dies respektieren wollt, könnte ganz anders aussehen. Es gibt einiges, was ich Euch nicht erzählen werde, es gibt Fragen, die ich nicht beantworten will. Aber alles, was ich Euch sage, und jede Antwort, die ich Euch gebe, soll der Wahrheit entsprechen.«

»Das ist nur fair«, warf Schwester Magdalena billigend ein, »und ich an Eurer Stelle, Hugh, würde dies akzeptieren. Die Gerechtigkeit ist eine Sache, aber sie nützt nichts, wenn sie dem Opfer mehr Schaden zufügt als dem Missetäter. Das Mädchen ist wohlbehalten herausgekommen, also wollen wir die Sache auf sich beruhen lassen.«

»Und an welchem Abend«, fragte Hugh, der sich noch nicht ganz geschlagen gab, »wurdet Ihr im Wald angegriffen?«

»Gestern abend war es. Es muß schon nach Mitternacht gewesen sein, vielleicht eine Stunde danach.«

»Eine gute Stunde«, warf Magdalena hilfsbereit ein. »Wir waren nach der Laudes gerade wieder ins Bett gegangen.«

»Gut! Dann will ich eine Patrouille ausschicken und die Wälder eine Meile im Umkreis absuchen lassen. In jener Gegend haben wir nur selten Schwierigkeiten mit Burschen aus Powys, und wenn sie kommen, werden wir gewöhnlich vorher gewarnt. Es muß ein Einzelgänger sein, vielleicht ein mißhandelter Leibeigener, der sich abgesetzt hat. Und jetzt«, sagte Hugh, der Judith plötzlich anlächelte, »erzählt mir das, was Ihr erzählen wollt – von dem Augenblick an, als Ihr an der Gaye unter der Brücke in ein Boot gezerrt wurdet, bis zum gestrigen Abend, als Ihr in Godric's Ford Schutz gesucht habt. Und was die Dinge angeht, die ich tun werde, so müßt Ihr mir eben vertrauen.«

»Ich vertraue Euch«, sagte sie, indem sie ihn lange und ruhig betrachtete. »Ich glaube, daß Ihr mich schonen wollt und mich nicht zwingen werdet, mein Wort zu brechen. Ja, ich wurde verschleppt, ich wurde bis vorgestern gefangengehalten und gedrängt, einer Heirat zuzustimmen. Allerdings werde ich Euch nicht sagen, wo oder von wem.«

»Soll ich es Euch sagen?« bot Hugh an.

»Nein«, protestierte sie scharf. »Wenn Ihr es wißt, dann laßt mir wenigstens die Beruhigung, daß Ihr es nicht von mir erfahren habt, weder mit Worten noch durch einen Blick. Nach zwei Tagen bereute er seine Tat bitter, er war verzweifelt und sah keinen Ausweg mehr. Er fürchtete, dafür zahlen zu müssen, nichts hatte er gewonnen und würde nichts gewinnen, und er wußte es. Von Herzen wünschte er, mich wieder loszuwerden, aber er hatte Angst, ich könnte ihn anzeigen, wenn er mich einfach gehen ließ, und wenn man mich fand, wäre er ebenfalls am Ende gewesen. Schließlich«, erklärte sie einfach, »tat er mir leid. Abgesehen von der Entführung hatte er mir nichts angetan. Er wollte mich gewinnen, doch er war zu ängstlich und sicher auch zu gut erzogen, um mich mit Gewalt zu nehmen. Hilflos war er und bat mich schließlich sogar um Hilfe. Außerdem wollte auch ich die Angelegenheit ohne Skandal beilegen. Das wollte ich noch viel mehr, als an ihm Rache zu nehmen. Am Ende wollte ich überhaupt keine Rache mehr, denn er litt solche Qualen, daß ich schon gerächt war. Ich beherrschte ihn, ich konnte ihn tun lassen, was immer ich verlangte. Es war mein Plan: Er sollte mich in der Nacht, damit er nicht gesehen oder erkannt wurde, nach Godric's Ford oder in die Nähe bringen. Von dort aus wollte ich heimkehren, als wäre ich die ganze Zeit dort gewesen. An jenem Abend war es zu spät, um aufzubrechen, aber am nächsten Abend, das war gestern, ritten wir zusammen. Er setzte mich knapp eine halbe Meile vor Godric's Ford ab. Und danach, als er fort war, wurde ich angegriffen.«

»Könnt Ihr sagen, was für ein Mann es war? War nichts an ihm, das Ihr wiedererkennen könntet oder wiedererkannt habt? Aussehen, Berührung, Geruch, irgend etwas?«

»Der Mond war noch nicht aufgegangen, im Wald herrschte rabenschwarze Nacht. Und es war sehr schnell vorbei. Ich habe Euch noch nicht erzählt, wer mir zur Hilfe kam. Schwester Magdalena weiß es bereits. Der Mann begleitete uns heute morgen auf dem Rückweg. Er verließ uns an seinem Haus in der Vorstadt. Es war Niall, der Bronzeschmied, der in jenem Haus lebt, das einst mir gehörte. Alles in der letzten Zeit und jeder Mensch, der mir nahe kommt«, fügte sie plötzlich heftig hinzu, »ist mit dem Haus und dem Rosenstrauch verbunden. Ich wünschte, ich hätte es nie verlassen. Ich hätte es der Abtei schenken und trotzdem Mieterin bleiben können. Es war falsch, das Haus zu verlassen, in dem die Liebe wohnte.«

In dem wieder die Liebe wohnt, fügte Cadfael in Gedanken hinzu, als er vernahm, wie die sonst so kontrollierte Stimme plötzlich einen energischen, lebhaften Unterton bekam und wie das bleiche, müde Gesicht hell und froh wurde. Niall also war bei ihr gewesen, als es auf Leben oder Tod gegangen war.

»Jetzt habe ich Euch alles berichtet«, sagte sie. »Was wollt Ihr nun tun? Ich versprach, ihn – den Mann, der mich entführte – nicht anzuzeigen. Ich will ihm nichts Böses. Wenn Ihr ihn faßt und anklagt, werde ich nicht als Zeugin gegen ihn sprechen.«

»Soll ich euch sagen«, gab Hugh sanft zurück, »wo er jetzt gerade ist? Er sitzt in einer Zelle auf der Burg. Keine halbe Stunde, bevor Cadfael zu mir kam, ritt er zum Osttor hinein, und wir schafften ihn ins Gefängnis, bevor er wußte, wie ihm geschah. Er wurde noch nicht befragt und noch nicht angeklagt, und niemand in der Stadt weiß, daß wir ihn haben. Ich kann ihn gehen lassen oder ihn bis zur Gerichtsverhandlung festhalten. Ich verstehe Euren Wunsch, Euer Wort zu halten und die Angelegenheit zu begraben. Es bleibt aber noch die Frage, was mit Bertred geschehen ist. In der Nacht, als Ihr Eure Pläne geschmiedet habt, war auch Bertred unterwegs . . .«

»Cadfael hat es mir erzählt«, antwortete sie wachsam.

»Es war die Nacht seines Todes, was ein Zufall sein kann oder auch nicht. Er ist herumgestrolcht und hatte die Absicht, einzubrechen – wollen wir sagen, um etwas oder jemand zu stehlen? Und es ist möglich, daß jemand nachgeholfen hat, damit er im Fluß ertrank.«

Judith schüttelte entschieden den Kopf.

»Nicht der Mann, den Ihr gefangenhaltet. Ich weiß es, weil ich bei ihm war.« Sie biß sich auf die Unterlippe und dachte einen Augenblick nach. Kaum etwas war unausgesprochen geblieben, abgesehen von dem Namen, den sie nicht nennen wollte. »Wir waren beide dort drinnen, wir hörten den Sturz, aber da wußten wir nicht, was geschehen war. Wir hatten draußen leise Geräusche gehört, aber wir waren nicht sicher. Später hörten wir noch einmal etwas. Inzwischen waren wir so verängstigt, daß er bei jedem Rascheln vor Angst erstarrte. Aber er verließ mich nicht. Was immer mit Bertred geschah, er hatte nichts damit zu tun.«

»Das soll mir als Beweis reichen«, erklärte Hugh zufrieden. »Nun gut, Ihr sollt Euren Willen bekommen. Niemand soll mehr erfahren, als Ihr freiwillig erzählen wollt. Aber bei Gott, er soll wissen, was für ein Wurm er ist, bevor ich ihn aus der Zelle werfe und ihn mit einem Fußtritt nach Hause schicke. Das werdet Ihr mir sicher verzeihen, denn er kann immer noch von Glück reden, wenn er so leicht davonkommt.«

»Großes Gewicht hat er tatsächlich nicht«, gab sie gleichgültig zurück. »Er ist nur ein dummer Junge. Aber er ist kein Schurke und noch jung genug, um sich zu ändern. Doch was ist nun mit Bertred? Bruder Cadfael sagte mir, daß er den jungen Mönch getötet habe. Das verstehe ich nicht. Ich begreife auch nicht, warum Bertred selbst sterben mußte. Niall sagte mir gestern abend, was nach meinem Verschwinden in der Stadt geschehen ist. Doch von Bertred erzählte er mir nichts.«

»Wahrscheinlich hat er es nicht gewußt«, erklärte Cadfael. »Wir hatten ihn erst am Nachmittag gefunden, und obwohl die Gerüchte natürlich durch die Stadt flogen, nachdem er hergebracht wurde, gelangten sie wahrscheinlich nicht bis zu Niall in die Vorstadt. Ich selbst habe ihm nichts erzählt. Wie kam es, daß er so nahe an Godric's Ford zur Stelle war, als Ihr ihn brauchtet?«

»Er sah uns vorbeireiten«, erwiderte Judith, »bevor wir in den Wald eindrangen. Er war auf dem Heimweg, doch er erkannte mich und folgte uns. Wie gut für mich! Niall, der Bronzeschmied, war immer gut zu mir, sooft oder so selten wir uns trafen oder uns begegneten.«

Hugh stand auf, um sich zu verabschieden. »Ich schicke Alan mit einer Patrouille in den Wald und lasse die Gegend absuchen. Wenn es da wirklich ein Nest mit wilden Männern gibt, dann werden wir es ausräuchern. Madam, nichts, was hier gesagt wurde, soll nach draußen dringen. Die Angelegenheit ist beigelegt, wie Ihr es wünschtet. Und Gott sei Dank nahm sie kein schlimmes Ende. Ich glaube, Ihr braucht nun etwas Ruhe.«

»Nur was Bertred angeht, bin ich nicht beruhigt«, wandte Judith ein. »Auch von seiner Schuld bin ich nicht überzeugt, und sein Tod wirft Fragen auf. Er war ein guter Schwimmer, denn er wuchs am Fluß auf. Warum sollten ihn seine Fähigkeiten ausgerechnet in jener Nacht im Stich gelassen haben?«

Hugh war fort, zurück zur Burg, um seine Jäger zurückzurufen. Vielleicht würde er nachsichtig mit dem bejammernswerten Vivian Hynde verfahren, wahrscheinlich aber würde er ihn über Nacht oder noch länger schwitzend und sich sorgend in der kalten Zelle festhalten. Cadfael nahm die sorgfältig zusammengerollte Altardecke entgegen, die Schwester Magdalena aus der Satteltasche geholt hatte, und machte sich auf den Rückweg zur Abtei. Vorher warf er noch einen Blick in die kleine Kammer, in der Bertred schon im Sarg lag. Der Tischlermeister und sein Sohn paßten gerade den Deckel ein und sprachen ein Gebet für den toten jungen Mann.

Schwester Magdalena begleitete Cadfael zur Straße. Dort blieb sie stehen und runzelte nachdenklich die Stirn.

»Nun?« sagte Cadfael, da er sie so schweigsam fand.

»Es ist gut und doch nicht gut!« Sie schüttelte zweifelnd den Kopf. »Ich kann das Muster nicht sehen, das alles erklären würde. Was Judith geschah, liegt auf der

Hand, doch den Rest kann ich nicht ergründen. Habt Ihr gehört, was sie zu Bertreds Tod sagte? Ich muß daran denken, daß auch sie beinahe den Tod gefunden hätte, wäre nicht der Schmied gewesen. Sollte in diesem verwirrten Knäuel auch der Zufall im Spiel sein? Ich bezweifle es!«

Während er bergauf zur Hauptstraße ging, dachte er unentwegt darüber nach, und als er sich der Ecke näherte, blieb er plötzlich stehen und blickte zurück. Sie stand noch halb auf der Straße und sah ihm nach, die kräftigen Hände vor dem Gürtel gefaltet.

Nein, der Zufall war sicher nicht im Spiel. Auch Ereignisse, die willkürlich schienen, mußten ihre Gründe haben.

Ein Ereignis hatte das nächste ausgelöst und Motive und Interessen auf den Plan gerufen, die zuvor nicht im Spiel gewesen waren, bis ein Teufelskreis begann. Unglückliche Seelen wurden hineingezogen und zu Taten gedrängt, die sie nie begehen wollten. Schneller und entschlossener, als er gegangen war, kehrte Cadfael zu Schwester Magdalena zurück.

»Ich habe mich schon gefragt«, sagte sie, nicht im mindesten verwundert, »was in Eurem Kopf vorging. Ich habe es selten erlebt, daß Ihr bei einer solchen Besprechung so wenig gesagt und so viel gegrübelt hättet. Was ist Euch jetzt eingefallen?«

»Da Ihr in diesem Haus übernachten werdet, könntet Ihr etwas für mich tun«, sagte Cadfael. »In der Aufregung über das Begräbnis des Jungen und Judiths Rückkehr dürfte es nicht schwer sein, für mich ein paar Dinge zu entwenden und mir zur Abtei bringen zu lassen. Schickt mir Martins Jungen Edwy, wenn die beiden noch da sind, aber sagt sonst niemand ein Wort. Ich will nur borgen, nicht stehlen. So oder so, ich werde die Dinge nicht lange brauchen.«

»Ihr macht mich neugierig«, erwiderte Magdalena. »Welche Dinge meint Ihr?«

»Zwei linke Schuhe«, erwiderte Cadfael.

13

Da ihm plötzlich der rote Faden in all den schrecklichen Details bewußt wurde, die bislang keinen Sinn ergeben hatten, konnte er an nichts anderes mehr denken. Während der ganzen Vesper bemühte er sich, auf den Gottesdienst zu achten, doch die Katastrophen, die allesamt mit der Rose in Verbindung standen, gingen ihm beharrlich durch den Kopf und fügten sich allmählich zu einem logischen Muster zusammen. Zunächst war da Judith, immer noch leidend und unglücklich nach dem Verlust vor drei Jahren, die daran dachte, sich in ein Kloster zurückzuziehen. Währenddessen wurde sie von einer Reihe alter und junger Freier bedrängt, die ein Auge auf sie und ihr Vermögen geworfen hatten. Erfolglos hatten die Bewerber geschmeichelt und gefleht und verzweifelten allmählich, da Judith immer noch ihre Absicht verwirklichen und ins Kloster gehen konnte. Dann die versuchte Zerstörung des Rosenstrauches, um das verschenkte Haus zurückzubekommen, und die Ermordung Bruder Elurics, die wahrscheinlich oder sogar mit großer Sicherheit nicht geplant, sondern in Panik geschehen war. Wenigstens ein Mann trug danach die Schuld an einem Mord und war mehr denn je zu allem bereit. Dann aber, um die Angelegenheit zu komplizieren und alles zu verwirren, war Judith entführt worden. Wieder eine aus Panik geborene Tat, um zu verhindern, daß sie die Bedingung für ihr Geschenk aufhob und um sie durch Überredung oder Drohung zur Heirat zu bewegen. Auch wenn er nicht genannt worden war, in diesem Fall war der Täter bekannt. Der nächtliche Tod Bertreds hätte eingeleuchtet, wäre er vom Entführer bewerkstelligt worden, was aber offenbar nicht der Fall war. Judith hatte es bezeugt, und das würde wahrscheinlich auch Vivian Hyndes Mutter tun. Nachdem das Abkommen zwischen Entführer und Entführter getroffen war, hatte man Judith zu ihrer Bequemlichkeit in ein Haus gebracht, das auf der Suche nach ihr bereits durchsucht worden war, während man den versteckten Raum im Lagerhaus in aller Eile, aber gründlich von allen Spuren ihrer Gegenwart befreite. So weit, so gut! Doch jemand hatte gelauscht. Zuerst Bertred, dann wahrscheinlich noch ein zweiter, falls Vivian nicht inzwischen in einem Geisteszustand war, in dem ihn schon das Rascheln einer Maus im Gebälk erschreckte. Jemand hatte wahrscheinlich den Plan belauscht, und das Pferd mit der doppelten Last hatte außer Niall, dem Bronzeschmied, noch einen zweiten Verfolger gehabt. Damit hatte sich ein schrecklicher Kreis geschlossen, zumal derjenige, der ihn begonnen hatte, auch der war, der ihn zu beenden suchte.

Man bedenke nur, grübelte Cadfael, während er sich eigentlich hätte mit entrückteren, zeitlosen Dingen beschäftigen müssen, welch erstklassigen Sündenbock Vivian Hynde abgibt, wenn es darum geht, den zu finden, der Judith im Wald angegriffen hat. Der Mann, der sie entführt und vergeblich zu einer Heirat zu überreden versucht hatte, ritt des Nachts mit ihr in den Wald, mißtraute ihrem Versprechen, ihn nicht zu verraten, setzte sie ab, ritt weiter, stieg vom Pferd und eilte zu Fuß zurück, um sie zu töten. Zwar hatte Judith ihn entlastet, als sie erklärte, er sei gewiß nicht zurückgekehrt, sondern in aller Eile nach Hause geritten. Aber was, wenn der Mordversuch erfolgreich verlaufen wäre? Wenn Judith tot und unfähig, eine Aussage zu machen, im Wald gelegen hätte?

Da war schon vor dem Mord ein ausgezeichneter Sündenbock ausgewählt worden, dachte Cadfael. Wie, wenn auch für den ersten Mord einer ausgewählt worden war? Nicht davor, weil dieser Mord nicht geplant war, sondern erst danach? Ein Sündenbock, der hilflos, gedemütigt und überführt dem Henker vorgeführt werden konnte? Dem seine Nützlichkeit sofort anzusehen war, da er bereits mit seinem Tod rechnete? Kein Zufall war es, sondern die bittere, ironische Konsequenz der vorhergehenden Ereignisse.

Und das ganze komplizierte Geflecht hing von zwei linken Schuhen ab, die er noch nicht einmal gesehen hatte. Je älter, je besser, hatte er erwidert, als Magdalena ihn klug und nicht sonderlich überrascht nach Einzelheiten gefragt hatte. Sie müssen gut eingelaufen sein, hatte er erklärt. Nur reiche Menschen besaßen mehrere paar Schuhe, aber einer der Träger, an die er dachte, konnte von seinem Besitz keinen Gebrauch mehr machen, und der zweite hatte sicher mehr als ein Paar. Nicht die neuen, hatte Cadfael entschieden gesagt, obwohl er gewiß neue Schuhe hat. Seine ältesten wird er kaum vermissen.

Die Vesper war vorbei, und Cadfael nahm sich die Zeit, noch vor dem Abendessen seine Werkstatt im Herbarium aufzusuchen, falls der Junge dort auf ihn wartete. Der Sohn des Tischlermeisters wußte hier Bescheid, da sie sich bereits seit einigen Jahren kannten, und er würde Cadfael gewiß im Garten zuerst suchen. Doch in der Hütte war alles still und ruhig. Ein Weinkrug blubberte gemächlich in langsamem, schläfrigem Rhythmus auf der Bank, die getrockneten Kräuterbündel raschelten draußen unter der Traufe und drinnen am Balken, die Kohlenpfanne war gelöscht und kalt. Dies waren die längsten Tage des Jahres. Draußen war es noch fast so hell wie am Nachmittag. Erst in einer Stunde würde der Sonnenuntergang beginnen und alles in grünliches Zwielicht tauchen.

Noch nichts. Er schloß die Tür seines kleinen Königreichs und ging zum Abendessen ins Refektorium, wo er ohne Entgegnung und Widerworte Bruder Jeromes salbungsvolle Vorwürfe über sich ergehen ließ, da er einen

Augenblick zu spät gekommen war. Instinktiv gab er eine versöhnliche Antwort. Wahrscheinlich war im Haus in der Maerdol Straße noch alles auf den Beinen, so daß Schwester Magdalena ihren Raubzug doch nicht so leicht und rasch ausführen konnte, wie er gehofft hatte. Egal! Was sie in die Hand nahm, brachte sie erfolgreich zu Ende.

Die Collatio ließ er aus, doch er ging pflichtbewußt zur Komplet. Immer noch nichts. Danach zog er sich abermals in seine Hütte zurück, die immer eine sehr gelegene Entschuldigung bot, wenn er nicht dort war, wo er dem Tagesplan nach hätte sein müssen. Es war schon dunkel, und die Brüder suchten bereits ihre Zellen im Dormitorium auf, als Edwy Bellecote endlich voller Eile und Entschuldigungen kam.

»Mein Vater schickte mich auf einen Botengang nach Frankwell, und ich durfte ihm ja nicht sagen, was ich für Euch tun sollte, Bruder Cadfael. Ich habe deshalb den Mund gehalten und bin gegangen. Ich brauchte länger, als ich gedacht hatte, und dann mußte ich noch vorgeben, ich hätte meine Werkzeuge vergessen, um so spät noch einmal zum Haus zurückkehren zu können. Die Schwester wartete schon auf mich. Sie ist klug, diese Schwester! Und sie hatte, was Ihr braucht.« Unter dem Mantel zog er ein in Sackleinen gehülltes Bündel hervor und setzte sich unaufgefordert, aber in der Gewißheit, willkommen zu sein, gemütlich auf die Bank an der Wand. »Wozu braucht Ihr zwei linke Schuhe?«

Cadfael kannte den Jungen, der inzwischen achtzehn war, seit vier Jahren. Damals, mit vierzehn, war er groß für seine Jahre, schlank und unternehmungslustig gewesen, hatte ein Gestrüpp blonder Haare auf dem Kopf gehabt, mit hellbraunen Augen alles beobachtet und kaum etwas verpaßt. Auch jetzt sahen diese Augen neugierig zu, während Cadfael das Leinen entrollte und die Schuhe auf den Boden setzte.

»Um zwei linke Füße zu studieren«, sagte er und betrachtete sie einen Augenblick, ohne sie zu berühren. »Welcher der beiden gehört Bertred?«

»Der hier. Den habe ich für sie aus Bertreds Sachen genommen, aber sie mußte eine Gelegenheit abpassen, um auch den anderen zu bekommen. Sonst wäre ich schon vor meinem Botengang nach Frankwell zu Euch gekommen.«

»Schon gut«, erwiderte Cadfael abwesend und drehte die Schuhsohle nach oben. Der Schuh war oft getragen worden. Das aus einem Stück geschnittene Oberteil war vorn abgewetzt und geflickt, die einfache Sohle an der Hacke mit einer dreifachen Schicht aus Leder verstärkt. Es war ein gewöhnlicher Stiefel ohne Verschlüsse, der einfach über den Fuß gestreift werden konnte. Der Lederstreifen, der den Spann säumte, war fast durchgescheuert. Obwohl schon viele Jahre in Gebrauch, war die Sohle von der Hacke bis zur Spitze gleichmäßig abgelaufen. Weder an der Hacke noch am großen Zeh war sie stärker abgenutzt.

»Ich hätte es wissen müssen«, sagte Cadfael. »Ich habe den Mann kaum mehr als ein halbes dutzendmal laufen gesehen, aber ich hätte es wissen müssen. Aufrecht wie eine Lanze! Wahrscheinlich hatte er noch nie im Leben eine Sohle schief abgetreten oder den Fuß schräg aufgesetzt.«

Der zweite Schuh war ein Halbstiefel, dessen Oberteil ebenfalls aus einem Stück geschnitten war. Auch er war am Spann gesäumt, an den Zehen etwas zugespitzt und mit einem Lederabsatz versehen. Ein zweiter Streifen, der sich um die Fessel zog, war mit einer Bronzeschnalle befestigt. Die Außenkante des Absatzes war an der Seite stark abgenutzt, und die gleiche Abnutzung zeigte sich innen am großen Zeh. Im Licht von Cadfaels kleiner Lampe, das schräg über die Sohle fiel, waren die Konturen gut zu erkennen. Auch hier hatte sich unter dem großen Zeh ein kleiner Riß gebildet, nicht sehr groß, doch an der gleichen Stelle wie an dem Stiefel, den man dem toten Bertred von den Füßen gezogen hatte. Das war der Beweis.

»Und was soll das jetzt beweisen?« fragte Edwy, der seinen hellen Wuschelkopf neugierig über den Schuh beugte.

»Es beweist, daß ich ein Dummkopf bin«, gab Cadfael zu. »Vermutet habe ich das ja schon öfter. Es beweist, daß der Mann, der heute einen bestimmten Schuh trägt, ihn nicht unbedingt auch gestern getragen haben muß. Still jetzt, laß mich nachdenken!« Er war unschlüssig, ob er sofort etwas unternehmen sollte, doch nachdem er alles bedacht hatte, was am Nachmittag gesagt worden war, glaubte er, bis zum nächsten Morgen warten zu können. Was hätte beruhigender sein können als Judiths schlichte Vermutung, der Angriff auf sie sei nichts weiter gewesen als eine jener Gefahren, mit denen man bei Reisen im Wald eben rechnen mußte? Nichts als ein Überfall auf eine Frau, die nachts allein unterwegs war, wegen der Kleider, die sie am Leib trug, wenn sie sonst nichts Wertvolles bei sich hatte. Nein, es war nicht nötig, alles aufzuscheuchen und Hugh vor dem Morgen noch einmal zu wecken. Der Mörder sollte sich in Sicherheit wiegen.

»Mein Sohn«, sagte Cadfael seufzend, »ich werde alt. Ich muß ins Bett. Und du, mach daß du heimkommst, denn sonst wird deine Mutter mir vorwerfen, ich hätte einen schlechten Einfluß auf dich.«

Als der Junge fort war, blieb Cadfael mit unbefriedigter Neugierde ruhig und schweigend sitzen und ließ allmählich die Gedanken Raum gewinnen, gegen die er den ganzen Tag unwillkürlich gekämpft hatte. Der Mörder, der jetzt so überzeugt von seiner Geschicklichkeit war und sich für unangreifbar hielt, würde nicht aufgeben. Nachdem er soviel erreicht hatte, würde er nicht kehrt machen. Viel Zeit blieb ihm nicht mehr. Er konnte es nicht wissen, aber er hatte nur noch diese eine Nacht. Da Judith nun daheim war und Schwester Magdalena ihr Gesellschaft leistete, konnte er nichts gegen sie unternehmen. Er würde wohl den richtigen Augenblick abwarten, denn er konnte ja nicht wissen, daß morgen alles vorbei sein würde.

Cadfael fuhr so heftig auf, daß die Lampe flackerte. Nein, nicht gegen Judith! Aber wenn er sich so sicher fühlte, dann hatte er die ganze Nacht Zeit, um sich das Haus in der Vorstadt zu sichern. Morgen sollte die Rose übergeben werden, und danach wäre Anspruch der Abtei für ein weiteres Jahr unanfechtbar. Auch wenn Judith nicht gefährdet war, der Rosenstrauch war es.

Er schalt sich einen abergläubischen Narren und sagte sich, daß niemand, nicht einmal ein Verbrecher, der durch seine Erfolge zugleich in Sicherheit gewiegt und von sich selbst eingenommen war, so bald schon einen neuen Anschlag wagen würde. Aber kaum hatte er die Gedanken zu Ende gedacht, da war er schon halb durch den Garten gelaufen und eilte über den großen Hof zum Torhaus. Hier auf vertrautem Boden war die Dunkelheit kein Hindernis, und der Nachthimmel war klar. Man konnte in der mitternächtlichen Schwärze einige Sterne wie Nadelspitzen erkennen. Die Hauptstraße draußen war still, nichts rührte sich, außer einigen Katzen in den Gassen.

Irgendwo voraus in der Nähe der Ecke der Abteimauer am Pferdemarkt lag hinter den Hausdächern ein kleiner, zitternder Schein am Himmel. Das Flackern ließ die Häuser als schwarze Silhouetten erscheinen, um sie im nächsten Augenblick wieder mit der Dunkelheit verschmelzen zu lassen. Cadfael begann zu laufen. Dann hörte er, fern und gedämpft, viele aufgeregte Stimmen rufen, und plötzlich wurde der Glanz von einer gewaltigen Flamme überlagert, die in den Himmel sprang, während Holz und Dornen knisternd brannten. Die zuvor gedämpften Stimmen wurden lauter, Männer und Frauen schrien durcheinander, und das Gebell der Vorstadthunde hallte zwischen den Mauern.

Türen wurden aufgerissen, Männer stürzten auf die Straße, zogen sich im Laufen Hosen und Mäntel an und rannten aufgeregt zum Brand. Fragen flogen hin und her und blieben unbeantwortet, weil niemand die Antworten kannte. Cadfael traf mit den anderen am Tor zu Nialls Hof ein, das schon weit offen stand. Hinter der Gartenpforte loderte das Feuer, und die Flammenzungen erhoben sich über die Mauer, zischten hoch in einem Wirbelsturm aus heißer Luft und tanzenden Ascheflocken, die droben in der Dunkelheit verschwanden. Gott sei Dank, dachte Cadfael, als er die Flammen senkrecht aufsteigen sah, geht kein Wind. Das Feuer kann das Haus und die Werkstatt des Hufschmieds nebenan nicht gefährden. Und da es so wild und lärmend brennt, wird es sich rasch verzehren. Als er durch die Pforte trat, wußte er bereits, was er sehen würde.

Vor der Rückwand stand der Rosenstrauch als gewaltige Flammenkugel, fauchend wie ein Schmelzofen und knisternd wie brechende Knochen, während die Dornen in der Hitze spuckten und zuckten. Das Feuer hatte auf den alten Weinstock übergegriffen, doch daneben war nichts weiter an der Steinmauer, das dem Brand neue Nahrung geben konnte. Die Obstbäume waren weit genug entfernt und würden überleben; höchstens die nächstgelegenen Äste würden versengt werden. Vom Rosenbusch aber würde nichts übrigbleiben als ausgebreitete schwarze Arme und weiße Holzasche.

Vor der blendenden Helligkeit der Flammen tanzten

hilflose Gestalten herum und zogen sich wegen der Hitze wieder zurück. Aus sicherer Entfernung geworfenes Wasser explodierte dampfend und verpuffte unter lautem Zischen, ohne etwas auszurichten. Nach dem ersten Versuch, das Feuer zu löschen, blieben die Menschen mit Eimern in den Händen einfach stehen und sahen zu, wie der alte, knorrige Stamm, der so viele Jahre Blüten getragen hatte, im Todeskampf knackte und stöhnte.

Niall war bis zur gegenüberliegenden Mauer zurückgewichen und starrte mit schmutzigem, entmutigtem Gesicht und zusammengezogenen Augenbrauen ins Leere. Cadfael ging zu ihm. Niall drehte den braunen Kopf herum, begrüßte ihn mit einem Nicken, richtete den Blick wieder auf den Brand.

»Wie hat er dieses Höllenfeuer nur in Gang bekommen?« fragte Cadfael. »Gewiß nicht mit Feuerstein, Stahl und Zunder; schließlich wart Ihr ja im Haus. Es hätte sicher eine Viertelstunde gedauert, bis er die erste Glut entfacht hätte.«

»Er ist auf dem gleichen Weg gekommen wie beim ersten Mal«, erklärte Niall, ohne den Blick von der Rauchsäule und der tanzenden, in den Himmel steigenden Asche zu nehmen. »Von der Wiese da unten, wo der Boden höher ist. Er hat nicht einmal den Garten betreten. Wahrscheinlich hat er über die Mauer hinweg Öl auf den Busch und auf den Weinstock gekippt und dann eine Fakkel hinterhergeworfen. Das Holz fing sofort Feuer ... und er verschwand in der Dunkelheit. Nichts können wir tun, nichts!«

Nichts war zu retten, sie konnten nur der Hitze ausweichen und zusehen, wie allmählich die erste Wut erlahmte, wie die geschwärzten Äste von der Mauer herabsanken und vom glühenden Herzen des Brandes verzehrt wurden, während feine graue Ascheflocken hinaufschwebten wie Mottenschwärme. Nichts konnte man tun außer dankbar sein, daß die Mauer dahinter aus massivem Stein bestand, so daß sich das Feuer nicht auf die Nachbarhäuser ausbreiten konnte.

»Er war ihr so teuer«, sagte Niall bitter.

»Das war er. Aber wenigstens ihr Leben hat sie noch«, erwiderte Cadfael, »und sie hat seinen Wert wiederentdeckt. Sie weiß genau, wem außer Gott sie für dieses Geschenk zu danken hat.«

Niall schwieg und starrte weiterhin grimmig das Feuer an. Es hatte sich erschöpft und legte sich in ein karminrotes Bett, während die Aschemotten im ganzen Garten herumschwirrten, da sie nicht mehr durch den Zug nach oben gerissen wurden. Zufrieden, daß das Schlimmste vorbei war, zogen sich die Nachbarn zurück und entfernten sich allmählich, um wieder zu Bett zu gehen. Niall schnaufte schwer und löste sich mit heftigem Schütteln aus seiner Benommenheit. »Ich wollte heute eigentlich meine Tochter zu mir holen«, erklärte er langsam. »Wir haben erst vor kurzem darüber gesprochen, daß es gut wäre, wenn sie jetzt bei mir wäre, denn sie ist kein kleines Kind mehr. Aber jetzt kommen mir Zweifel! Wenn ein solcher Irrer dieses Haus heimsucht, bleibt sie besser, wo sie ist.«

»Doch«, widersprach Cadfael. »Tut es nur, bringt sie her! Ihr habt nichts mehr zu befürchten. Ab morgen, Niall, wird Euch dieser Verrückte nicht mehr heimsuchen. Das verspreche ich Euch!«

Der Tag von St. Winifreds Grablegung dämmerte schön und sonnig mit einer frischen Brise, die im ersten Morgenlicht aufkam und den Brandgeruch über die Dächer der Vorstadt davontrieb, während die ersten Arbeiter die Brücke überquerten und die Gerüchte über den Brand in die Stadt trugen. Die Neuigkeit erreichte das Geschäft der Vestiers, sobald die Läden abgenommen wurden und der erste Kunde eintrat. Miles platzte mit empörtem Gesicht in Judiths Kammer. Er brachte schlechte Nachrichten und war noch unsicher, wie er sie schonend formulieren sollte.

»Judith, anscheinend wurden wir im Zusammenhang mit deinem Rosenstrauch abermals von einem Unglück heimgesucht. Wieder ist etwas Eigenartiges geschehen, diesmal wurde niemand verletzt oder getötet, so schlimm ist es nicht. Trotzdem weiß ich, daß es dich bekümmern wird.«

Gerade wegen des beruhigenden Tones seiner langatmigen umständlichen Einleitung war sie alles andere als beruhigt. Sie stand von der Fensterbank auf, wo sie mit Schwester Magdalena gesessen hatte. »Was ist jetzt schon wieder? Was ist geschehen?«

»Es hat in der Nacht ein Feuer gegeben! Jemand hat den Rosenstrauch in Brand gesteckt. Er ist verbrannt, jedes Blatt, bis zum Stamm herunter, wie man sagt. Keine Knospe und kein Zweig ist übrig, und ganz gewiß keine Blüte, die dir übergeben werden könnte.«

»Und das Haus?« wollte sie entsetzt wissen. »Hat auch das Haus Feuer gefangen? Wurde es beschädigt? Und Niall? Oder hat es nur den Busch getroffen?«

»Nein, nein, nichts sonst wurde beschädigt. Mach dir keine Sorgen um den Schmied. Auch das Haus ist unversehrt. Ich hätte es bestimmt erfahren, wenn jemand verletzt worden wäre. Nein, beruhige dich, es ist vorbei!« Er faßte sie sanft und brüderlich an den Schultern und lächelte sie an. »Es ist vorbei, und nichts Schlimmes ist geschehen. Nur dieser schreckliche Strauch ist vernichtet, und ich würde sagen, das ist nur gut so, wenn ich an all das Unglück denke, das er verursacht hat. Einen seltsamen Handel hattest du da abgeschlossen. Nun kannst du froh sein, daß er gegenstandslos geworden ist.«

»Ich hätte verhindern können, daß überhaupt jemand

verletzt wurde«, sagte sie elend, löste sich aus seinen Armen und setzte sich langsam wieder. »Das Haus gehörte mir, ich konnte es schenken, wem ich wollte. Ich war glücklich darin, ich wollte es Gott geben, ich wollte, daß es gesegnet würde.«

»Und jetzt ist es abermals dein, und du kannst es noch einmal verschenken oder behalten«, erklärte Miles. »Denn in diesem Jahr wirst du keine Rose als Miete bekommen, meine Liebe. Du kannst es behalten oder als Mitgift einbringen, wenn du dich den Benediktinerinnen anschließt.« Er warf aus seinen klaren blauen Augen lächelnd einen schrägen Blick zu Schwester Magdalena. »Du kannst wieder darin leben, falls es dir beliebt – oder du kannst Isabel und mich darin leben lassen, wenn wir geheiratet haben. Was immer du entscheidest, die alte Abmachung ist gebrochen. Ich an deiner Stelle würde mich nicht beeilen, einen zweiten Vertrag zu schließen, nachdem so viel Unglück aus dem ersten entstanden ist.«

»Ein Geschenk nehme ich nicht zurück«, erklärte sie, »und ganz besonders nicht von Gott.« Miles hatte die Kammertür offengelassen. Im langen Raum dahinter hörte sie Frauenstimmen murmeln, die plötzlich von anderen Stimmen an der Haustüre unterbrochen wurden. Zuerst ertönte höflich und leise eine Männerstimme, dann kam die liebenswürdige Antwort ihrer Tante. An diesem Tag würden anläßlich Bertreds Beerdigung viele Nachbarn ihre Anstandsbesuche machen. Am Vormittag sollte er zum Friedhof von St. Chad überführt werden. »Laß nur«, sagte Judith und drehte sich zum Fenster um. »Wir brauchen im Augenblick nicht darüber zu reden. Wenn der Busch verbrannt ist . . .« Es klang fast wie ein Bibelspruch – der brennende Busch der Offenbarung. Aber jener war nicht verzehrt worden.

»Judith, meine Liebe«, unterbrach Agatha, die plötzlich in der Türe erschien. »Der Sheriff ist zu Besuch gekommen, und Bruder Cadfael ist bei ihm.«

Sie kamen leise herein, nichts Unheildrohendes war zu sehen außer der Tatsache, daß zwei Soldaten der Garnison folgten und links und rechts neben der Tür ihre Posten bezogen. Judith wandte sich an die Besucher und war gefaßt auf die Neuigkeit, die sie bereits zu kennen glaubte.

»Mylord, meine Angelegenheiten und ich machen Euch immer noch zu schaffen. Mein Vetter hat mir bereits erzählt, was in der Nacht geschah. Ich hoffe von ganzem Herzen, daß dies die letzten Wellenschläge des Strudels waren. Es tut mir leid, Euch solche Mühe gemacht zu haben, aber nun soll es enden.«

»Das ist auch meine Absicht«, erwiderte Hugh, indem er Magdalena, die selbstbewußt und gefaßt am Fenster saß, knapp und höflich grüßte. Eine bewundernswert schweigsame Frau konnte sie sein, wenn die Umstände es verlangten. »Heute morgen geht es mir aber eher um Herrn Coliar. Ich habe nur eine einfache Frage, vielleicht könnt Ihr uns helfen.« Er wandte sich mit äußerst liebenswürdigem, freundlichem Gesicht an Miles und fragte so rasch, daß der andere keine Vorwarnung bekam: »Es geht um die Stiefel, die wir bei Bertred fanden, als er aus dem Fluß gezogen wurde – *wann habt Ihr sie ihm gegeben?«*

Miles war ein kluger Kopf, aber er war nicht schnell genug. Er hatte einen Moment den Atem angehalten, und bevor er sich fassen konnte, hatte seine Mutter schon in Ihrer üblichen Beredsamkeit und ihrem Stolz auf alles, was ihren Sohn betraf, das Wort ergriffen. »Am Tag, an dem der junge Mann aus der Abtei tot aufgefunden wurde. Weißt du noch, Miles, du bist doch hinuntergegangen, um Judith heimzuholen, sobald wir es erfahren hatten. Sie wollte ihren Gürtel abholen –«

Inzwischen hatte er sich wieder gefangen, aber es war

nicht leicht, Agatha aufzuhalten, wenn sie einmal in Fahrt gekommen war. »Du irrst dich, Mutter«, erwiderte er, lachte sogar und gab seiner Stimme jenen etwas nachsichtigen Unterton, den man verwirrten Alten gegenüber benutzt. »Es war schon vor Wochen, als ich sah, daß seine Schuhe ausgetreten waren und Löcher hatten. Ich habe ihm schon früher alte Schuhe überlassen«, sagte er, sich kühn an Hugh wendend, der ihn gleichmütig aus schwarzen Augen beobachtete. »Schuhe sind teuer.«

»Nein, mein Junge«, widersprach Agatha unerbittlich. »Ich kann mich genau erinnern, wie könnte ich so etwas nach einem solchen Tag vergessen? Es war jener Abend. Du hast sogar gesagt, daß Bertred fast schon barfuß ginge, und es hinterließe doch für unser Haus einen schlechten Eindruck, wenn wir ihn so schlecht beschuht auf Botengänge schickten . . .«

Sie erzählte, wie sie immer erzählte, und achtete kaum auf ihre Umgebung. Doch allmählich dämmerte ihr, daß ihr Sohn stand wie ein Eisblock, das Gesicht fast so bleich wie die kalten blauweißen Augen, die ohne Liebe, ohne Wärme auf sie gerichtet waren. Eiskalt waren sie und brannten doch vor wildem Haß. Freundlich und albern stammelte sie noch einige Silben, dann verstummte sie. Sie hatte ihm nicht geholfen, sondern ihn in ihrer blinden, egoistischen Unschuld ausgeliefert.

»Vielleicht«, sagte sie verzagt mit bebenden Lippen und suchte nach freundlichen Worten, um diesen Ausdruck aus seinem Gesicht zu vertreiben, »vielleicht habe ich mich doch geirrt – ich habe mich sicher geirrt . . .«

Es war zu spät, um ungeschehen zu machen, was sie angerichtet hatte. Tränen drangen in ihre Augen und machten sie blind für das kristallene, blaue, haßerfüllte Starren ihres Sohnes. Judith riß sich aus ihrem verwirrten, erschreckten Schweigen und ging rasch zu ihrer Tante, um ihr einen Arm um die zitternden Schultern zu legen.

»Mylord, ist das denn so wichtig? Was hat das zu bedeuten? Ich verstehe es nicht. Bitte erklärt es mir!« Es war so schnell gegangen, daß sie den Worten nicht recht gefolgt war, sie hatte die Bedeutung kaum verstanden. Doch als sie ihre Frage ausgesprochen hatte, kam die Erleuchtung wie ein Messerstich. Sie erbleichte und erstarrte, blickte von Miles, der verbittert schweigend dastand, zu Bruder Cadfael, der sich etwas abseits hielt, von Cadfael zu Schwester Magdalena, von Magdalena zu Hugh. Ihre Lippen bewegten sich stumm, sagten: »Nein! Nein! . . .«

Sie waren in ihrem Haus, hier war sie die Herrin. Gefaßt wandte sie sich an Hugh. »Mylord, ich glaube, es ist nicht nötig, meine Tante weiter zu belasten. Diese Angelegenheit können wir in aller Ruhe unter uns erörtern und beilegen. Tante, geh in die Küche und hilf Alison. Sie hat viel zu tun, und dies ist ein unglücklicher Tag für sie. Du solltest sie nicht alles allein tragen lassen. Ich will dir später alles berichten, was du wissen mußt«, versprach sie, und wenn die Worte eine halbe Drohung enthielten, dann überhörte Agatha sie. Halb beruhigt und halb verängstigt verließ sie in Judiths Arm den Raum. Dann kehrte Judith zurück und schloß hinter sich die Tür.

»Jetzt können wir frei sprechen. Mir ist inzwischen klar, was dies zu bedeuten hat. Ich weiß, daß zwei Menschen sich an ein zurückliegendes Ereignis erinnern und ganz unterschiedlich darüber berichten können. Von Bruder Cadfael weiß ich, daß die Stiefel, die Bertred trug, als man ihn ertrunken fand, genau zu jenem Abdruck passen, den Bruder Elurics Mörder im Erdreich unter dem Weinstock hinterließ, als er über die Mauer kletterte. Also bleibt zu klären, Miles, wer an diesem Abend die Stiefel trug – du oder Bertred.«

Miles schwitzte heftig, sein Körper verriet ihn. Auf der wachsbleichen, eiskalten Stirn sammelten sich dicke, zitternde Schweißtropfen. »Ich habe es doch gesagt, ich habe sie Bertred schon vor langer Zeit geschenkt . . .«

»Es kann nicht lange her sein«, schaltete Bruder Cadfael sich ein, »denn er hat ihnen noch nicht sein Zeichen eingetreten. Die Stiefel wurden von Euch eingelaufen, nicht von ihm. Ihr werdet Euch sicher an den Wachsabdruck erinnern, den ich nahm. Ihr habt es gesehen, als Ihr Frau Perle beim Bronzeschmied abgeholt habt. Ihr habt sofort vermutet, was da geschah und was es zu bedeuten hatte. Wie Eure Mutter aussagte, habt Ihr noch am gleichen Abend Eure Stiefel Bertred geschenkt. Der nichts mit der Angelegenheit zu tun hatte, der wahrscheinlich nicht befragt werden würde und dessen Besitz nicht überprüft werden würde.«

»Nein!« schrie Miles und schüttelte heftig den Kopf. Die schweren Tropfen flogen von seiner Stirn. »Nein, nicht an diesem Abend. Nein! Nein! Es war lange vorher! Nicht an diesem Abend!«

»Eure Mutter nennt Euch einen Lügner«, wandte Hugh leise ein. »Und seine Mutter wird es ebenfalls tun. Es wäre an der Zeit, ein volles Geständnis abzulegen, denn das könnte man Euch anrechnen, wenn es zur Verhandlung kommt. Und eine Verhandlung wird es geben, Miles! Wegen des Mordes an Bruder Eluric . . .«

Miles gab auf. Er krümmte sich, legte die Hände an den Kopf, wie um sich zu verbergen und zugleich seinen Schädel zusammenzuhalten. »Nein!« protestierte er heiser durch verkrampfte Finger. »Es war kein Mord . . . Nein . . . Er ging wie ein Irrer auf mich los, ich wollte ihn gar nicht verletzen, ich wollte nur fliehen . . .«

Und damit war es heraus, so einfach und letzten Endes mit so geringer Mühe. Nach diesem Bekenntnis hatte er keine Verteidigung mehr, was er noch zu sagen hatte, würde in der Hoffnung auf eine milde Strafe aus ihm heraussprudeln. Er hatte sich in eine Lage gebracht, deren

Bewältigung über seine Kräfte ging. Und alles aus Ehrgeiz und Gier!

»... und vielleicht auch wegen der Ermordung von Bertred«, fuhr Hugh unerbittlich und leidenschaftslos fort.

Diesmal gab es keinen Aufschrei. Miles hielt ernüchtert und erstaunt den Atem an. Damit hatte er nicht gerechnet.

»Und drittens für den versuchten Mord an Eurer Cousine im Wald bei Godric's Ford. Wir haben uns mit Recht auf die vielen Freier konzentriert, die Frau Perle belästigten, auf ihren begreiflichen Wunsch, als Mitgift Judiths ganzes Vermögen und nicht nur die Hälfte zu bekommen. Doch sobald ein Mord im Spiel war, gab es nur einen, der zu gewinnen hatte, und das wart Ihr, ihr nächster Verwandter.«

Judith wandte sich wie betäubt von ihrem Vetter ab und setzte sich langsam wieder neben Schwester Magdalena. Sie verschränkte die Arme, als wäre ihr kalt. Kein Geräusch gab sie von sich, verriet weder Abscheu noch Zorn oder Furcht. Ihr Gesicht war angespannt und reglos, die Wangen eingefallen, und ihre grauen Augen starrten vor sich hin. So saß sie, schweigsam und entrückt, während Miles hilflos und mit baumelnden Armen im Raum stand. Aus den Fugen geraten und erschlafft war sein Gesicht, während er immer wieder mühsam sagte: »Es war kein Mord! Es war kein Mord! Er ging wie ein Verrückter auf mich los – ich wollte ihn nicht umbringen. Und Bertred ist ertrunken. Er ist ertrunken! Damit habe ich nichts zu tun. Es war kein Mord ...« Doch kein Wort sagte er zu Judith, die er in seinem Schrecken nicht ansehen mochte. Schließlich schüttelte Hugh sich voller Abscheu. Er winkte den beiden Soldaten an der Tür.

»Schafft ihn fort!«

14

Als er fort war und die letzten Schritte verklungen waren, regte sie sich, atmete tief ein und sagte eher zu sich selbst als zu den anderen: »Das hätte ich wirklich nicht erwartet!« Und dann, eindeutig an die anderen gerichtet und mit wiedererwachter Kraft: »Ist es wirklich wahr?«

»Was Bertred angeht«, erwiderte Cadfael aufrichtig, »kann ich nicht sicher sein, und wir werden es nie erfahren, solange er es nicht gesteht, was er aber meiner Meinung nach tun wird. Was Eluric angeht – ja, das ist wahr. Ihr habt Eure Tante gehört – sobald er erkannte, welches Zeugnis gegen sich selbst er zurückgelassen hatte, schaffte er sich die Stiefel vom Hals, von denen der Abdruck stammte. In diesem Augenblick, glaube ich, einfach aus dem Wunsch heraus, sie loszuwerden und nicht, um den Verdacht auf Bertred zu lenken. Wahrscheinlich war er inzwischen überzeugt, Ihr würdet wirklich ins Kloster gehen und ihm Geschäft und Handel überlassen. So hielt er es für nützlich, den Anspruch der Abtei auf das Haus in der Vorstadt gegenstandslos zu machen und alles zu bekommen.«

»Er hat mich nie gedrängt, die Gelübde abzulegen«, erklärte sie verwundert. »Er hat immer dagegengesprochen. Aber hin und wieder brachte er es zur Sprache – damit ich es nicht vergaß.«

»In jener Nacht ist er zum Mörder geworden, auch das hatte er nie beabsichtigt, in diesem Punkt bin ich ganz sicher. Aber es war geschehen, er konnte es nicht ungeschehen machen, und es gab kein Zurück. Wir können nicht wissen, was er getan hätte, wenn er rechtzeitig von Eurer Entscheidung gehört hätte, das Geschenk bedingungslos der Abtei zu überlassen. Erst als es zu spät war, erfuhr er davon, und jemand anders griff ein, um es zu verhindern. Keine Frage, daß seine Verzweiflung nicht gespielt war. Er wollte Euch unbedingt wiederfinden, da er fürchtete, Ihr könntet nachgeben und Euch selbst und Euren Besitz dem Entführer ausliefern. Damit wäre er mittellos geworden, hätte einen neuen Herrn bekommen und keine Hoffnung mehr gehabt, die Macht und das Vermögen zu bekommen, die zu gewinnen er getötet hatte.«

»Und Bertred?« fragte sie. »Wie kommt Bertred ins Spiel?«

»Er schloß sich meinen Männern auf der Suche nach Euch an«, erklärte Hugh, »und allem Anschein nach hatte er Euch gefunden oder zumindest eine Ahnung, wo Ihr versteckt wurdet. Er hat kein Wort darüber verloren, sondern sich in der Nacht aufgemacht, um Euch selbst zu befreien und die Belohnung dafür zu bekommen. Er stürzte und weckte den Hund – das habt Ihr ja gehört. Am nächsten Tag wurde er dann am anderen Ufer aus dem Severn gefischt. Was dazwischen geschehen ist und wie er starb, können wir nur vermuten. Ihr werdet Euch aber erinnern, daß Ihr, nachdem Bertred fort war, einen zweiten Menschen herumstreichen gehört habt. Das war, als Ihr plantet, am nächsten Abend nach Godric's Ford zu reiten.«

»Und Ihr glaubt, das sei Miles gewesen?« Sie sprach den Namen ihres Vetters zögernd und mit einem traurigen Unterton aus. Sie hatte sich nie träumen lassen, daß der Mann, der ihre rechte Hand war, Mordabsichten gegen sie hegen konnte.

»Es scheint mir plausibel!« erwiderte Cadfael traurig. »Wer sonst hätte eine Gelegenheit gehabt, bei Bertred aus nächster Nähe eine verdächtige Zufriedenheit festzustellen? Wer sonst hätte ihn so leicht beobachten und verfolgen können, als er in der Nacht hinausschlüpfte? Und wenn Euer Vetter heranschlich, nachdem Bertred verscheucht war, und belauschte, was Ihr plantet, dann spielte ihm die weitere Entwicklung in die Hände. Draußen im Wald, weit entfernt von der Stadt, wäre es kein Problem gewesen, Euch tot und beraubt liegenzulassen, nachdem der andere Mann Euch verlassen hatte. Man würde sofort an Gesetzlose denken, und würde dies widerlegt, dann wäre der Mann, der Euch gefangengehalten und in den einsamen Wald gebracht hatte, der nächste Verdächtige, da er ein Interesse daran hatte, daß Ihr ihn nicht verraten konntet. Ich glaube nicht«, erklärte Cadfael nachdenklich, »daß er von vorneherein an einen Mord dachte, aber als sich die Gelegenheit bot, muß sie ihm als die perfekte Lösung erschienen sein. Das war besser, als Euch zu überreden, ins Kloster zu gehen. Er wäre Euer Erbe geworden. Alles wäre ihm zugefallen. Wenn er nun, diesen Entschluß bereits gefaßt, auf Bertred stieß, der nach dem ersten Schlag bereits benommen war, kann ihm eine zweite schreckliche Eingebung gekommen sein – denn ein lebender Bertred konnte seine Pläne durchkreuzen. Ein toter Bertred aber konnte nichts verraten, und ein toter Bertred würde mit den Stiefeln von Elurics Mörder an den Füßen gefunden werden. So hätte er sogar für diesen Mord einen Sündenbock gehabt.«

»Aber das sind wirklich Mutmaßungen«, widersprach Judith gequält. »Es gibt nichts, um es zu beweisen.«

»Doch«, entgegnete Cadfael ernst. »Ich fürchte doch. Denn als Euer Cousin mit einem Karren zur Abtei kam, um Bertreds Leiche zu holen, stellte er fest, daß jene, die dem Toten die nassen Kleider ausgezogen hatten, seine Stiefel achtlos beiseite gestellt hatten. Auch ich hatte nicht an sie gedacht und auf sie geachtet, als ich das Bündel mit den Kleidern zum Karren brachte. Miles mußte den Karren kippen und mir die Stiefel vor die Füße fallen lassen, damit ich sie endlich ansah und erkannte, was ich da sah. Er wollte nicht, daß dieser klare Beweis übersehen würde.«

»So klug war es gar nicht«, erwiderte sie zweifelnd, »denn Alison hätte Euch sagen können, daß ihr Sohn die Stiefel von Miles bekommen hatte.«

»Das schon, aber nur, wenn man sie gefragt hätte. Vergeßt nicht, daß ein toter Mörder gefunden war – es konnte keine Gerichtsverhandlung geben, und einem Toten konnte man keine Fragen stellen, ganz zu schweigen von einer elenden, beraubten Mutter. Selbst wenn ich keine Zweifel gehabt hätte«, erklärte Hugh, »und irgendwie hielt sich ständig ein Rest von Zweifel in mir, dann hätte ich ihm ein friedliches Begräbnis nicht verwehrt und ihr nicht mehr Kummer gemacht, als sie ohnehin schon tragen mußte. Dennoch war es ein Risiko, vielleicht hatte er sich einige Lügen zurechtgelegt. Aber nicht einmal der gerissenste Fuchs kann an alles denken. Und ein solcher Schurke war er nicht.«

»Er muß Höllenqualen gelitten haben«, sagte Judith staunend, »seit ich ihm an jenem Abend entkam. Er wußte, daß ich zurückkehren würde, aber nicht, wieviel ich erzählen konnte. Als ich dann erklärte, daß ich keine Ahnung habe, wer mich überfiel, fühlte er sich wieder sicher ... Seltsam!« Sie runzelte die Stirn angesichts der Dinge, die nicht zu ändern oder gutzumachen waren. »Als ich hinausging, kam er mir nicht böse oder boshaft oder schuldbewußt vor. Nur verwirrt! Als hätte er sich an einem Ort wiedergefunden, an dem er nie sein wollte, in einem unbekannten Haus, ohne zu wissen, wie er hergekommen war.«

»In gewisser Weise«, warf Cadfael ein, »entspricht das sogar der Wahrheit. Er war wie ein Mann, der den ersten unsicheren Schritt in einen Sumpf getan hat und sich nicht mehr zurückziehen kann. Jeder weitere Schritt ließ ihn tiefer einsinken. Von der versuchten Zerstörung des

Rosenstrauchs wurde er bis zum Überfall auf Euch getrieben. Kein Wunder, daß ihm der Ort, an dem er sich schließlich wiederfand, so fremd erschien. Nicht einmal das Gesicht, das er dort im Spiegel sah, war ihm mehr bekannt – es war ein schrecklicher Fremder.«

Sie waren alle fort: Hugh Beringar zur Burg zurück, um seinen Gefangenen zu verhören, solange der Schreck der Entlarvung anhielt und kalt geplanter Selbstschutz noch nicht seine Gedanken und sein Gewissen versiegelte; Schwester Magdalena und Bruder Cadfael zur Abtei. Magdalena wollte mit Radulfus speisen, nachdem sie sich vergewissert hatte, daß sie in Judiths Haus vorläufig nicht gebraucht würde. Cadfael mußte sich wieder seinen Pflichten in der Enklave widmen, nachdem nun alles gesagt und getan war, was es zu sagen und zu tun gab. Nun mußten Stille und Muße wieder Raum gewinnen, wo Lärm und Eile nicht mehr von Hilfe waren.

Alle waren fort, selbst der arme Bertred lag auf dem Friedhof von St. Chad im Grab. Das Haus war leerer denn je, halb entvölkert durch Tod und Schuld, und da sie nun für zwei kinderlose Witwen sorgen mußte, wog die Last auf Judiths Schultern schwerer als zuvor. Sie hatte versprochen, ihrer Tante alles zu erzählen, was diese wissen mußte, und sie hielt ihr Wort. Die ersten Klagelieder waren vorbei, nun kam die Stille der Erschöpfung. Selbst die Spinnerinnen waren heute nicht im Haus. Die Webstühle standen still, keine Stimmen hallten durch dic Räume.

Judith schloß sich in ihrer Kammer ein und dachte über die Zerstörung nach. Es war eine große Leere, der Boden war gefegt, um Platz für etwas Neues zu schaffen. Nun war niemand mehr da, auf den sie sich in ihrem Tuchhandel stützen konnte. Wieder lag das ganze Geschäft in ihren Händen, und sie mußte die Verantwortung tragen. Sie brauchte einen neuen Vorarbeiter, einen vertrauenswürdigen Mann, und einen Schreiber für die Rechnungen, der Miles ersetzen konnte. Sie hatte sich nie vor ihren Pflichten gedrückt, aber sie hatte auch nie die Märtyrerin gespielt. Das würde sie auch jetzt nicht tun.

Sie hatte fast vergessen, was für ein Tag heute war. Keine Rose würde übergeben werden, das war sicher. Der Strauch war bis auf den Boden verbrannt und würde nie wieder die kleinen, süß duftenden weißen Rosen tragen, die sie an ihre Ehejahre erinnerten. Es spielte keine Rolle mehr. Sie war frei und ungefährdet und konnte selbst bestimmen, was sie verschenken und was sie behalten wollte. Sie konnte zu Abt Radulfus gehen, unter Zeugen einen neuen Vertrag aufsetzen lassen, um Haus und Grund ohne Bedingung an die Abtei zu übergeben. All die Gier und die Berechnung, die um sie geherrscht hatten, waren jetzt vorbei, und jetzt wollte sie auch selbst einen Schlußstrich ziehen. Was von den Rosen blieb, war ein schwacher, bittersüßer Duft, eine Erinnerung an die wenigen kurzen Jahre des Glücks. Eine Rose in jedem Jahr als Erinnerung und Unterpfand dafür. Nun würde es keine Rosen mehr geben, nie wieder.

Am Nachmittag steckte Branwen schüchtern den Kopf herein, um einen Besucher anzumelden. Gleichgültig ließ Judith ihn hereinbitten.

Niall trat, in einer Hand eine Rose, an der anderen ein Kind, zögernd ein und blieb einen Augenblick in der Türe stehen, um sich in dem Zimmer zurechtzufinden, das er noch nie betreten hatte. Vom offenen Fenster fiel ein breiter Streifen Sonnenlicht zwischen Judith und ihren Besuchern auf den Boden. Erstaunt über sein Kommen, stand sie auf und hielt mit leicht geöffneten Lippen und großen Augen inne, plötzlich leicht im Herzen, als wäre eine frische Brise aus dem Garten durch einen dunklen, düsteren Raum geweht und hätte ihn mit Sommerdüften und der Heiligkeit eines Festtages erfüllt. Ungerufen und ohne

Voranmeldung war der einzige Mensch gekommen, der nie etwas erbeten oder erwartet hatte, der keine Forderungen gestellt und keinen Vorteil gesucht hatte, der bar jeden Geizes und jeder Eitelkeit war. Ihm verdankte sie mehr als nur ihr Leben. Er hatte eine Rose mitgebracht, die allerletzte des Strauches, ein kleines Wunder.

»Niall . . .«, begann sie zögernd. Es war das erste Mal, daß sie ihn beim Vornamen nannte.

»Ich bringe Euch die Pacht«, sagte er einfach, machte die paar Schritte und hielt ihr die halbgeöffnete, makellos weiße und frische Rose hin.

»Ich habe gehört«, erklärte sie verwundert, »daß nichts übrig sei, daß alles verbrannt sei. Wie ist das möglich?« Auch sie ging ihm ein Stück entgegen, sehr vorsichtig, als könnte die Rose zu Asche zerfallen, wenn sie sie berührte.

Niall löste seine Hand sachte aus der kleinen Hand des Mädchens, das sich schüchtern halb hinter ihm hielt. »Ich habe sie gestern für mich selbst gepflückt, als wir nach Hause kamen.«

Zwei ausgestreckte Hände schimmerten wie Perlmutt. Ihre Finger berührten sich am Stiel, der glatt und von Dornen befreit war.

»Was macht Eure Wunde?« fragte sie. »Wird sie gut verheilen?«

»Es ist nur ein Kratzer. Ich fürchte aber«, gab Niall zurück, »daß Euer Kummer weitaus größer ist.«

»Das ist vorbei. Es wird schon gehen.« Doch sie merkte, daß sie ihm über die Maßen einsam und verletzt vorkam. Sie blickten sich unentwegt in die Augen, mit einer Spannung, die schwer zu halten und noch schwerer zu brechen war. Das kleine Mädchen machte ein oder zwei Schritte, blieb schüchtern stehen.

»Eure Tochter?« fragte Judith.

»Ja.« Er streckte die Hand nach dem Kind aus. »Ich wußte nicht, wo ich sie lassen sollte.«

»Das freut mich. Und warum solltet Ihr sie auch zurücklassen, wenn Ihr mich besucht? Niemand könnte mir willkommener sein.«

Plötzlich zutraulich, rannte das Kind zu seinem Vater, da es die fremde Frau lächeln sah und mit warmer Stimme sprechen hörte. Fünf Jahre alt und groß für ihr Alter war das Mädchen, mit ernstem, länglichem und hellem Gesicht, auf dem die Sonne glänzte, als sie in das Licht trat. Wie eine Kerze schien sie aufzuflammen, denn die Lokken auf ihren Schläfen und das Haar, das auf ihre Schultern fiel, war dunkelgolden, und lange goldene Wimpern umrahmten ihre dunkelblauen Augen. Zur Begrüßung machte sie einen kurzen Knicks, ohne die Augen mit dem klaren, neugierigen Ausdruck von Judiths Gesicht zu wenden. Und nach einem Moment hatte sie sich entschieden, lächelte und hob unverkennbar ihr Gesicht, um sich von der freundlichen Frau küssen zu lassen.

Es war, als hätte das Mädchen ihre kleine Hand in Judiths Brust geschoben und das Herz berührt, das sich so viele Jahre nach einem solchen Kind gesehnt hatte. Weich und kühl und süß war ihr Mund. Auf dem Weg zur Stadt hatte sie die Rose getragen, und der Duft hing noch an ihr. Sie hatte nichts zu sagen, noch nicht, denn sie war vollauf damit beschäftigt, den Raum und die Frau einzuschätzen. Später, wenn sie einander bekannt waren, würde sie gesprächiger werden.

»Vater Adam gab ihr den Namen«, erklärte Niall, während er mit ernstem Lächeln seine Tochter betrachtete. »Sie trägt einen ungewöhnlichen Namen – sie heißt Rosalba.«

»Ich beneide Euch!« sagte Judith noch einmal.

Eine leichte Befangenheit machte sich zwischen ihnen breit. Es war schwer, die richtigen Worte zu finden. Wenige, knappe Worte waren bisher gesagt worden. Er nahm wieder die Hand seiner Tochter, zog sich aus dem Licht zur Tür zurück und ließ Judith, die weiße Rose im Sonnenlicht vor ihre Brust haltend, im Glanz stehen. Die zweite weiße Rose hüpfte einen Schritt und schien zum Gehen bereit. Rosalba lächelte zum Abschied noch einmal über die Schulter.

»So, Kleines, wir müssen heim. Wir haben unseren Auftrag erledigt.«

Sie würden gehen, alle beide, keine Rosen würden mehr gebracht werden, niemals wieder würde am Tag von St. Winifreds Grablegung die Pacht bezahlt werden. Und wenn sie jetzt gingen, dann wäre dieser Augenblick unwiderruflich verloren, niemals wieder würden sich diese drei Menschen in dieser Kammer treffen.

Er war schon an der Tür, als sie plötzlich sagte: »Niall . . .«

Errötend drehte er sich um und sah sie, das Gesicht weiß und offen wie eine Rose, im vollen Sonnenlicht stehen.

»Niall, geht nicht!« Endlich hatte sie die Worte gefunden, die rechten Worte zur rechten Zeit. Sie sagte zu ihm, was sie mitten in der Nacht am Tor von Godric's Ford schon einmal zu ihm gesagt hatte:

»Verlaßt mich jetzt nicht!«